Das Buch

Eigentlich ist Max mit seinem Leben ganz zufrieden: Mit seiner Freundin Laura bewohnt der Versicherungskaufmann eine Dreizimmerwohnung und bastelt in seiner Freizeit Modellraumschiffe. Bis er eines Tages Laura aufs Land begleiten muss, angeblich nur, um einen Wurf süßer Katzenbabys zu bewundern. Denn was tut man nicht alles für die große Liebe, auch wenn man selbst Katzen hasst. Wie ihm geschieht, begreift Max erst, als Kater Elvis auf der Rückfahrt mit im Auto sitzt. Zu Hause versucht Max zu verhindern, dass Katzenklo und Kratzbaum die Wohnung verschandeln – natürlich vergeblich. Elvis fühlt sich derweil sofort heimisch und entwickelt insbesondere nachts ungeahnte Energien. Immerhin nimmt Max regelmäßig Rache, indem er die Wohnung besonders dann gründlich saugt, wenn der staubsaugerphobe Kater seinen Schlaf nachholen will. Doch sosehr Elvis auch nervt, irgendwie wächst er Max mit der Zeit doch ans Herz. Zumal sie bald einen gemeinsamen Feind haben, nämlich den fiesen Hausnachbarn Dr. Hiller. Dieser sieht durch Elvis den Vogelbestand im Garten bedroht und kündigt rabiate Maßnahmen an. Doch er hat nicht mit Max gerechnet ...

Der Autor

Max Zadow, geboren 1986, hat Geographie studiert und lebt in der Nähe von Köln. Seit Sommer 2012 ist er eher unfreiwilliger Katzenbesitzer. Trotz aller Meinungsverschiedenheiten zwischen Kater und Autor ist der allabendliche Spaziergang Pflichtprogramm für die beiden Herren.

MAX ZADOW

ELVIS HAT DAS GEBÄUDE VERLASSEN

Roman

Ullstein

Besuchen Sie uns im Internet:
www.ullstein-taschenbuch.de

Originalausgabe im Ullstein Taschenbuch
1. Auflage September 2015
© Ullstein Buchverlage GmbH, Berlin 2015
Umschlaggestaltung: ZERO Werbeagentur, München
Titelabbildung: © FinePic®, München (Illustration);
© Siede Preis/Photodisc/gettyimages (Katze)
Satz: KompetenzCenter, Mönchengladbach
Gesetzt aus der Berkeley Old Style Std
Druck und Bindearbeiten: CPI books GmbH, Leck
Printed in Germany
ISBN 978-3-548-28698-3

Prolog

3:21 Uhr zeigt der Radiowecker an. Mitten in der Nacht. So gut es eben mit Holzclogs möglich ist, stürme ich durch die Dunkelheit in unseren Garten. Ich spüre, wie dicke Tropfen meinen rechten Arm hinabrinnen. Offenbar ist die Verschlusskappe meiner schweren Bewaffnung undicht. Als ich um die Ecke des Mehrfamilienhauses renne, erfasst mich ein greller Lichtstrahl. Um die Augen zu schützen, reiße ich instinktiv die Arme hoch, und noch mehr Wasser spritzt mir ins Gesicht. Dem blöden Bewegungsmelder der nachbarlichen Terrassenlampe entgeht auch nichts. Ein kegelförmiger Gelbschimmer erfasst den bis dahin stockdunklen Garten und setzt mich ins Rampenlicht – gut sichtbar für die gesamte Nachbarschaft. Schlagartig werde ich mir meines idiotischen Aufzuges bewusst: Nur mit meinen Schlafklamotten am Leibe – alte Boxershorts mit Herzchenmuster, ein absolut nicht mehr altersgemäßes T-Shirt mit Comichelden-Aufdruck – und den in jeder Lebenslage garantiert ungeeigneten Clogs vom vorletzten Hollandurlaub an den Füßen stehe ich auf dem Präsentierteller. Die Wasserpistole in meiner Hand (5,99 € bei REWE, da musste ich einfach zuschlagen) trägt auch nicht gerade zu einem würdevollen Auftreten bei. In dieser Sekunde wird mir klar: Derzeit läuft einiges grundlegend falsch in meinem Leben. Und an allem schuld ist Elvis!

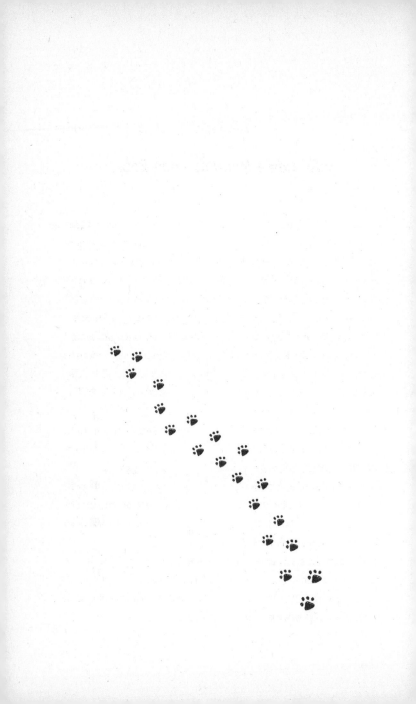

Kapitel 1

Süße kleine Mini-Kätzchen-Babys

Ich habe kein gutes Gefühl bei der Sache. Das Navi führt uns immer weiter raus aus der Stadt durch immer kleinere Dörfchen. Längere Zeit schon gab es kein offizielles Ortseingangsschild mehr. Nur hin und wieder mal ein hölzernes Willkommensschild, dicht gefolgt von einem hölzernen Auf-Wiedersehen-Schild, wahlweise mit gelben oder roten Stiefmütterchen im obligatorischen Holzwannenblumenkasten: »Willkommen in Klein-Endschwick«, Bauernhaus, Scheune, Schuppen, »Auf Wiedersehen in Klein-Endschwick«, »FEUERWEHRFEST DER FREIWILLIGEN FEUERWEHR KLEIN-ENDSCHWICK AM 18.05.« Wie kann so ein Kaff nur eine eigene Feuerwehr haben? Selbst mit allen Schafen aus dem Dorf erreichen die maximal die halbe Sollstärke eines Mannschaftswagens. Obwohl ich gerade mal etwas mehr als 60 km/h fahre, rauscht der Ort nur so an mir vorbei. Mir geht das immer noch alles viel zu schnell. Laura hingegen rutscht nervös auf dem Beifahrersitz hin und her. »Kannst du nicht ein bisschen schneller fahren?«

»Schatz, das ist eine unbekannte Strecke. Da will ich nichts riskieren.«

Ich lüge schlecht, aber Laura merkt es vor lauter Aufregung gar nicht. »Hauptsache, wir kommen bald an!«

»Bestimmt«, sage ich und gehe unmerklich noch etwas vom Gas. Die Navi-Anzeige springt von 39 auf 40 Minuten verbleibende Fahrtdauer.

»Ich freu mich so auf die süßen kleinen Putzelmänner!«

»Ich mich auch.«

Putzelmann. Das ist in Lauras Welt der aktuelle Terminus technicus für alles Lebendige mit Fell, das irgendwie klein und süß ist. Im Moment liegt der Fokus aber auf Katzen, Katzenbabys im Speziellen. Weil das seit Wochen so geht, habe ich mich von ihr breitschlagen lassen, zu einem Bauernhof zu fahren, wo es gerade einen Wurf junger Kätzchen gibt. Ich habe schon wieder vergessen, woher sie diese Info überhaupt hat. Ich glaube, die Mutter einer Freundin eines Arbeitskollegen von Laura ist die Cousine von der Bäuerin. Oder so. Wahrscheinlich stehen noch fünf oder sechs Beziehungsstufen mehr dazwischen. Beeindruckend, was für einen Einsatz Laura entwickelt, wenn sie etwas will. Auf so ein Netzwerk dürfte selbst ein Spitzenpolitiker neidisch werden. Bei dem Gedanken daran, wie dumm ich mich angestellt habe, greife ich noch etwas fester ins Lenkrad, so dass meine Knöchel weiß hervortreten.

»Lass uns doch am Wochenende zu diesem Bauernhof fahren. Die haben süße kleine Mini-Kätzchen-Babys.«

Keine Antwort geben. Alternativproblem schaffen, um Zeit zu gewinnen. »Das ist eine Tautologie.«

»Was?«

»Tautologie.«

»Max, was redest du?«

»Kleine Mini-Kätzchen-Babys. Das ist eine Tautologie. Gleich mehrfach.«

»Was?«

»›Klein‹, das vorangestellte ›Mini‹, die Endung ›-chen‹ und schließlich ein ›Baby‹ am Ende. Das meint doch alles dasselbe. Nämlich, dass es sich um Katzenjunge handelt. Da es dir bei all diesen Verniedlichungen offenbar darum geht, zu sagen, wie ›putzig‹ die sind, könnte man auch noch das ›süß‹ in diese Hypertautologie aufnehmen. Süße kleine Mini-Kätzchen-Babys. Tautologie.«

Unbeeindruckter bis genervter Blick, Klugscheißerei als Ablenkungsmanöver gescheitert, zweite Angriffswelle umso beharrlicher. »Ist doch egal. Fahren wir da jetzt hin oder nicht? Nur mal so zum Gucken natürlich.«

Noch mal kurz Zeit gewinnen, Gegner noch weiter kommen lassen, auf mögliche Fehler der Gegenseite hoffen. »Hmm ... ich weiß nicht ...«

»Du hast doch eh nichts vor. Da kannst du auch wirklich mal wieder was mit deiner Freundin machen!«

Ach herrje, die Schuldgefühlkarte wird gespielt, Abwehrmaßnahme: Konflikt mit Termin von überragend wichtiger Bedeutung schaffen. »Aber Wochenende ist schlecht. Für Samstag hat Schulz Karten fürs Eishockey besorgt. Letztes Spiel dieser Saison!«

Dummer Anfängerfehler, sich eine Ausrede für nur einen Tag auszudenken. Das ist mir im Nachhinein natürlich klar. »Ist doch super, dann fahren wir am Sonntag! Und du magst doch das Landleben. Auf dem Bauernhof gibt es bestimmt jede Menge anderes zu sehen, wenn dir die Katzen langweilig werden: Hunde, Schafe, Schweine, Pferde, Kühe und so weiter ...«

Die von Laura geweckte Assoziation entspricht ziemlich genau einem Bauernhof – aus einem Bilderbuch für Dreijährige. Die Realität sieht dann doch ein bisschen anders aus.

Als ich willenlos den letzten Befehl des Navis ausführe *(jetzt rechts abbiegen und sich dem Schicksal mit süßen kleinen Mini-Kätzchen-Babys ergeben)*, steuern wir geradewegs auf eine mächtige Blechwand zu, bei deren Ausmaßen selbst manches Möbelhaus vor Neid erblassen würde. Der »Bauernhof« entpuppt sich als hochmoderne landwirtschaftliche Industrieanlage. Der große graue Balken auf der Navi-Karte, den ich für einen Anzeigefehler oder vielleicht noch für eine schlechte Darstellung der ländlichen Siedlung gehalten habe, *ist* der Betrieb. Wie ich später erfahren soll, hat hier einer der größten Putenmastbetriebe Europas seinen Sitz. Ich lenke den Wagen an einem geöffneten Tor und einem gelangweilten Wachmann vorbei.

»Wachmann, Kameras, Maschendrahtzaun und Stacheldraht? Was ist das hier? Ein Hühner-KZ?«

»Max, meine Güte, benimm dich bloß gleich!« Kurz verschwindet Lauras Putzelmann-Vorfreude-Gesicht und weicht einem allzu gutbekannten Max-wehe-dir-Gesicht. Zum Glück hält der Gesichtsausdruck nicht lange an: »Guck mal, da vorne ist es!«

Begeistert zeigt Laura auf ein geklinkertes Wohnhaus nicht weit von dem Metallkoloss entfernt. Ein protziger Neubau mit drei Etagen, der aber mit der Mastanlage im Hintergrund erschreckend mickrig wirkt.

»Stimmt, so hat man es mir auch beschrieben. Rotes Backsteinhaus.«

»Und dabei irgendwie vergessen, das Schlachtschiff dahinter zu erwähnen?«, frage ich ungläubig. Insgeheim freue ich mich königlich über die Mehrdeutigkeit meiner Aussage: *Schlacht*schiff. Ich blinzle zu Laura hinüber, um festzustellen, ob sie den Wortwitz bemerkt hat. Doch Fehlanzeige, stattdessen treibt sie offenbar noch immer die Sorge um, ihr Freund könnte gleich negativ in Erscheinung treten. »Komm schon, die Frau Poßler ist eine ganz Nette. Hat sich am Telefon ganz viel Zeit für mich genommen und mir von den Kätzchen erzählt.«

»Poßler? Ist das die KZ-Oberaufseherin?«

»Max, bitte! Das ist die Bäuerin.«

»Hat sie sich selbst so bezeichnet, oder hast du das so herausgehört?« Jetzt setze ich mein Niemand-der-einen-Tiermastbetrieb-hat-sollte-sich-auch-nur-ansatzweise-als-Bauer-bezeichen-Gesicht auf und weise demonstrativ in Richtung Massenvernichtungsanlage.

»Nimm beide Hände ans Steuer, wenn du mit mir fährst.«

»Wir sind ja jetzt da«, gifte ich zurück und lasse den Wagen wenige Meter vor dem Eingangsbereich des Wohnhauses ausrollen. Schon auf den ersten Blick entdecke ich drei Katzenkeramikfiguren im Blumenbeet und zwei weitere auf der Veranda. Kaum ist der Motor aus, geht die Haustür auf, und eine rundliche Frau mit filmreifen Pausbäckchen und einer unproportional kleinen Stupsnase tritt fröhlich winkend heraus und weist begeistert auf die Katzenfigur zu ihrer Linken. Laura winkt sofort zurück und raunt mir noch bedrohlich zu: »Jetzt sei bloß nett!«

»Immer!«, zische ich und werfe mich schwungvoll aus dem Auto.

Mit unbeschwerten Schritten geht meine Freundin auf die mutmaßliche Frau Poßler zu und streckt ihr den Arm entgegen. »Hallo, ich bin Laura. Ich glaube, wir hatten telefoniert.«

Nicht ganz so euphorisch trotte ich hinterher. »Hallo, ich bin Max. Lauras Fahrer.«

Mein vermeintlich lockerer Witz wird zwischen Frau Poßlers unverständlichem Blick und einer bösen Grimasse von Laura zermahlen. Kurz entschlossen versuche ich noch einen besseren hinterherzuschicken und weise auf die Schlachtfabrik: »So, und das ist dann extra für die Katzenbabys?«

Bald darauf sind wir umringt von einer Schar schnurrender, maunzender und vor allem unglaublich hilflos dreinblickender Kätzchen, deren Hauptbeschäftigung darin besteht, sinnlos durch die Abenteuerlandschaft des poßlerschen Wohnzimmers zu wandern. Wobei »Abenteuerlandschaft« wirklich eine äußerst nette Umschreibung für eine knallharte Geschmacksverirrung ist. Katzenkopfförmige Kissen auf dem Sofa, Vasen mit Katzenaufdruck, in jeder Ecke große Ton- und Keramikkatzen auf dem Boden, in den Vitrinen (ja, Plural!) kleine Porzellan- und Keramikkatzen, und mein persönliches Highlight: ein Couchtisch mit Füßen in Form von Katzenpfoten. Dass nur die Hälfte der Bilder an den Wänden Katzen zeigt, ist fast ein bisschen enttäuschend. Was ist das nur für eine Welt, in der die armen Kleinen aufwachsen müssen? Man stelle sich mal vor, in unseren Kindergärten bestünde alles aus Menschenfiguren! Tonmenschen, Porzellanmenschen, Tische mit Menschenfüßen. Zum Glück scheinen sich die Kätzchen des Wahnsinns des Interieurs gar nicht bewuss zu sein. Unwissenheit kann ein Segen sein.

Ich bin mir nicht ganz sicher, ob Laura die verstörende Umgebung überhaupt schon realisiert hat. Sie hat nur Augen für die lebenden Varianten, und der Endorphin-Östrogen-Cocktail, der gerade in ihrem Hirn ausgeschüttet wird, lässt ihre geistigen Fähigkeiten auf die einer Fünfjährigen zusammenschrumpfen (»Süüüüüüüüüüüüüüüß!!!«). Unglaublich!

Die Frau hat zwei Staatsexamina in Jura abgelegt und die Befähigung zum Richteramt, doch jetzt könnte Laura nicht einmal bis vier zählen. So langsam fürchte ich, dass sie Frau Poßlers Angebot (»Bleibt so lange, wie ihr wollt. Wir freuen uns, wenn die Kleinen beschäftigt sind.«) mehr als ausreizen wird. Vor meinem geistigen Auge sehe ich schon, wie Laura sich an die schweren Couchtisch-Pfoten klammert, während zwei Polizisten versuchen, sie aus der Wohnung zu zerren: »Ich will noch nicht gehen! Ich will noch nicht gehen! Die süßen Putzelmänner...!« Währenddessen werde ich hilflos danebenstehen und etwas sagen wie: »Äh... damit meint sie nicht Sie, Herr Wachtmeister. Putzelmann ist die Bezeichnung... Ach, was soll's: Nehmen Sie sie ruhig mit!«

Mehrere kleine, spitze Dolche in meinem Rücken reißen mich jäh aus meiner Phantasie. So muss Cäsar sich gefühlt haben. Eines der Viecher hat doch tatsächlich beschlossen, mir bis auf die Schultern zu steigen. Ich unterdrücke den Instinkt, den kleinen Brutus von meinem Rücken zu reißen, während mir Schritt für Schritt T-Shirt und Rücken durchlöchert werden. All dies lasse ich zu, um Laura zu zeigen, wie sehr auch mir das Herz aufgeht (und der Rücken blutet). Denn Laura ist offenbar immer noch sickig wegen meines Witzes mit der Schlachtanlage. Ein großes Missverständnis, wie ich ihr und Frau Poßler noch an der Tür zu erklären versucht habe. So ganz überzeugen kann ich die Damen aber nicht. Kaum sind wir durch die Tür, hat sich Laura schon auf die Kätzchen und Frau Poßler wieder auf irgendeine Arbeit in der Küche gestürzt. Innerhalb von zwanzig Minuten setze ich nun schon zum dritten Mal an, um Laura die Sache zu erklären. So gut es das Fellknäuel auf meiner Schulter zulässt, beuge ich mich zu Laura vor und raune ihr von hinten ins Ohr: »Guck mal, was ich meinte, war doch nicht, dass die Katzenbabys da drin geschlachtet werden. Ich wollte sagen, dass die so viele Hühnchen oder Puten oder was auch immer schlachten müssen, um den Wurf zu ernähren. Das sollte der Witz sein! Eine einfache humoristische Übertreibung und kein blutrünstiger Mord-Witz auf Kosten der süßen Kleinen hier.«

Demonstrativ streichle ich eines der Kätzlein, das gerade unter größter Kraftanstrengung durch den Flokati stapft. Lauras äußerst knappem »Aha« ist nicht eindeutig zu entnehmen, ob sie noch sauer oder einfach nur desinteressiert ist. Eine Weile starren wir beide auf das Gewusel. Zwischendurch entfährt Laura ein »Diese-kleinen-Zwergenputzelmännchen-sind-sooo-süüüß«. Inzwischen verkneife ich mir jeden Hinweis auf die mehrfache Tautologie (»klein« + »Zwergen-« + »-chen«, ganz zu schweigen von der Bedeutung eines sogenannten »Putzels«), sondern winke nur dämlich in Richtung Frau Poßler, die bei jedem Ausruf von Laura fröhlich den Kopf durch die Tür steckt und ruft: »Gell?!«

Na gut, unrecht hat Laura ja nicht. Die Kleinen sind wirklich niedlich anzusehen! Aber natürlich sind Tierbabys niedlich. Immer. Da gibt es überhaupt kein Drumherumreden. Wer ein Tierbaby nicht niedlich findet, der muss gefühlsmäßig tot sein oder zumindest ein paar schwere soziokognitive Störungen haben. Vielleicht ist das ein bisschen so wie mit dem Spruch: »Wer mit zwanzig nicht links ist, der hat kein Herz. Wer mit vierzig noch links ist, der hat keinen Verstand.« Das ist von Churchill. Oder von Fontane, glaube ich. Ist ja auch egal. Was ich eigentlich sagen wollte: Tierbabys sind süß. Immer. Trotzdem: Deswegen fährt man noch lange nicht anderthalb Stunden, um die mal zu streicheln.

»Ich muss mal pinkeln«, raune ich Laura zu und nehme die kleine Katze von meiner Schulter. Vorsichtig stakse ich durch das Wohnzimmer, um auch ja auf keine Pfote und keinen Schwanz zu treten – seien sie nun aus Fleisch und Blut oder aus Ton und Porzellan.

»Entschuldigung, Frau Poßler, dürfte ich wohl mal Ihre Toilette benut...«

Weiter komme ich nicht. Denn als ich die Küche erreiche, fällt mein Blick auf ein Geflügelmassaker. Frau Poßler ist damit beschäftigt, eine Pute auszunehmen. Mir wird ein bisschen schlecht.

»Ja klar, ist gleich da gegenüber.« Mit dem Schlachtermesser in der Hand weist sie über meine Schulter hinweg auf die Tür hinter mir.

»Äh, ja, danke.« Immer noch starre ich gebannt auf die Innereien des Vogels.

»Das ist für die Katzen«, lacht Frau Poßler, die meinem Blick folgt. »Bis auf die Brust, die brate ich mir und meinem Mann nachher.«

»Hatte ich also doch recht«, stammle ich. »Aber was tut man nicht alles für die lieben Kleinen ...«

»I wo!« Frau Poßler macht eine gefährliche Abwehrbewegung mit dem Messer. »Die Kleinen kriegen noch spezielle Jungtiermilch. Das Fleisch ist für unsere vier Großen.«

»Vier?«, rufe ich ungläubig.

»Joah, gell. Vier. Tschohn, Poal, Tschortsche und Ringo.«

»Was?«

»Na, Tschohn, Poal, Tschortsche und Ringo! Unsere vier *Bitäls*!«, wiederholt Frau Poßler freundlich. »Ist zwar nicht mehr so ganz deine Generation, aber *Se Bitäls* wirst du ja wohl kennen!«

»Ach, *The Beatles*! John, Paul, George und Ringo…«, begreife ich endlich.

»Ja, habe ich doch gesagt. Unsere verrückte Katzenband. Weil *oal ju nied is lof*. Und eine Katze auf der Couch, gell?«

Ich bemühe mich um ein Lächeln. All you need is love und eine Katze auf der Couch. Klaro. Und eine Massentierhaltungsfabrik.

»Poal und Tschortsche sind die Eltern von den Kleinen.«

»Paul und George?!?«

»Na ja, eigentlich passen die Namen nicht so ganz, weil Ringo und Poal sind Weibchen«, räumt Frau Poßler ein. »Aber das sind ja doch irgendwie auch Mädchennamen, also so vom Klang her, gell?«

Ja natürlich, wer hat nicht mindestens *eine* Ringo im Freundeskreis oder *eine* Paul auf der Arbeit? Ganz zu schweigen von früher in der Schule, wo gleich mehrere Paul-Mädchen in einer Klasse waren und man nie wusste, welche gemeint war, wenn man nicht noch den Nachnamen dazugesagt hat (»Die Paul Müller ist voll die Gemeine, die ärgert immer die Ringo!«).

»Ich werde dann jetzt mal auf Toilette gehen«, sage ich und wende mich in Richtung Gäste-WC.

»Sicher. Aber Max, tu mir bitte noch einen Gefallen. Lass bitte die Badezimmertür offen!«, trällert Frau Poßler mir hinterher.

»Natürl… WAS?!?«

»Ja, ist wichtig für die Kleinen, dass die immer ihr Klöchen finden und ihr Geschäft nur dort machen, gell?«

Ungläubig wende ich mich Frau Poßler zu: »Sie wollen, dass ich bei offener Tür bei Ihnen auf die Toilette gehe?«

Frau Poßler lächelt mich mit ihrem besten Bäuerinnenlächeln an. »Jetzt hab dich nicht so, Max. Du kannst die Tür ja ranziehen. Nur zumindest einen Fußbreit offen lassen, damit die Katzen reinkönnen. Und sonst guckt schon keiner!«

Im Gäste-WC setzt sich die verstörende poßlersche Mischwelt fort: Zwischen mehreren getöpferten Katzenfiguren steht das besagte Katzenklo – eine fröhlich-graue Plastikwanne mit noch fröhlich-grauerem Katzensand, dessen Pseudohygienegeruch sogar den latenten Vogelkackegeruch von draußen übertrumpft. Ich ziehe die Tür hinter mir zu und lasse sie widerwillig einen Spaltbreit offen. Vom Wasserkasten aus lässt mich eine aufgeklebte Comic-Katze wissen:

Mach's wie wir! Setz dich hin!

So sei es, resigniere ich. Bevor ich die Hose runterlasse, werfe ich aber noch einen vorsichtigen Blick durch den Türspalt. Alles, was ich sehe, sind die gegenüberliegende Flurwand und ein Foto von einer deutlich jüngeren Frau Poßler im geblümten Kleid, im Arm gehalten von einem dicklichen Mann mit Glatzenansatz. Offenbar eine jüngere Ausgabe von Herrn Poßler. Beide lächeln sie mich an, als wollten sie sagen: »Alles halb so wild, gell?« Aus der Küche dringen die Schneidegeräusche der Echtzeit-Frau-Poßler. Jetzt oder nie! Ich klappe den Klodeckel hoch – übrigens systemwidrig ganz in Weiß und ohne jedes Katzenmotiv – und sinke auf die Klobrille nieder. Eigentlich könnte ich jetzt loslegen, aber es passiert … nichts. Die Foto-Poßlers lachen mich immer noch an. Egal, einfach gar nicht hinsehen und auf das eigene Entwässerungsprojekt konzentrieren. Leichter gesagt als getan. Anstatt wegzusehen, mustere ich die junge Poßler etwas genauer. Zu dieser jüngeren Variante passt die Titulierung »Frau Poßler« eigentlich gar nicht. Wie heißt sie überhaupt mit Vornamen? Den hat sie uns gar nicht gesagt, glaube ich. Warum sind wir für diese Frau Max und Laura, während wir sie siezen müssen?

»Ist doch egal!«, fahre ich mich selbst an und füge dann etwas entspannter hinzu: »Niagarafälle, Niagarafälle …«

Bevor die Selbsthypnose wirken kann, wird mein Mantra von Frau Poßlers Stimme unterbrochen: »Ah, guten Tag, lieber Tschortsche.«

Das Geräusch eines sich öffnenden und wieder schließenden Velux-Fensters ist zu vernehmen.

»Kommst du schon mal das lecker Happi-Happi gucken?«

Nein, »Tschortsche« kommt nicht das »lecker Happi-Happi« gucken. »Tschortsche« will mehr so »lecker Happi-Happi« loswerden. Ein haariger orange-weißer Kopf drückt sich durch den Türspalt, gefolgt von einem getigerten Körper. George blickt mich etwas verwundert an, lässt sich dann aber nicht weiter beirren. Er streicht um meine nackten Beine und die Kloschüssel, steigt über meine Hosen und begibt sich dann in die kleine Schotterwüste. Dort dreht er zwei, drei Runden um sich selbst, bevor er, direkt in meine Richtung blickend, in die Hocke geht.

Mach's wie wir! Setz dich hin!

Im wahrsten Sinne mit heruntergelassenen Hosen sitze ich da und starre ungläubig auf den Kater: »Bitte, bitte, setz jetzt keinen Haufen!« Doch George blinzelt nur gelangweilt und schaut einmal kurz über seine Schulter. Entgeistert stelle ich fest, dass sich kurz darauf ein kleines schwarzes Würstchen zwischen seinen Beinen abseilt und dann, ähnlich wie die Ohrwürmer in *Star Trek 2 – Der Zorn des Khan*, in den staubigen Schotter fällt. George blickt mich herausfordernd an, und im Augenwinkel sehe ich schon den nächsten schwarzen

Strich zwischen seinen Beinen. Das reicht! Bei dem Geruch von Katzenkacke hört bei mir alles auf. Es gibt nichts Schlimmeres als den Gestank von 'nem Haufen Katzenscheiße. Sofort setzt bei mir eine rein schnappartige Mundatmung ein. Ich springe vom Klo, ziehe sinnloserweise ab, klappe den Deckel zu und hechte zum Waschbecken. Aus der Pfote des Katzenseifenspenders lasse ich mir eine absolut nicht nach echten Aprikosen riechende Ladung Seife geben. Und doch ist der Geruch in diesem Augenblick himmlisch! Hastig wasche ich mir die Hände und schnorchle aus dem Gäste-WC.

»Siehste, ich habe es noch nicht mal plätschern gehört«, erklärt mir Frau Poßler voller Zufriedenheit. Sie scheint meinen hochroten Kopf gar nicht zu bemerken. »Den Jürgen, meinen Mann, den hört man immer. Mit einem Druck kommt das immer da raus. Ich sag dem dann immer, der soll nicht in das Wasser zielen beim Strullern. Macht der aber trotzdem meistens. Vielleicht ist das so 'ne Alte-Männer-Geschichte mit dem Druck. Dann kriegste das auch noch, gell?«

»Ja, vielleicht.« Ich werfe einen wehmütigen Blick zurück. In diesem Augenblick verlässt George zufrieden und entspannt die Toilette.

»Ach, wie schön, wart ihr beiden Männer zusammen, gell?«

»Hmm«, bestätige ich, »nur kam bei George ein bisschen mehr als bei mir.«

»Ja, Tschortsche, fein, hast du Platz gemacht für neues Happi-Happi. Kriegst du von der Mama, gell?«, funkt Frau Poßler in hoher Frequenz in Richtung Kater und erklärt mir dann mit wieder halbwegs normaler Stimme: »Alles ganz frisch hier von unserem Betrieb. Bei so gutem Fressen bleiben die Tiere sehr, sehr gesund.«

»Klaro, die tägliche Extraportion Antibiotikum ist eine feine Sache«, sage ich mit gequältem Lächeln, und Frau Poßler strahlt mich glücklich an. Verrückte Katzenfrau! Typ 3?! Bisher gab es in meiner Wahrnehmung – einmal abgesehen von den halbwegs normalen Familien, die sich eine Katze halten, einfach weil ein Hund oder eine Katze in jede Doppelhaushälfte in einem Neubaugebiet gehören – zwei Typen Frau, deren Herz mehr als nur aufgeht, wenn sie einen Stubentiger erblicken. Der eine ist die Variante »alleinlebende Angestellte«, bei der ein fetter Kater den Macho-Ehemann ersetzt. Er frisst viel, schläft viel, hängt den ganzen Tag nur auf der Couch rum und kann ihr sextechnisch absolut nichts bieten (hoffe ich). Nichtsdestotrotz opfert sie sich leidenschaftlich für ihn auf. Man denke nur an die *Catwoman*-Interpretation von Michelle Pfeiffer in *Batmans Rückkehr*. Das ist noch die harmlosere Variante (auch wenn Michelle Pfeiffer sich als tickende Zeitbombe entpuppt und nachher ziemlich am Rad dreht). In der härteren Version ist die Katzenfrau nicht nur alleinstehend, sondern gesellschaftlich völlig isoliert. Man denke hier nur an die verrückte Katzenfrau von den *Simpsons*. Und dass diese Figur keine Übertreibung ist, weiß man spätestens seit Kabel 1 und *Die schlimmsten Messie-Wohnungen Deutschlands*. Hier stapft dann eine »Psychologin« (Psychologie im neunten Semester abgebrochen, hat selbst drei Katzen und droht ihre eigene Patientin zu werden) mit einem »professionellen Abrissunternehmer« (bulliger Typ mit Glatze und Tattoos, Hauptschule im neunten Schuljahr abgebrochen) durch vermüllte Wohnungen. Dabei fallen Sätze wie »So etwas Schreckliches habe ich noch nie gesehen« (sie) oder »Junge, Junge, was für eine Sauerei« (er). In jeder Folge. Dann sieht man jede Menge ausgehungerte Tiere, und das

Duo findet die Überreste einer besonders bedauernswerten Katze, die hinter dem Fernsehschrank verendet ist. Diese Bilder werden dann konsequent vor jedem Werbeblock noch mal in geraffter Form gezeigt: »Gleich bei Kabel 1: So etwas Schreckliches habe ich noch nie gesehen – Junge, Junge, was für eine Sauerei.«

In der Tat ist Frau Poßler gerade dabei, eine weitere Kategorie verrückter Katzenfrauen zu begründen, die ich bisher so nicht auf dem Schirm hatte: die überkandidelte, pausbackige Katzenübermutter mit einem Katzensammel-Fetisch. Anders als Typ 2 hat sie aber das nötige Kleingeld, um die Tiere bei Futter und Laune zu halten. Darüber hinaus erreicht sie auch die Spitzenzahl von über hundert Katzen im Haus, wobei allerdings die meisten bloß Attrappen aus Keramik, Glas oder auch Stoff sind. Und genau aus diesem Grund wird man ihr doch neben der generellen Katzenaffinität ebenfalls eine mittlere bis schwere Psychose attestieren.

Während Frau Poßler ihren George füttert, gucke ich mich ein wenig genauer in der Küche um: auch hier exzessive Katzenhuldigung mit einer gruseligen Mischung aus tatsächlich notwendigen Katzenutensilien (vollgehaartes Kissen auf der Fensterbank, Näpfe in allen Größen und Formen, Kratzbaum) und verschiedensten Dekor- und Nutzgegenständen, die eigentlich nichts mit Katzenhaltung zu tun haben (katzenförmige Backform über dem Ofen, Katzentischdecke, noch mehr Katzenfiguren). An der Wand hängt ein Fotokalender. Unter das aktuelle Titelfoto des Monats April – Motiv muss ich nicht erwähnen, oder? – ist ein tiefsinniger Spruch gedruckt: »Ein Kätzchen ist für die Tierwelt, was eine Rosenknospe für den Garten.« – *Robert Southey*. Während ich noch darüber nachdenke, was ich mit Robert Southeys

Rosenknospe anstellen würde, wenn ich ihn träfe, wandert mein Blick schon wieder weiter und bleibt an einer überlebensgroßen Porzellankatze gleich neben der Tür hängen. Frau Poßler bemerkt meinen ohnehin schon säuerlichen Blick und fragt: »Gefällt dir nicht, Max?«

»Ist mehr als beeindruckend«, sage ich und meine es auch genau so. Lächelnd wandle ich auf dem schmalen Grat zwischen bewusst provoziertem Missverständnis und tatsächlicher Lüge. »Die leichte Überzeichnung der Skulptur evoziert die Frage, ob dem Künstler wirklich nur an der Schaffung einer möglichst realistischen Katzenfigur gelegen war, oder ob er nicht sogar eine bewusste Überbetonung intendiert hat, um die Feinheit und Grazie des katzenhaften Körpers noch prägnanter herauszustellen.«

Robert Southeys Zitat scheint doch musische Wirkung auf mich zu haben. Jedenfalls ist es jetzt Frau Poßler, die etwas säuerlich lächelt. »Ja, das weiß ich jetzt auch nicht«, sagt sie nach einer Weile. »Aber schön ist sie, gell?«

»Sicher, sicher.«

Eine gefühlte Ewigkeit stehen wir noch vor der gruseligen Statue und lauschen Georges Schmatzgeräuschen.

»Ich werde mal sehen, was Laura so treibt«, lautet schließlich die Entschuldigung für meinen Fluchtversuch.

»Ach herrje, die Kleinen. Die hatte ich kurz vergessen. Nach denen muss ich auch mal wieder sehen. Ich komme mit, gell?«

Gell.

Als wir ins Wohnzimmer zurückkehren, finde ich Laura, wo ich sie zurückgelassen habe. Nur der Fellzirkus um sie herum hat sich neu sortiert. Lauras Augen strahlen wie selten zuvor gesehen, und fast möchte ich meinen, sie unterdrückt nur mit Müh und Not das freudige Explodieren des eigenen Körpers. Sie legt die Hand auf die Lippen und deutet dann auf ihren Schoß. Eines der Katzenbabys hat sich in ihrem Schneidersitz zusammengerollt und schläft offensichtlich. Ich erkenne den Kerl sofort wieder: Hat die gleiche rosa Nase und das etwas unruhige, beige-braun-schwarz gescheckte Fell wie seine Geschwister, aber dazu noch diesen verdreht-buschigen Wirbel auf dem Kopf. Das ist der Kleine, der eben noch so hyperaktiv an meinem Rücken herumgestochert hat.

Frau Poßler schlägt die Hände zusammen, wie es sonst nur eine korpulente Disney-Figur könnte. »Das ist ja herzallerliebst. Gell, Max?«

Ich nicke stumm und stelle fest, dass ich Laura lange nicht mehr so von Grund auf glücklich gesehen habe. Frau Poßler scheint diese Einschätzung zu teilen, wobei wir aber unterschiedlicher Ansicht über die Ursache des hohen Endorphinpegels meiner Freundin sind. »Wo immer eine Katze sich niederlässt, wird das Glück sich einfinden«, flüstert sie. Wahnsinn, jetzt weiß ich vermutlich auch, welch super Spruch auf dem Kalenderblatt vom März in der Küche zu sehen war. Weil Laura und die Katze aber wirklich ein niedliches Bild abgeben, zücke ich mein Handy, um ein Foto zu schießen.

»Ach, da kommen jetzt bestimmt noch viele Bilder zu«, freut sich Frau Poßler. Ich nicke geistesabwesend, während ich auf meinem Display rumtatsche: »Joah, ein paar werde ich bestimmt gleich noch machen.«

»Aber ich denke, Laura, damit ist alles klar, gell?«, sagt die begeisterte Katzenfrau (Typ 3) in Richtung meiner Freundin und wendet sich dann wieder mir zu: »Weißt du, Max, die Katze sucht sich den Menschen aus, nicht der Mensch die Katze.«

»Ach, wie nett«, sage ich, während ich immer noch versuche, das Bild an Laura zu schicken, damit sie eine schöne Erinnerung an den heutigen Tag hat. Hier draußen »auf dem Land« ist der Empfang aber auch miserabel! Darüber vergesse ich sogar, in Gedanken zu lästern, dass die poßlerschen Worte bestimmt der Kalenderspruch vom Monat Februar waren. Erst viel später wird mir bewusst, dass Laura mir in diesem Moment einen ängstlichen, äußerst schuldbewussten Blick zuwirft.

»Wie wollt ihr den kleinen Racker denn nennen? Ist nämlich ein Junge, gell!«

»Also, wenn ich das entscheiden könnte: Brutus!«, sage ich wie aus der Pistole geschossen und deute auf meinen zerkratzten Rücken. Die Löcher in meinem Shirt sind der beste Beweis. Beide Frauen werfen mir einen abschätzigen Blick zu, wobei Laura irgendwie immer noch ein sorgenvolles Schimmern erkennen lässt.

»Okay, das klingt vielleicht ein bisschen zu sehr nach Kampfhund«, gebe ich zu und mustere die Katze nachdenklich. Dann habe ich die Idee. »Na, bei der Frisur können Sie den doch super Elvis nennen, Frau Poßler. Immerhin sind die Eltern ja auch die Beatles, oder nicht?«

Frau Poßler klatscht begeistert in die Händ. »Sehr schön, Max. Euch einzuladen war eine gute Entscheidung!«

»Danke«, sage ich etwas irritiert, aber auch ein wenig geschmeichelt.

»Dann kommt der kleine Elvis nachher mit zu euch! Aber vorher lade ich euch noch auf ein leckeres Stück Pute ein. Der Jürgen kommt gleich zum Mittagessen rüber. Dann stelle ich euch vor!«

Mit einem Mal wird mir alles klar: Der schuldbewusste

Blick meiner Freundin, der blöde Spruch von wegen »Katze sucht sich den Menschen aus«, und natürlich fährt man nicht anderthalb Stunden, nur um Katzen zu streicheln ...

Ich starre auf Laura, ich starre auf die Katze. Vor meinem geistigen Auge verwandelt sich Laura unweigerlich in eine verrückte Katzenfrau. Wenn ich sie jetzt verlassen würde – und ich hätte wirklich allen Grund dazu –, würde sie wahrscheinlich erst zu Typ 1 und irgendwann zu Typ 2 mutieren und mit ganz vielen Elvis-Katzen verwahrlosen. Aber auch wenn ich bei ihr bleibe, gibt es kein Entkommen: Das Jugendfoto von den Poßlers kommt mir in den Sinn, und ich sehe Laura mit gleichem Blümchenkleid vor mir stehen. Dann werde ich wohl Jürgen – mit Glatzenansatz, aber dafür ordentlich Wumms auf der Blase ... Meine Gedanken kreisen immer schneller. Ein ungläubiges Lachen bricht sich Bahn, und ich schüttle ungläubig den Kopf. Elvis blickt kurz auf und blinzelt mich an. Für den Bruchteil einer Sekunde treffen mich seine im wahrsten Sinne des Wortes babyblauen Augen. In diesem Moment ist er jedoch nicht niedlich. Im Gegenteil: Das Blau hat etwas Frostiges an sich. Es ist, als wollte er sagen: »Diese Muschi gehört jetzt zu mir.« Dann kuschelt er sich noch tiefer in Lauras Schoß und ist sich sehr genau der perfiden Doppeldeutigkeit seiner Aussage bewusst.

Kapitel 2

Tierische Ausscheidungen

Auf der Rückfahrt herrscht in jeder Hinsicht dicke Luft im Auto. Zum Unmut meiner Nase wird der herrliche Neuwagengeruch mehr und mehr von den Ausdünstungen eines krallenbewehrten Emporkömmlings und einem antibiotikaverseuchten Putenkadaver übertüncht. Letzterer hat Lauras Platz eingenommen, und ich sehe mich gezwungen, in regelmäßigen Abständen ängstliche Blicke rechts neben mich zu werfen, aus Sorge, dass irgendwelche Sülze des leblosen Federviehs meinen wunderschönen Beifahrersitz ruinieren könnte. Mein Vertrauen in die schützende Wirkung des Einpackpapiers hält sich jedenfalls in Grenzen. Was hinter meinem Rücken passiert, entzieht sich ohnehin meiner Kontrolle. Laura hat auf der Rückbank Platz genommen, »damit Elvis sich nicht so allein fühlt«. Nur leider scheint der Kater das noch nicht mitbekommen zu haben (oder aber er hasst Laura in diesem Augenblick mindestens genauso sehr, wie ich das tue). Jedenfalls schreit und jault er, seitdem wir ins Auto gestiegen sind – also seit einer geschlagenen Dreiviertelstunde. Offenbar ist er nicht so der Fan von Katzenkäfigen. Laura jedenfalls hält die Box fest umklammert und versucht, beruhigend gegen die Dauerlärmbelästigung anzureden, während Elvis sich für die warmen Worte so überhaupt nicht interessiert (und auch ich könnte den ein oder anderen Zweifel anmelden).

»Ist doch gut, kleine süße Maus.« (Mädchen, das ist 'ne Katze!)

»Mau, mau, mau ...«

»Bald sind wir bei uns.« (Laut Navi dauert es noch über 'ne Stunde.)

»... mau, mau, mau ...«

»Dann wohnst du da!« (Wer hat das eigentlich entschieden?)

»... mau, mau, mau ...«

»Ich weiß, dass dir deine Geschwister fehlen, aber vielleicht fahren wir die ja mal besuchen.« (Lüge! Lüge! Lüge! Glaub ihr nicht! Mich hat sie auch belogen!)

»... mau, mau, mau ...«

»Ach, du kleiner süßer Putzelmann ...« (Kein Kommentar.)

»... mau, mau, mau ...«

Mein Entschluss, entgegen klarer Anweisung von hinten das Radio einzuschalten, trägt nicht gerade zur Entspannung der Situation bei. Passenderweise dröhnen die Beatles aus den Boxen: »... *in a yellow submarine, yellow submarine, yellow submarine! We all live ...*«

»Ach, wie nett!«, stelle ich fest. Ich drehe am Lautstärkeregler und singe mit gespielter Begeisterung lauthals mit: »*And our friends are all aboard, many more of them live next door, and the band begins to play ...*«

Lauras Arm schießt nach vorne und schaltet das Radio aus. Ein giftiges Fauchen, dem Schrei einer Raubkatze gleich, treibt meine Nackenhaare in aufrechte Position. Nur aus der Sinnhaftigkeit der tonalen Abfolge wird deutlich, dass es sich um menschliche Kommunikation handelt: »Lassss dasss Radio ausss!!! Die Katze hat schon genug Angst!!!«

Nichts ist gefährlicher als eine Tigermutter, die mit ihrem Jungen in die Enge gedrängt wird. Das ist sogar noch schlimmer als Lauras Juristensprache. Selbst Elvis unterbricht für einen Sekundenbruchteil sein Dauergejammer, legt dann aber wieder umso kraftvoller los: »Mau, mau, mau …«

»Aber ich …«, will ich mit erhobenen Händen einwenden.

»Das Radio bleibt aus, habe ich gesagt. Und lass *beide Hände* am Steuer! Mein und dein Leben zu riskieren ist eine Sache, aber dieses arme unschuldige Ding kann nun wirklich nichts dafür, wenn du einen Unfall baust.«

»Ich glaube nicht, dass ihr das noch was ausmachen würde«, sage ich und tätschle die tote Pute neben mir. Natürlich kommt es, wie es kommen muss: Meine unaufrichtige Liebesbekundung beantwortet der leblose Körper mit einem schmatzenden Geräusch, und bald darauf breitet sich ein dunkler Kreis unter dem Einpackpapier aus.

»Nein, nein, nein!«, schreie ich noch und tupfe unbeholfen mit einer Hand auf der feuchten Stelle herum, während ich mit der anderen den Wagen auf Klein-Endschwick zusteuere. Mein Blick springt zwischen Straße und Beifahrersitz hin und her.

»Max, was machst du? Guck auf die Straße!«

»Scheiße, Laura, der verdammte Vogel suppt mir auf die neuen Sitze! Hast du mal was zum Wischen?«

»… mau, mau, mau …«

»Warte kurz!« Hinten raschelt es eine gefühlte Ewigkeit in Lauras Handtasche, dann wird mir ein Taschentuch unter die Nase gehalte. »Hier!«

»Wisch du mal! Ich muss ja beide Hände am Lenkrad lassen.«

»Geht nicht. Ich muss den Katzenkäfig festhalten und mich um Elvis kümmern. So wie du fährst, machst du dem ja noch unnötig extra Angst.«

»... mau, mau, mau ...«

»Verflucht!« Ich reiße ihr das Taschentuch aus der Hand und drücke damit in der offenen Wunde des Autositzes herum. Einzig erkennbarer Effekt ist, dass der Fettfleck es sich im neuen Polster noch gemütlicher macht.

»Ich brauche noch eins! Am besten gleich alle aus der Packung.«

»Willkommen in Klein-Endschwick«, lese ich die stiefmütterchengestützte Begrüßung im Augenwinkel.

»... mau, mau, mau ...«

Während ich mit den restlichen Taschentüchern den Fleck noch tiefer in den Sitz reibe, fluche ich vor mich hin: »Was macht dieser Scheißvogel überhaupt hier?« (Von der Scheißkatze ganz zu schweigen, aber ein letztes Fünkchen an innerer Vernunft hält mich davon ab, das jetzt und hier zu thematisieren.)

»Du wolltest den doch unbedingt mitnehmen!«

»Wollte ich das?«, frage ich wütend zurück. »Nein, ich wollte nur auf keinen Fall auch nur einen weiteren Augenblick mit der verrückten Alten und ihrem garantiert noch viel verrückteren Ehemann zu tun haben! Wer in so einem irren Katzenhaus lebt – neben einem Schlachthof!!! –, der muss doch einen Hau weg haben! Und wenn eine schnellstmögliche Flucht von diesen Irren bedeutet, dass meine neue Karre kurzzeitig zu 'nem Transporter für Tot- und Lebendvieh werden muss, dann nehme ich das voller Überzeugung lieber in Kauf!«

»… mau, mau, mau …«

»Siehst du, dann wolltest du es ja doch …«

»Nein, was ich wollte, war: überhaupt gar nicht erst zu den Poßlers fahren und bestimmt auch nicht irgendwelche Tiere – ob tot oder lebendig – in mein Auto packen!« Mit erhobenem Zeigefinger und vor Wut glühenden Augen wende ich mich nach hinten, um meinen Worten Nachdruck zu verleihen. Kurz glaube ich, in Lauras entsetztem Blick aufrichtige Furcht vor mir zu erkennen, doch stattdessen belehrt mich ihr in Richtung Windschutzscheibe ausgestreckter Zeigefinger eines Besseren. »Max, pass auf!«

Ich werfe mich in den Vordersitz zurück und sehe noch, wie ein schockierend großes »Auf Wiedersehen in Klein-Endschwick« auf mich zujagt. Ich reiße das Lenkrad herum, Laura schreit, Elvis quietscht, und kaltes rohes Fleisch klatscht mir gegen die rechte Gesichtshälfte. Der Wagen kommt abseits der Fahrbahn auf einem Feld zum Stehen.

»Ist alles in Ordnung bei euch?«

»Du Blödmann!«

»Mau? Mau, mau, mau …«

Gott sei Dank.

»Ist doch super, die Feuerwehr in Klein-Endschwick«, stelle ich fest, als wir bei uns zur Tür reinkommen, »super unbürokratisch und alles.«

Laura marschiert kommentarlos an mir vorbei. Nur ein inzwischen leicht heiseres Dauermiauen erklingt aus dem Katzenkäfig in ihrer Linken.

»Und erst der kleine Junge mit dem Feuerwehrhelm, der war doch süß«, schicke ich ins Wohnzimmer hinterher. Laura macht sich noch nicht einmal die Mühe, ihre Jacke abzulegen, sondern setzt den Katzenkorb in der einzig freien Ecke unseres Wohnzimmers ab und lässt sich selbst in unmittelbarer Nähe auf den Boden fallen. Während sie beruhigend auf den Dauerjammerer einredet, öffnet sie die vordere Käfigklappe. Sofort verstummt die Katze und starrt mit einer Mischung aus Angst und Neugier aus der plötzlich höchst komfortabel erscheinenden Kiste. Laura redet weiter mit ruhiger Beharrlichkeit auf ihn ein: »Siehstdu,jetztsindwirdochheilzu Hauseangekommen.Hierwohnstdujetzt,dusüßeMaus.Der MaxisthalteinBlödmann,dernichtrichtigAutofahrenkann. Aberichpasseaufdichauf.Ichpassejetztimmeraufdichauf.Du bistmeinkleinerPutzelmann.DerkleineElvis,ne?ImMoment hastdunochAngst,aberbaldgehörtdashierschonallesdir,und danntobstduüberdasSofa,schläfstimSesselundkriegstimmer leckerFuttervonuns...«

Ich stehe unbeholfen daneben und lächle den Kater dämlich an. Erst nach einer Weile wird mir klar, dass eine Katze natürlich nichts mit menschlicher Mimik anfangen kann. Stattdessen flüstere ich Laura in einer ihrer kurzen Atempausen zu: »Du, ich geh mal das Auto saubermachen, vielleicht kann man den Beifahrersitz ja noch retten.«

Und gerade als ich mich umwenden will, schießt ein gescheckter Blitz aus dem Katzenkäfig und verschwindet unter dem Bücherregal. Unweigerlich muss ich an die erste Szene mit dem Alien aus gleichnamigem Film denken, als das noch kleine Biest durch die Küche des Raumschiffes jagt.

»Alter, was war das denn?«

»Ja fein, Elvis. Du bist ein Mutiger!«

»Je nachdem, wie man mutig definiert, bist du ungemein mutig, ja.«

»Pass mal auf, Max«, redet Laura unbeirrt mit ihrer hochfrequenten Kleinkinder-Erziehungsstimme weiter und erhebt sich langsam. »Du kannst das Auto jetzt nicht nehmen. Ich brauche das! Es wird auch nicht lange dauern. Ich fahre nur noch mal kurz in die Stadt und kaufe die nötigsten Sachen für Elvis.«

»Du kannst auch normal mit mir reden!«, sage ich.

»Nein, das geht nicht«, belehrt mich die Kindergartentante, die mich so stark an meine Freundin erinnert, »wir wollen doch, dass der kleine Elvis sich wohl fühlt. Wir sollten jetzt erst mal beide so reden, damit der kleine Mann keine Angst haben muss.«

Ich werfe ihr den vorwurfsvollsten Blick zu, den ich zu bieten habe. Dann erwidere ich in bester Onkel-Max-Manier: »Die Katze hat ohnehin schon scheißviel Angst. Und wenn wir unsere Stimmen verstellen, wird das bestimmt nicht besser. Im Übrigen kannst du das Auto jetzt nicht nehmen, ich muss da erst mal einen toten Vogel aus den Sitzen schrubben!«

»Nein, Max. Das kannst du auch hinterher noch machen. Ich bin auch nicht lange weg. Versprochen! Ich weiß genau, was ich alles brauche.«

»Das hast du dir ja alles schön überlegt! Nur komisch, ausgerechnet das Wichtigste, nämlich mich mal nach meiner Meinung zu fragen, hast du vergessen!«

»Vorsicht, wenn du zynisch klingst, merkt der das auch!«, mahnt mich die Tante.

»Na schön, das will ja keiner, nicht wahr?«, gibt der Onkel zurück. »Damit der feine Elvis sich gleich wohl fühlt.«

»Ich sehe, wir drei verstehen uns. Vielleicht kannst du dich einfach ein bisschen um Elvis kümmern, während ich unterwegs bin. Vermutlich kommt der bis heute Nacht eh nicht mehr da raus. Aber das ist okay. Du kannst hier einfach dein Ding machen, nur nicht laut oder hektisch sein. Und wenn du einigermaßen nett bist, redest du einfach weiter mit ihm.«

Bald darauf sitze ich vor unserem Bücherregal und rede beruhigend auf den Spalt zwischen unterstem Regalbrett und Fußboden ein, wobei Wortwahl und Stimmfrequenz in einem eklatanten Widerspruch zueinander stehen. »Wir beide müssen mal ein paar Dinge grundlegend klarstellen. Erstens: Du bist nicht *meine* Katze. Du bist bestenfalls Lauras Katze, aber auch da ist das letzte Wort noch nicht gesprochen. Zweitens, und das dürftest du schon bemerkt haben: Ich hasse Katzen. Ich mache da überhaupt keinen Hehl draus, und auch deine babyblauen Augen werden mich nicht erweichen. Die sind ja sowieso bald weg. Dann bekommst du auch so hässliche, garstige Schlangenaugen. Entsprechend gilt für dich auch drittens: Ich bin der Chef hier. Wenn du mir in die Quere kommst, dann mach ich dich fertig! Das meine ich genau so, wie ich es sage. Das bedeutet insbesondere viertens: Du schläfst bestimmt nicht bei uns im Bett! Das wird Laura zwar garantiert wollen, aber ich werde das unter keinen Umständen tolerieren. Weiterhin gilt fünftens ...«

Ich bin gerade bei »einhundertundzweitens« angekommen, als ich Lauras Schlüssel im Schlüsselloch klackern höre. Kurz darauf trällert ihre Stimme durch die Wohnung: »Hallo, ihr lieben Putzelmänner, alles gut bei euch?«

Bevor ich antworten kann, erklingt ein krächzendes Miauen unter dem Regal, und ein mit Spinnweben verhangener Kater schiebt sich unter dem Möbelstück hervor. Ungläubig starre ich auf das Pelzvieh, das während Lauras gesamter Abwesenheit keinen Mucks mehr von sich gegeben hat.

»Ja hallo, du süßer Putzelmann!«

»Mau, mau.«

»Ja hallo, Elvis! Wir lieben uns jetzt schon, oder?«

»Soso, ich bin dann wohl überflüssig hier«, stelle ich fest.

»Nein, Max, gar nicht. Wenn du lieb sein willst, kannst du mal die Sachen aus dem Auto holen. Das habe ich jetzt nicht alles schleppen können.«

Natürlich gehe ich. Höchste Zeit, einen Blick auf den Beifahrersitz zu werfen. Die Fingerprobe kommt zu einem eindeutigen Ergebnis: fettig-feucht. Dazu finden sich immer noch Fettspuren auf der Windschutzscheibe und dem Armaturenbrett. Laura hat sich offensichtlich nicht einmal die Mühe gemacht, vor der Fahrt zumindest grob drüberzuwischen. Ich werde jetzt schnell die paar Einkäufe ausräumen und dann sofort das Auto saubermachen.

Mit einem futuristischen Seufzer öffnet sich der Kofferraum und gibt den Blick frei auf »die paar Einkäufe«: Die Jungtiermilch, der Sack Trockenfutter und die Palette mit Konserven sind noch der harmloseste Teil. Reichlich verstörend ist aber bereits die komische Deutschlandfahne fürs Autofenster, wie ich sie eigentlich bisher nur von Bierkästen als Gratisbeigabe kannte – aber nicht für Katzenfutter. Tatsächlich ist auf dem roten Streifen dick und fett das Firmenlogo aufgedruckt, während auf dem gelben Streifen die Umrisse von Katzen zu erkennen sind, die jubelnd ihre Pfoten nach oben strecken. Auf dem schwarzen Streifen steht schließlich in weißer Schrift:

Wir schnurren für die Nationalmannschaft!

Unglaublich. Welche Zielgruppe soll denn damit erreicht werden? Aber ich muss ja nicht alles verstehen. Denn genauso wenig wird mir klar, warum Elvis gleich vier verschiedene Näpfe braucht. Darunter ist ein Katzenkörbchen zu erkennen. Es handelt sich um das gleiche blau-weiß karierte Modell, wie ich es auch schon bei den Poßlers gesehen habe. Lauras Transformation hat also schon begonnen. Doch damit nicht genug: Diagonal im Kofferraum liegen mehrere dicke Röhren, die mit Bändseln umwickelt sind. Dazwischen stapeln sich ein paar Kugeln und Kuben mit lila Samtbezug. Ich hätte alle Gründe der Welt, mich über den Kratzbaum aufzuregen, und sofort wüsste ich mir ein Crescendo der Empörung zurechtzulegen: »Ein neues Möbelstück ohne Rücksprache geht gar nicht! Wo soll der überhaupt stehen? In Lila? Ein Unding! Und wahrscheinlich verlangst du auch noch, dass *ich* den jetzt zusammenbaue!«

Doch das wird wohl warten müssen, denn das eigentliche Grauen liegt im rechten Teil des Kofferraums: eine große weiße Plastikwanne, in der ein gigantischer Sack mit kleinen grauen Körnchen ruht. Sofort sehe ich mich wieder im poßlerschen Gäste-WC, Georges abfälligen Blick auf mich gerichtet. Laura hat uns die Büchse der Pandora ins Haus geholt. »*Besonders hygienisch*« und »*unglaubliche Saugkraft*« lautet das Versprechen auf der Verpackung.

»Na, das wollen wir doch mal sehen«, sage ich zu mir selbst und reiße ungeschickt den Sack auf. Eine kleine Lawine Katzenstreu ergießt sich in den Kofferraum. Egal, ich greife eine Handvoll und balanciere sie zum Beifahrersitz. Behutsam streue ich die Körnchen auf den Fettfleck und drücke sie dann sanft in das Polster. Zufrieden betrachte ich mein Werk. In ein oder zwei Stunden muss ich die Schicht vielleicht mal wechseln, dann kann ich bei der Gelegenheit auch gleich das restliche Auto saubermachen.

Von diesem Teilerfolg ein wenig versöhnt, beginne ich damit, das Auto auszuräumen. Zuerst das Katzenfutter und das Körbchen, dann die Tüte mit dem Katzenspielzeug, die dahinter noch zum Vorschein kommt. Dann der verfluchte Kratzbaum, für dessen Einzelteile ich insgesamt dreimal gehen muss. Blöderweise löst sich irgendwie ganz zufällig die Bauanleitung von einer Samtkiste ab und landet im Rinnstein. (Ich muss dabei nur marginal nachhelfen.) Zum krönenden Abschluss packe ich meine Nemesis. Mit unmissverständlicher Achtlosigkeit lasse ich Plastikwanne und Sack laut aufprallend in den Flur fallen. Noch mehr Streu rieselt aus dem Sack und springt um meine Füße. »Du hättest wenigstens eine heile Tüte nehmen können.«

»Oh, entschuldige bitte, Max. Im Laden war die noch in Ordnung. Vielleicht ist die auf der Fahrt kaputtgegangen.« Laura hockt wieder vor dem Bücherregal und blickt irritiert auf den kaputten Sack. Von Elvis sehe ich nichts. Der hat sich offenbar wieder in sein Versteck verzogen.

»Wo soll der Scheiß denn jetzt überhaupt hin?«

»Ja, das mit dem Katzenklo müssen wir jetzt mal zusammen entscheiden«, sagt Laura geheuchelt salomonisch und erhebt sich. »Ich weiß ja, dass das für dich ein bisschen schwierig ist.«

»Genau, die Betonung liegt auf ›ein bisschen‹.«

Laura überhört meinen Zynismus: »Also, ich hatte an den Flur gedacht. Vielleicht neben der Kommode?«

»Im Flur?!? Damit ich gleich als Erstes, wenn ich nach Hause komme, das Scheißhaus der Katze sehen muss?« Ich winke entschieden ab.

»Hmm. Ich nehme an, im Schlafzimmer wollen wir das Ding nicht stehen haben, oder?«

»Auf keinen Fall! Das wäre ja noch schöner!«

»In der Küche geht es auch nicht. Fressplatz und Klo der Katze sollten nicht in einem Raum sein.«

Ich schüttele empört den Kopf. »Mal ganz abgesehen davon, dass du offenbar schon entschieden hast, dass die Katze im gleichen Raum futtern darf wie wir, finde ich deine Priorisierung doch höchst erstaunlich! Der Fressplatz und das Klo *der Katze* dürfen nicht in einem Raum sein, aber grundsätzlich wäre es okay, wenn die Katze da scheißt, wo *wir* essen?!?«

»Also halten wir fest: Die Küche ist raus. Irgendwie konsequent wäre dann ja das Badezimmer, oder?«

»Das Bad?!?«, frage ich ungläubig. »Wie unhygienisch ist das denn? Da waschen wir uns. Außerdem, so weit kommt es noch, dass ich nicht mehr entspannt auf den Pott gehen kann. Irgendwann will ich ja auch mal meine Ruhe haben. Und wenn ich die Scheiße von wem anders sehen will, gehe ich auf eine öffentliche Toilette.«

»Wir könnten das Klo auch irgendwo dezent ins Wohnzimmer stellen.«

»Wie soll das Klo denn bitte *dezent* irgendwo stehen?« Ich deute auf das Plastikungetüm.

»Zum Beispiel in der Ecke zwischen Couch und Wohnzimmerschrank.«

»Ein Zimmer, in dem ein Katzenklo steht, kann einfach nicht mehr ordnungsgemäß be*wohnt* werden. Das würde die Funktion des *Wohn*zimmers ad absurdum führen«, erkläre ich. Komisch, »wohnen« ist ein eigenartiges Wort, wenn man es so übermäßig betont. Wohnen. Aber das bringt mich auf eine Idee: »*Wohn* ist schließlich die Kurzform für *Woh-lfühle-n*.«

»Aus welcher schlechten IKEA-Werbung hast du das denn?«

»Nein, das ist so! Das sagt auch der Dr. Hiller«, lüge ich.

»Ist das dieser Rentner von gegenüber, der auf dem Nachbarschaftsfest so ziemlich jeden angepöbelt hat?«

»Genau der! Aber wenn man sich mal länger mit dem unterhält, ist der eigentlich ganz nett. Der muss das mit dem Wohnen jedenfalls wissen, der ist Sprachwissenschaftler und hat früher im Bildungsministerium gearbeitet.«

»Okay, wenn wir deiner Logik und der vom geschätzten Herrn Doktor folgen, dann kann das Katzenklo nicht in ein *Wohlfühl*zimmer, sondern muss natürlich in ein *Arbeits*zimmer.« Laura tut so, als würde sie angestrengt nachdenken. »Ach, genial, davon haben wir ja genau eins!«

»Auf keinen Fall!«, protestiere ich, »das Arbeitszimmer ist der einzige Raum, in dem ich wirklich ungestört sein muss. Wegen der Arbeit.«

»Du meinst, wo du deine komischen Raumschiffchen aufstellen kannst!«

Okay, mein Hobby ist komisch. Das kriege ich nicht nur von Laura, sondern vom gesamten Freundeskreis regelmäßig attestiert. Insbesondere Schulz kann sich gar nicht oft genug darüber lustig machen. Ich sammle halt gerne die Raumschiffe aus guten Science-Fiction-Filmen und -Serien, vor allem *Star Trek* und *Star Wars*, *Battlestar Galactica* natürlich, aber auch ein wenig *Babylon 5* und so …

»Nein, primär ist der Raum das Arbeitszimmer. Von mir aus können die Modelle auch ins Wohnzimmer, aber das willst du ja nicht.«

»Halten wir fest, Max, du willst das Katzenklo in keinem Zimmer unserer Wohnung.«

»Das hast du messerscharf erkannt.«

»Irgendeine Lösung müssen wir aber finden.«

»Wie wäre es denn mit dem Balkon? Da ist das Klo an der frischen Luft, und Elvis lernt gleich, wo er am besten in Zukunft seine Haufen setzt: nämlich draußen und möglichst weit weg von unseren vier Wänden.«

»Das geht doch nicht. Oder willst du jedes Mal die Tür aufmachen, wenn der Kater muss? Außerdem wissen wir ja gar nicht, wann der tatsächlich will. Und wie soll der sein Geschäft machen, wenn wir nicht da sind?«

»Einhalten«, sage ich trotzig.

»Also, Max, ich schlage vor, du entscheidest dich zwischen Arbeitszimmer, Flur und Badezimmer! Mir ist das im Prinzip egal.«

Super. Pest oder Cholera. Oder Katzenkacke. Ich stelle mich so in den Flur, dass ich den Blick durch die geöffneten Türen von Arbeitszimmer und Bad habe. Nicht das Arbeitszimmer, sagt mir mein Bauch sofort. Das ist meins! Nur meins! Und das Klo? Nein, das geht auch nicht. Ich muss unbedingt vermeiden, dass sich so ein Vorfall wie bei den Poßlers noch mal wiederholt. Am Ende entwickelt der Kater noch einen Tick und will auch immer dann, wenn ich es mir auf dem Thron gemütlich gemacht habe. Nicht auszudenken. Dann bleibt nur noch der Flur. Also, immer wenn man nach Hause kommt, ist dann der Blick auf das Scheißhaus der Katze gerichtet? Na ja, irgendwie passt das ja nur zu meinem neuen Leben. Resignierend zeige ich auf die Ecke neben der Kommode im Flur. »Kannste da hinstellen!«

»Okay.« Laura gibt mir einen Kuss auf die Wange und

macht sich sofort an die Arbeit. Kaum rauscht die Katzenstreu in die Plastikwanne, ist ein quäkiges »Mau« aus dem Wohnzimmer zu vernehmen. Mit vorsichtigen Schritten nähert sich Elvis. Er schnuppert kurz an den Einzelteilen des Kratzbaums und den Konserven und läuft dann mit einem äußerst vorwurfsvollen Mauzen zum frisch hergerichteten Katzenklo. Auch hier schnuppert er kritisch, springt dann aber über die Plastikschwelle und geht ein paar vorsichtige Schritte durch das Grau. Kurz darauf ist er in der Hocke und strullert los. Der trockene Katzensand knackt und gluckst, als er versucht, sein Versprechen von der besonderen Saugkraft einzuhalten. Laura gluckst auch: »Ja, du bist ja ein ganz Feiner! Hast du dein Katzenklo gleich gefunden! Ja, du Feiner! Du Feiner!«

Ich werde nie dafür gelobt – und das, obwohl ich mich sogar seit ein paar Jahren konsequent zum Pinkeln hinsetze und es nicht einfach nur behaupte. Elvis scheint sich das Lob auf jeden Fall gefallen zu lassen. Er hat die Augen geschlossen, und fast sieht es so aus, als würde er zustimmend nicken. Mit einer auffordernden Handbewegung signalisiert Laura mir, dass ich auch irgendwas Lobendes sagen soll.

»Wahnsinn, Elvis. Du bist wirklich ein super Kater«, sage ich. »Wenn du jetzt noch genauso erfolgreich fressen und haaren kannst, haben wir echt den Glücksgriff unseres Lebens gemacht.«

Kapitel 3

Hoffnungslose Fälle

Ich öffne die Haustür und starre auf mein Spiegelbild: bleiches Gesicht, Ringe unter den Augen, todmüder Blick. Erst beim zweiten Hinschauen erkenne ich Schulz.

»Hallo. Du siehst ungefähr so aus, wie ich mich fühle.«

»Dito, Max«, gähnt Schulz mir entgegen. Schulz heißt eigentlich mit vollem Namen Christopher Schulz, aber irgendwie nennen ihn alle im Haus nur beim Nachnamen. Das war schon so, als Laura und ich hier eingezogen sind.

»Habe die letzten Nächte kaum geschlafen. Was'n neuerdings bei euch hier unten los?«

Bevor ich antworten kann, sehe ich im Augenwinkel, wie Elvis vom Wohnzimmer in die Küche eilt. Lauras Herumraschaln am Kühlschrank macht dem Kater Hoffnungen auf eine Extraportion. Der Körper ist vor Aufregung ganz angespannt, der Schwanz streng in die Höhe gerichtet und nur die Spitze leicht abgeknickt. Es sieht aus, als streiche sie unterhalb eines unsichtbaren Elektronetzes entlang. Katzenautoskooter. Im Laufen will er ein langgezogenes »Mauuuuuu« ausstoßen, das allerdings bei jedem Schritt ein wenig durchgeschüttelt wird, so dass es eher wie »Mauhuhuhuhuhuhuhu« klingt.

»Hallo, Elvis, hast du schon wieder Hunger?«, ertönt Lauras freudige Stimme aus der Küche.

»Mau.«

»Nein, jetzt gibt es aber nichts.«

»Mau.«

»Na gut, ein kleines Leckerli.«

Schulz und ich werfen uns vielsagende Blicke zu.

»Echt jetzt?«, fragt er schließlich.

»Echt jetzt«, antworte ich.

»Hätte ich nicht gedacht, dass du dich breitschlagen lässt, eine Katze zu halten.«

»Ist nicht meine Katze. Die gehört Laura. Wir wohnen nur zusammen.«

»Ja, nee, ist klar.«

»Elvis ist nicht meine Katze!«, wiederhole ich trotzig.

»Elvis? Also, der Name passt natürlich super.«

»Ja, ich weiß, wegen des Haarwirbels vorne. Sieht aus, als hätte der eine Tolle wie der King of Rock 'n' Roll. Superlustig, ich lache auch immer noch jeden Tag drüber«, erwidere ich trocken.

»Doch nicht deswegen!«, erwidert Schulz. »Nein, wegen des nächtlichen Gejaules, wegen der verfluchten Katzenmusik, die der jede Nacht macht. Weißte eigentlich, wie laut das ist, obwohl dazwischen 'ne komplette Etage liegt?«

»Was glaubst du denn, wie laut das ist, wenn dazwischen keine Etage liegt? Ich habe seit gefühlt einer Million Jahren nicht mehr durchgeschlafen«, entgegne ich und weise demonstrativ auf meine Augenringe. In der Tat hat Elvis mich absolut beim Wort genommen, als ich ihm erklärt habe, dass er niemals im Bett *schlafen* wird. Nein, stattdessen *tobt* er die ganze Nacht im Bett, und zwar zuverlässig immer, sobald wir das Licht ausgeschaltet haben und unmissverständlich schlafen wollen. Aus unerfindlichen Gründen scheint dies für

Elvis das Signal zum Spielen zu sein. Unermüdlich schleppt er dann Berge von dem Katzenspielzeug ins Bett, das Laura für ihn gekauft hat. Dann jagt er damit über die Deckenlandschaft, läuft über unsere Gesichter, attackiert unsere Füße und singt und miaut – natürlich – fast ununterbrochen. Jeder Versuch, ihn irgendwie zum Schweigen zu bringen, ist grandios gescheitert:

In der ersten Nacht hat er eine Extraportion Futter bekommen, damit er vom Verdauen müde wird. Vergeblich! Offenbar hat er dadurch einfach nur noch mehr Power.

In der zweiten Nacht wollte Laura ihn »müde spielen« und hat bis nach Mitternacht mit ihm getobt: Fangen spielen, Laserpointer jagen, mit seinem Stofflöwen kabbeln etc. Erfolglos! Elvis hat das Müdespielen einfach bis in die frühen Morgenstunden verlängert.

In der dritten Nacht haben wir es mit Aussitzen versucht: Einfach nicht mehr reagieren, wenn er miaut, so tun, als würde man schlafen, und sich vor allem einfach nicht gestört fühlen. Umsonst! Elvis hat sich daran ebenso wenig gestört und sein nächtliches Programm einfach vermeintlich ohne Publikum durchgezogen.

In der vierten Nacht bin ich dann ausgerastet. Habe Elvis aus dem Bett geworfen, rumgebrüllt und zehn Minuten lang einen unheimlichen Terz gemacht. Für exakt diese zehn Minuten war Elvis dann tatsächlich mal still und verkroch sich unter dem Wohnzimmerregal. Kaum aber war ich wieder im Bett, war der kleine Mistkerl auch wieder da. Völlig unbeeindruckt und zusammen mit seiner klingelnden Stoffmaus, die er vermutlich unterm Regal wiedergefunden hatte.

In der fünften Nacht hatte ich Laura dann so weit, dass ich Elvis aus dem Schlafzimmer aussperren durfte, obwohl das ja eigentlich »so schrecklich grausam« ist. Selbst eine Katzenübermutter vom Schlage »von der Leyen« braucht irgendwann mal Ruhe. Das Schlafzimmer sollte also diese Nacht katzenfreie Zone werden. Aber mitnichten! Kaum war die Tür zu, hatte Elvis auch schon damit begonnen, an der Tür zu kratzen und zu schimpfen wie ein Rohrspatz. Ungefähr so muss es gewesen sein, als Gerhard Schröder zu seinen Studentenzeiten an den Gittern des Bundeskanzleramtes rüttelte und rief: »Ich will hier rein! Ich will hier rein!« Bis der Pförtner irgendwann entnervt aufgab und Schröder ein paar Jahre später tatsächlich sieben Jahre lang Regierungschef war. Und weil Geschichte sich wiederholt – das zweite Mal immer als Farce –, ist auch Elvis bald darauf ziemlich genau sieben Stunden lang Regierungschef unseres Schlafzimmers. Die Amtshandlungen des Katzlers kommen bei mir ungefähr genauso gut an wie die Agenda 2010 und Hartz IV bei den Gewerkschaften.

Letzte Nacht habe ich dann sogar freiwillig auf der Couch geschlafen, damit zumindest ich meine Ruhe habe. Wie naiv von mir! Natürlich ist Elvis die ganze Nacht durch die Wohnung gerannt und hat sein Spielzeug immer von einem Schlafplatz zum anderen getragen …

»Ach nee, der Herr Schulz«, höre ich auf einmal Laura hinter mir. Sie hat Elvis auf den Arm genommen, der sich selbstzufrieden an sie kuschelt. Er hat die Augen beinahe ganz geschlossen und will offenbar totale Gelassenheit suggerieren. Doch sein Schwanz, der unkontrolliert durch die Luft schlägt, verrät seine innere Aufregung.

»Hallo, Laura«, entgegnet Schulz, »du siehst aber auch irgendwie fertig aus. Haben wir uns ein bisschen übernommen als Katzenmama?«

»Süß ist er, oder?«, ignoriert Laura ganz bewusst Schulz' Frage und schaukelt Elvis wie ein Baby hin und her. Das Peitschen des Schwanzes nimmt noch ein bisschen zu.

»Ja, mega. Und scheiße laut! Das müsst ihr echt mal abstellen.«

»Hey, ich würde so gerne, aber wir wissen einfach nicht, wie. Wir haben schon alles ausprobiert«, sage ich. Laura hingegen stellt nüchtern fest: »Ach, ich finde, das ist jetzt einfach mal ausgleichende Gerechtigkeit.«

»Was meinste denn damit?«, will Schulz wissen. Dabei weiß er vermutlich genauso gut wie ich, was jetzt kommt. Unauffällig bewege ich mich ein wenig zur Seite, um nicht in der verbalen Schusslinie der beiden zu stehen.

»Das weißt du doch ganz genau«, gibt Laura dann auch nur zurück. Das Verhältnis zwischen Laura und Schulz ist, nun ja, kompliziert. Ich glaube, eigentlich können sie sich schon ganz gut leiden, allerdings haben beide absolut unterschiedliche ... hm ... Wertvorstellungen? Lebenseinstellungen?

Denn wie es, glaube ich, in jeder Männerfreundschaft normal ist, hält man die Freundin des besten Kumpels wenigstens für eine Spaßbremse, wenn nicht gar für Schlimmeres. Sobald Mann in einer Beziehung ist, will der nämlich nicht mehr feiern gehen und mutiert zu einem Couchpotato. Verantwortlich ist dafür natürlich die Frau, unter deren Pantoffel Mann steht. Entsprechend hält Schulz mich natürlich für einen hoffnungslosen Fall. Das negative Bild von Beziehungen ist bei Schulz besonders ausgeprägt – nicht zuletzt auch, weil er ein überzeugter und von seiner Warte aus wohl auch sehr erfolgreicher Single ist. Und ganz abstreiten kann ich das nicht. Die zahlreichen One-Night-Stands und sonstigen Bettgeschichten unseres Nachbarn kriegen wir nämlich zwangsläufig auch mit. Entsprechend gering fällt wiederum Lauras Meinung über Schulz' »Beziehungs-« und Sexleben aus: ein hoffnungsloser Fall.

»Deine nächtliche Geräuschkulisse bleibt auch nur in den seltensten Fällen in deinen eigenen vier Wänden. Wenn man Glück hat, hört man nur das Knarren deines Betts. Aber meistens hat man Pech, und deine Auserwählte lässt einen sehr deutlich wissen, was gerade passiert ...«

Wo Laura recht hat, hat sie recht. Ich nicke zustimmend. Schulz hingegen scheint das gar nicht zu stören. Im Gegenteil: Ein breites Grinsen macht sich auf seinem Gesicht breit.

»Gut, ne?«

»Nein, ehrlich gesagt ist es meistens ziemlich ekelhaft«, erwidert Laura.

»Immer noch besser als dieses Dauerjammern der Katze.«

Wo Schulz recht hat, hat er recht. Ich nicke zustimmend.

»Nur weil der deutlich länger kann als du«, erwidert Laura trocken.

»Was soll das denn heißen?!?«

»Manchmal ist es da oben ja auch ganz schnell wieder still ...«, erklärt Laura mit gespitzten Lippen und krault dem Kater den Kopf.

»Ist ja auch egal jetzt«, will ich zwischen den beiden vermitteln, »das mit Elvis wird bestimmt nicht ewig so weitergehen. Im Moment ist der halt noch ein Baby. Quasi. Aber wenn er älter wird, wird er bestimmt ruhiger.«

Wen versuche ich hier eigentlich zu beruhigen? Doch schon am meisten mich selbst, oder? Ich würde so verdammt gerne mal wieder schlafen! Als würde ich dort eine Antwort finden, verfolge ich die zuckenden Bewegungen des Katzenschwanzes. Ein hoffnungsloser Fall.

»Vielleicht könntest du auch endlich mal den Kratzbaum zusammenbauen, dann hätte Elvis einen eignen Spielplatz, auf dem er sich austoben kann.«

»Als ob das einen Unterschied machen würde«, entgegne ich. »Verdammte Duracell-Katze!«

»Einen Versuch ist es wert. Schulz kann dir doch helfen. Der hat ja offenbar auch ein ureigenes Interesse daran, wieder die lauteste Wohnung in der Nachbarschaft zu haben.«

»Klaro, habe schließlich 'nen Ruf zu verlieren«, grinst Schulz dämlich. »Wo ist denn das gute Stück?«

»Die Einzelteile des *guten Stücks* liegen hinter der Couch«, sage ich gepresst. Warum muss ausgerechnet jetzt der blöde Kratzbaum zur Sprache kommen? Bisher konnte ich erfolgreich verhindern, dass auch noch dieses lila-beige Samtungetüm in meiner einst so schönen Wohnung Wurzeln schlägt. Aber offenbar wächst diese Gattung besonders gut auf einem mit Klostreu und Katzenhaaren gedüngten Boden.

»Lass mal, Schulz«, füge ich gönnerhaft hinzu, »du musst mir da nicht helfen. Ich kümmere mich noch darum.«

»Ja, aber meinest du nicht, dir fehlt da irgendein Werkzeug? So ein holländischer Axenschlüssel oder so was in der Art?«, erinnert mich Laura an meine Notlüge. »Vielleicht hat Schulz den ja?«

»Holländischer Axenschlüssel?«, fragt der irritiert.

»Nein, ich sagte ›belgischer Doppelaxialschlüssel‹. Um die verdeckten Enden der einzelnen Schraubgewinde extern zu verschließen.« Ich zwinkere Schulz vielsagend zu und mache gleichzeitig eine besonders fachmännisch wirkende rotierende Handbewegung. »Andernfalls droht der ganze Baum ja einzustürzen, und am Ende passiert Elvis noch was. Das wollte ich einfach nicht riskieren.«

»Das muss ich mir jetzt mal genauer angucken!«, erklärt Schulz und stürmt an mir vorbei ins Wohnzimmer. Hat der Idiot mein Zwinkern etwa nicht verstanden? Offensichtlich nicht. »Nee, Max, ich glaube, den kriegen wir ganz schnell so zusammengebaut«, erläutert mein blöder Nachbar, während er eine Kratzbaumstange in eine Samthöhle schraubt. Dann zieht und zerrt er demonstrativ an den verschraubten Teilen, ohne dass diese sich auch nur einen Millimeter auseinanderbringen lassen könnten. »Hält doch bombenfest! Da brauchen wir deinen komischen Axen-Schnickschnack gar nicht.«

Danke, Schulz, du bist ein wahrer Freund. Laura steht jedenfalls entzückt daneben, und Elvis lugt neugierig zwischen ihren Armen hervor.

»Willst du mal?«, fragt Schulz und hält Elvis den Samtkobel hin. Der Kater lässt sich nicht lange bitten und wechselt sofort in die Höhle. Wie selbstverständlich rollt er sich darin zusammen. Stolz hält Schulz uns die Katze in der Kugel entgegen. Wie eine Stablaterne, oder nein, wie ein überdimensionales Katzenzepter.

»Ach, blöd. So können wir natürlich nicht weiterbauen. Immerhin haben wir es versucht«, erkläre ich und werfe einen enttäuschten Blick in die Runde. »Am besten, du setzt Elvis da vorne irgendwo ab, und ich baue das Teil fertig, sobald er kein Interesse mehr an seinem neuen Schlafplatz hat.«

»Doch, klar!« Schulz ist von einem unerklärlichen Ehrgeiz gepackt. Vielleicht liegt es an der vermeintlichen Zuneigung der Katze, vielleicht hat es mit dem Schlafmangel zu tun, jedenfalls brennt er auf einmal darauf, diesen Kratzbaum zusammenzubauen. »Das ist doch mal eine Herausforderung:

Schaffen wir es, den Baum so schnell und doch so präzise und ruhig aufzubauen, dass die Katze sich nicht davon gestört fühlt?«

Super.

»Also, wenn ihr das schafft, dann lasse ich einen Kasten Bier springen!«, gießt Laura unnötigerweise noch Öl in das Feuer.

Genial.

»Ey, das ist doch was, Max!« Schulz gibt mir einen Knuff mit dem Ellenbogen. »Oh, aufgepasst, ich sollte keine heftigen Bewegungen mehr machen.« Elvis schickt einen vorwurfsvollen Blick aus der Höhle und trifft damit ziemlich genau meine Gemütslage. Ist in der Tat eine super Sache mit dem Kasten. Ich weiß nämlich schon, wer den dann aus dem Auto schleppen darf und aus welcher Haushaltskasse der bezahlt wird.

»Gibt es eigentlich eine Bauanleitung?«, fragt Max, während er mit der Linken die Einzelteile nebeneinander auf dem Wohnzimmerboden ausbreitet und mit der Rechten immer noch das Katzenzepter balanciert.

»Es gab eine. Aber die ist wohl verlorengegangen«, entgegnet Laura. »Und ich war mir so sicher, dass ich die auch in den Kofferraum gepackt hatte. Am Zoogeschäft hatte ich sie jedenfalls noch.«

»Ja, wirklich seltsam«, bestätige ich, »aber den Sack mit der Katzenstreu hast du ja auch beschädigt zu Hause abgeliefert...«

»Ach, kein Problem«, entgegnet unser völlig euphorisierter Nachbar. »Also, das hier ist ja offensichtlich der Fußsockel... und da passt auch nur diese Stange rein... andersherum natürlich! Max, kannst du gerade mal Elvis halten?«

Die nächsten zwanzig Minuten verbringen wir damit, die einzelnen Komponenten des Kratzbaums in ihre richtige Position zu bringen. Wobei »richtig« absolut nichts mit »ästhetisch« oder gar »schön« gemein hat. Eine sinnlose Ansammlung von Kratzflächen, Spieletagen und Schlafkammern wächst Stück für Stück in die Höhe. Längst ist Elvis' Thron ein fester Bestandteil des Hauptarmes geworden, und der Kater residiert in anderthalb Metern Höhe über seinen Arbeitssklaven, offensichtlich sehr zufrieden mit der neuen Perspektive, die ihm hier geboten wird. Schulz hingegen scheint endgültig in die Vasallenrolle hineingewachsen zu sein. Ehrfürchtig kniet er vor dem Katzenbaum und bewundert das Werk: »Jetzt müssen wir nur noch die kleine Stoffmaus an dem Faden hier unter dem Brett anbringen, und dann hat Elvis immer was zum Spielen ...«

»Das ist doch ganz toll geworden, nicht wahr Elvis?«, stellt Laura fest. Hochwohlgeboren erwidert mit einem langgezogenen Zwinkern, das in meinen Augen unglaublich abfällig wirkt. Auch wenn Laura mir kontinuierlich das Gegenteil nahelegen möchte, nämlich dass Katzen damit ihre Zufriedenheit zum Ausdruck bringen wollen! Ich halte es für weitaus wahrscheinlicher, dass hier schiere Arroganz zum Vorschein kommt. Für eine Weile sitzen wir vier vor beziehungsweise in dem fertigen Werk, und alle außer mir wirken sehr zufrieden mit sich.

»Das haben wir doch super hingekriegt!«, bauchpinselt Schulz sich noch ein wenig, und Laura nickt zustimmend.

Ja, wirklich super. Eigentlich müsste ich jetzt mal fragen, wo dieses Monstrum eigentlich in Zukunft stehen soll, doch irgendwie befürchte ich, hier nur eine allzu bekannte Diskussion erneut zu erleben. Stattdessen wende ich mich an

Schulz: »Toll gemacht! Weißt du zufällig auch, wie man fettverklebte Katzenstreukruste aus einem Autositz entfernen kann?«

Kapitel 4

Krieg der Sterne

Der Übersee-Aufkleber und die US-amerikanischen Poststempel lassen keinen Zweifel: »Sie ist da! Sie ist da!«, jubiliere ich, während ich vom Briefkasten zurück in unsere Wohnung springe. »Sie ist da!!!« Die Kapuze meines übergroßen *Starfleet-Academy*-Pullovers hüpft bei jedem Sprung auf und ab. Elvis geht vorsichtshalber unter unserem Bett in Deckung.

»Wer ist da?«, fragt Laura, während sie sich ihre Jacke überstreift.

»Das beste, schönste und vielleicht bedeutendste Schiff in der Geschichte von *Star Trek*!« Pathos schwingt in meiner Stimme mit, als ich den vollen Titel verkünde: »Die *USS Enterprise NCC-1701-D*.«

Laura zuckt mit den Achseln und greift nach ihrem Haustürschlüssel. »Kenne ich nicht.«

»Mann, Laura, die ›*D*‹!«, sage ich, als würde ich mit einem begriffsstutzigen Lurianer reden. »Das Flaggschiff! Kommandiert von Captain Jean-Luc Picard, gespielt von Patrick Steward. Zu sehen in *Star Trek – Das nächste Jahrhundert* und in *Star Trek – Treffen der Generationen*. Na, klingelt es jetzt vielleicht bei dir?«

Offenbar nicht.

»Ich zeige es dir gerne noch mal!«, sage ich immer noch euphorisiert, drücke Laura das Paket in die Hand und eile ins Arbeitszimmer. Ich öffne die Hauptvitrine mit der *Star-Trek*-Sammlung und nehme ein kleineres Modell der *Enterprise D* aus dem Regal.

»Hier!« Ich halte Laura das Schiff unter die Nase. »Ist sie nicht wunderschön?«

Meine Freundin scheint die Begeisterung nicht zu teilen. »Wie? Du hast das schon?«, fragt sie. »Wozu brauchst du das denn noch mal?«

Sie nimmt das Modell kurz in die freie Hand und stellt es dann, ohne es sich richtig angeguckt zu haben, auf die Kommode neben sich.

»Laura, ich bitte dich! Das hier ist nur ein simpler Bausatz von *Revell*.« Ich halte ihr die zusammengebaute *Enterprise* noch mal unter die Nase. »Ganz nett anzuschauen, aber zum einen keine besondere handwerkliche Herausforderung und zum anderen totale Massenproduktion. Also unspektakulär. Hier drin hingegen«, mit ehrfürchtiger Geste halte ich das Paket in die Höhe, »versteckt sich eine *Enterprise D* der Extraklasse: Eigentlich nur auf dem US-amerikanischen Markt erhältlich, dreimal größer als das größte *Enterprise*-Modell, das ich habe, teilweise mit modellierten Innenräumlichkeiten, die man durch die Fenster sehen kann, und sogar mit eigener Elektrotechnik, welche das Schiff in unterschiedlichen Modulationen beleuchtet ...«

»Du hast mehrere Modelle von dem gleichen Raumschiff?«

»... dazu eine Option auf Soundeffekte, aber die sind noch nicht dabei ...«

»Wie oft hast du die *Enterprise*, Max?«, fragt Laura äußerst eindringlich und reißt mich aus meiner Schwärmerei. Ich überhöre den kritischen Unterton und gebe eine möglichst präzise Antwort: »Also, bereits die Frage ist ja ungenau. Wenn du die *Enterprise D* meinst, die habe ich, glaube ich, viermal, jetzt fünfmal. Die *E* habe ich dreimal, von der *B* habe ich zwei. Von der *C* habe ich gar keine, die sind schwer zu bekommen, da gibt es kaum anständige Modelle, weil die nie eine eigene Serie hatte.« Ich lege Paket und Raumschiff wieder auf der Kommode ab, um beide Arme zum Gestikulieren frei zu haben. An meinen Fingern zähle ich ab: »Dafür habe ich von der *Enterprise A* wieder sechs Modelle, sogar ein äußerst seltenes Sammlerstück, als die noch *Yorktown* hieß, und dann gibt es natürlich …«

»Du hast wirklich die gleichen Raumschiffe mehrfach?!« Fast könnte man meinen, Laura höre mir nie zu, wenn ich ihr von meinen neuesten Errungenschaften berichte. Selbst der Kater zeigt größeres Interesse als meine Freundin: Mit einem kraftvollen Sprung aus dem Stand hat er es auf die Kommode geschafft. Sofort erklärt er das Päckchen zum neuen *place to be* und lässt sich darauf nieder. Eigentlich sollte ich intervenieren, aber zum einen wirkt die Polsterung ausreichend dick und zum anderen bin ich ja immer noch damit beschäftigt, Laura die Unterschiede meiner Sammlung klarzumachen. »Ja, die gleichen Schiffe, aber doch nicht die gleichen Modelle! Das sind alles unterschiedliche Varianten, unterschiedliche Maßstäbe, unterschiedliche Detailliertheit«, erkläre ich und biete dann sogar an: »Komm, ich zeige sie dir noch mal ganz genau. Wenn wir vor der Vitrine stehen, wird dir das alles viel schneller klar …«

»Äh, nein«, entgegnet Laura knapp, »ich treffe mich jetzt mit Lissi zum Brunch.«

»Aber so wirst du es doch nie lernen!«, gebe ich zu bedenken, doch irgendwie dringe ich damit nicht durch. Stattdessen gibt Laura mir einen Kuss auf die Wange. »Tschüs, mein Schatz!«

»Und wenn wir einfach noch mal versuchen, die Filme zu gucken? Von mir aus auch nur die ersten sieben bis zur Staffelübergabe von Kirk an Picard«, schlage ich salomonisch vor und male mir aus, wie sie bis zu Picard längst völlig gefesselt wäre und unbedingt weitergucken wollen würde. Doch selbst dieses großzügige Angebot wird ignoriert. »Tschüs, mein anderer Schatz. Ich lasse dich jetzt mit dem Irren allein. Aber das schaffst du schon! Vitrinen mit komischen Figuren drin bist du ja noch von der Mama Poßler gewohnt.«

Was für ein mieser Vergleich! Was für eine Unverschämtheit! Meine Raumschiffmodelle mit der verdrehten Tonkatzen-Sammelleidenschaft einer verrückten Katzenfrau gleichzusetzen ist eine äußerst bösartige Beleidigung. Doch meine Empörung wird einfach ignoriert. Laura gibt Elvis ebenfalls einen Kuss auf die Wange und drückt ihr Gesicht gegen seins. Der Kater richtet sich auf und schiebt seinen Kopf so weit wie nur möglich nach hinten. Das Kinn verschwindet fast gänzlich im Hals, und dazu schaukelt er mit den Schultern hin und her. Dann schließt er angewidert die Augen und zieht die Mundwinkel abwechselnd von links nach rechts. Ein Manga-Zeichner hätte seine helle Freude an dieser Vorlage.

»Ach, Putzelmann, hab dich nicht so!« Laura wendet sich vom Kater ab und mir zu: »Ich bin jetzt weg! Dich finde ich vermutlich im Arbeitszimmer, wenn ich wiederkomme?«

»Davon kannst du ausgehen!« Ich schiebe die Fellwand von meinem Paket und hüpfe voller Freude ins Arbeitszimmer. Elvis leckt sich beleidigt das Fell.

Ich höre kaum noch, wie die Tür ins Schloss fällt. Übervorsichtig reiße ich die Laschen des Päckchens auf und ziehe behutsam die einzelnen Teile des Bausatzes aus der Schutzfolie. Der altbekannte Geruch von frisch gegossenem Plastik dringt in meine Nase und steigert die Vorfreude noch weiter.

»Ach herrje, sieht aber ganz schön kompliziert aus. Ohne Bauanleitung auf jeden Fall nicht machbar«, sage ich zu mir selbst, während ich die Einzelteile begutachte. »Und ohne den richtigen Film schon gar nicht!«

Ich ziehe *Star Trek VII* aus dem Regal, den ersten und letzten Kinofilm mit der *Enterprise D*, und starte den Film auf meinem Computer. Dann beginne ich damit, die einzelnen Gussgrate vorzusortieren. Das Kratzen von Plastik über die Schreibtischplatte scheint eine magische Wirkung auf einen gewissen Kater zu haben. Mit einem nahezu lautlosen Sprung landet er inmitten der Einzelteile und blickt sich neugierig um.

»Nein, Mann! Auf keinen Fall!« Ich schiebe Elvis an den Rand des Schreibtisches, so dass dieser mit einem beleidigten »Mau« wieder von der Kante springt. Doch schon nach wenigen Augenblicken taucht er am anderen Ende des Schreibtisches wieder auf und steigt zwischen den Bausatzteilen umher – immerhin, ohne auch nur ein einziges zu berühren. Dafür streift er umso direkter an meinen Armen und meinem Oberkörper entlang und hinterlässt eine ganze Armada von beigen Haaren auf meinem schönen dunkelblauen Pulli. Selbst auf dem *Academy*-Logo sind deutliche Spuren des Streifzugs zu erkennen.

»Machtdemonstration fertig?«, frage ich den Kater genervt. Dieser steht nun unschlüssig am anderen Ende der Schreibtischplatte. Wie immer, wenn Elvis unruhig ist, zuckt sein

Schwanz unkontrolliert umher. Kurz betrachtet er den Computerbildschirm, auf dem der Androide Data gerade darüber sinniert, ob er sich einen Emotionschip einsetzen soll. Ich lasse den Kater noch einen Moment gewähren, weil ich weiß, dass in wenigen Sekunden Datas Katze auf dem Bildschirm erscheinen wird, und ich insgeheim hoffe, dass Elvis sich erschreckt oder anfängt zu fauchen oder sonst irgendeine verrückte Reaktion zeigt. Doch als die Filmkatze vorbeihüpft, hat Elvis das Interesse an den bewegten Bildern bereits verloren. Dafür ist jetzt die Verpackung des Raumschiffmodells wieder ganz oben auf seiner sich sekündlich ändernden To-do-Liste. Als sei er ein mächtiger Löwenkönig und das Paket sein altehrwürdiger Herrscherfelsen, nimmt Elvis darauf Platz und blickt mit mildtätigem Stolz in die Ebene, wo sein Volk von Gussrahmen ehrfürchtig unter ihm kauert. Für seinen niedersten Diener und Hofnarren Max, den Zadow, hat der King nicht einmal ein müdes Blinzeln übrig.

»Komm mal auf dein Leben klar! Du lebst ja in der totalen Phantasiewelt«, sage ich zu der Katze. Der Kater erspart sich den allzu offensichtlichen Konter, dass er sich von einem erwachsenen Mann, der *Star-Trek*-Fankleidung trägt und Modellraumschiffe zusammenbaut, diesen Vorwurf sicherlich nicht gefallen lassen muss. Stattdessen streckt er die Brust noch ein bisschen weiter raus und schließt vermeintlich gelangweilt die Augen. Solange er da bleibt, soll es mir recht sein.

Die nächste Dreiviertelstunde vergeht äußerst friedlich – sieht man einmal vom Kampf der *Enterprise* mit dem klingonischen Raumschiff ab. Doch selbst die Weltraumschlacht auf der Leinwand kann Elvis und mich nicht aus der Ruhe bringen. Der Kater hat sich mittlerweile auf dem Paket zusammengerollt. Lediglich das beständige Zucken seiner Ohren, immer wenn ein Photonen-Torpedo abgefeuert wird, ist ein Hinweis darauf, dass er dem groben Handlungsgeschehen folgt. Auch ich habe nur noch bedingt Augen für den Film, da sich das Verlegen der Stromleitungen in der Untertassensektion als weitaus schwieriger entpuppt hat als ursprünglich angenommen. Doch während auf der zerschossenen Film-*Enterprise* immer mehr Lichter ausgehen, erstrahlen bei mir die ersten Modellfenster im stolzen Schein vieler kleiner LED-Lichter. Zufrieden betrachte ich meinen Zwischenerfolg. Jetzt könnten eigentlich die ersten Teile dauerhaft zusammengeklebt werden. Ich ziehe die beiden Fläschchen Spezialkleber aus meinem Schubladenversteck hervor. Das Verstecken ist eine Vorsichtsmaßnahme, die erforderlich geworden ist, seit Laura und ihre blöde Cousine mal beim Basteln der Weihnachtsdeko produktionstechnisch mit der Volksrepublik China in Konkurrenz getreten sind. Dabei haben die beiden Damen die komplette Flasche meines Superklebers leer gemacht und alleine damit 27,95 € auf den Kopf gehauen. Wenigstens haben sie nicht die Genialität der Flüssigkeit in der zweiten Flasche begriffen, so dass mir das Bindemittel im Wert von weiteren 14,95 € erhalten blieb. Das Zeug hat die geniale Eigenschaft, den Kleber sofort – und ich meine *sofort*! – zu trocknen und alles bombenfest zu halten. (Laut Teleshopping-Verkäufer kann man damit sogar einen ganzen Lkw an einem Kran festkleben und in die Luft heben – vorausgesetzt, man hat einen Kran und einen Lkw ...) Wohlweislich stelle ich die beiden Fläschchen möglichst weit von Elvis weg und parke sie zu meiner Linken.

Behutsam setze ich die Brücke in die restliche Untertassensektion ein und streiche einen winzigen Klecks des

Bindemittels über den Kleber. Bloß keine Klebespuren auf der äußeren Hülle hinterlassen – das sähe später unheimlich dilettantisch aus! Verdammt, erst jetzt bemerke ich, dass da auf der Backbordseite noch eine Fensterfront fehlt. Hektisch durchwühle ich den vorsortierten Stapel mit den durchsichtigen Plastikteilchen. Doch vergeblich, keines der dortigen Fenster passt in die obere Sektion. Ist es mir runtergefallen? Erfolglos suche ich den Fußboden unterhalb des Schreibtisches ab. Vielleicht noch in der Verpackung? Meine Hand tastet sich in die Verpackung vor, und obwohl ich Elvis möglichst behutsam anhebe, ruckt der Kater plötzlich in die Höhe und gibt eine Art Knurren von sich.

»Ist ja gut, Chef. Ich gucke nur was nach, und dann kannst du gerne weiterdösen. Hey, guck mal hier! Da ist es ja!« Freudig halte ich Elvis die Fensterplatten unter die rosa Nase. Der schnuppert kurz daran und wendet sich dann missmutig ab. Kurz entschlossen springt er einmal mehr vom Schreibtisch. Doch das Miauen, mit dem er seinen diesmaligen Abgang kommentiert, hält mehr als nur den beleidigt-vorwurfsvollen Unterton bereit. Es mischt sich noch kehliges Gurren darunter. Ein Geräusch, das Elvis immer dann macht, wenn er beschließt, auf eine Fliege oder irgendein bewegliches Objekt wie sein Katzenspielzeug Jagd zu machen. Soll er sich doch mit seinem Stofflöwen prügeln, ich habe hier noch zu tun. Mit einer Mischung aus gezieltem Krafteinsatz und Fingerspitzengefühl öffne ich die gerade verleimte Fuge mit einem Teppichmesser. Plötzlich geben die beiden Plastikteile nach, und meine Linke schießt ohne Vorwarnung nach hinten. Sofort begutachte ich die aufgetrennten Teile und stelle mit großer Erleichterung fest, dass nichts gebrochen oder verbogen ist. Im Gegenteil: Die Einzelteile haben sich wie geplant genau an der vorgesehenen Fuge voneinander gelöst. Irgendwo hinter mir ertönt wieder Elvis' Gurren, aber das ist mir gerade herzlich egal. Ich entferne die gerade erst aufgetragenen Kleberreste mit Lauras Nagelfeile, die ziemlich genau nach der Weihnachtsdeko-Aktion ihren Weg zu meinen Bastelwerkzeugen gefunden hat. Beide Ellenbogen aufgestützt, prüfe ich, ob das Plastik wieder lückenlos zusammenpasst. »Gute Arbeit!«, kommentiert Captain Picard vom Bildschirm aus, und ich erwidere selbstzufrieden: »Ich weiß.«

Mit einem Mal gibt es hinter mir einen Knall, ein Geräusch ungefähr so, wie wenn Elvis die Fernbedienung vom Fernseher kickt. (In Sachen Fernbedienung sind der Kater und ich ausnahmsweise mal einer Meinung – auch wenn ich seine Methoden ablehne. Ich meine, was soll die *Fern*bedienung eines Gerätes direkt auf dem Gerät selbst?!? Leider ist Laura da unbeirrbar.) Doch in diesem Fall stammt das Geräusch nicht von einer zu Boden gehenden Fernbedienung: Fast zeitgleich mit dem Knall rollen die Überreste eines *Marquis-Fighters* zwischen meinen Beinen hindurch. Beide Flügel sind abgebrochen, und die Nase ist vom Aufschlag auf den Fußboden eingedrückt.

»Was zur …«, rufe ich aus, während ich den Kopf nach hinten werfe. Dort, wo der *Marquis-Fighter* in der Vitrine stand, sitzt jetzt eine gescheckte Katze mit verspielter Haartolle und guckt gebannt auf das zerstörte Raumschiff zwischen meinen Füßen. Scheiße, offenbar habe ich die Türen offen gelassen, nachdem ich Laura das andere Modell der *D* gezeigt habe. Zum Glück nur der blöde *Marquis-Fighter*, denke ich insgeheim und fauche dann möglichst bösartig in Richtung Katze: »Elvis, du nutzloser Dreckskerl, komm sofort raus da!«

Der Kater guckt mich abschätzig an, scheint kurzzeitig

ernsthaft hören zu wollen, betrachtet dann aber den kaputten *Marquis-Fighter*, der sich langweiligerweise nicht mehr bewegt. Natürlich kommt Elvis dann zu dem Schluss, dass es witziger wäre, das nächste Raumschiff zum Fliegen zu bringen. Mit angewinkelter Pfote und vielen kleinen Stößen, als würde er etwas Heißes anfassen, schiebt er die *USS Voyager* an den Rand des Regalbretts.

»Lasssss dasss, Elvisssssssssss«, fauche ich jetzt wirklich böse und will aufstehen, um die weitere Entweihung meines heiligen Schreins zu verhindern. Mein Hintern kommt hoch, doch meine Arme bewegen sich kein Stück vom Schreibtisch weg. Noch immer halte ich beide Raumschiffteile in meinen Händen, und die Ellenbogen sind nach wie vor auf der Schreibtischplatte aufgestützt, obwohl der Befehl aus meinem Hirn garantiert ein anderer war. Mit vorgebeugtem Oberkörper hänge ich über der Schreibtischplatte und blicke irritiert auf meine unbeweglichen Ellenbogen. Das letzte Mal habe ich diese Körperhaltung bei meiner Musterung einnehmen müssen – mit runtergelassenen Hosen und gummibehandschuhten Fingern zwischen meinen Arschbacken. Die jetzige Situation ist zwar weniger demütigend, aber bedeutend ernster: Neben meinem linken Arm liegen zwei leere Fläschchen, und zwischen meinen Ellenbogen breitet sich eine trocken glänzende Schicht aus. Ziemlich schnell wird mir klar, dass ich offenbar beim Auseinanderziehen der Schiffsteile beide Flaschen umgestoßen habe. Sekundenkleber und Bindemittel haben wie von ihnen erwartet miteinander reagiert und dabei nicht vor meinen Ärmeln auf Höhe der Ellenbogen haltgemacht.

Hinter mir geht die *Voyager* zu Boden. Unglaublich, da schafft es dieses kleine tapfere Schiff nach sieben Staffeln in den Alpha-Quadranten zurück, nur um dann von einem hässlichen Pelzvieh zertrümmert zu werden.

»Elvis, ich bringe dich um!«, brülle ich und zerre erfolglos an meinen Ellenbogen. Wenn ich noch mehr Kraft aufwende, hebe ich vermutlich den gesamten Schreibtisch an. Langsam glaube ich, dass das mit dem Kran und dem Lkw keine Übertreibung war. Verdammter Superkleber! Ich lasse mich in den Schreibtischstuhl zurückfallen und versuche unter Zuhilfenahme meiner rechten Hand, den linken Ärmel zu lösen. Doch der Stoff ist völlig mit Kleber vollgesogen, und kaum eine Faser löst sich von der Tischplatte. Umso schneller lösen sich jetzt hinter mir die Raumschiffe aus der Vitrine. Passenderweise stürzt gerade im Film die *Enterprise* auf Veridian III ab.

»Hör auf! Hör auf! Hör auf!«, schreie ich und rüttle wie ein Berserker am Schreibtisch. Elvis guckt sich das Spektakel interessiert mit an und wendet sich dann gleich dem nächsten heißen Eisen zu. Nach dreimaligem Antippen geht ein cardassianischer Zerstörer der Galor-Klasse ohne die geringste Gegenwehr zu Boden. Wenn die Sternenflotte mit denen Probleme hat, sind die viel schwieriger kaputtzukriegen.

Vielleicht kann ich mich ja aus den Ärmeln befreien und den Pullover einfach abstreifen? Nein, tatsächlich sind die Ellenbogen selbst an den Ärmelinnenseiten festgeklebt und rühren sich keinen Millimeter.

Als Nächstes macht *Deep Space Nine* ihrem Namen alle Ehre und stürzt in die Tiefen des Raums. Blöd nur, dass im Arbeitszimmer, anders als in den Weiten des Weltalls, die Gesetze der Schwerkraft greifen. Vier der sechs Andockklammern brechen beim Aufprall auf den Boden ab. »Es ist unsere Sterblichkeit, die uns definiert!«, klugscheißt Picard unterdessen. »Du wirst gleich so was von definiert, Katze!«, schreie ich und greife nach dem Teppichmesser. Elvis begreift die subtile Drohung allerdings nicht und zeigt dafür umso größeres Interesse an den Flugeigenschaften der *USS Defiant*.

»Nicht die *Defiant*! Nicht die *Defiant*!«, flehe ich und stoße damit nur auf taube Ohren. Wenn ich Elvis daran hindern will, das Massaker von *Wolf 359* vollständig nachzuspielen, gibt es offenbar keine andere Möglichkeit: Ich zücke das Teppichmesser und mache einen tiefen Schnitt in den linken Ärmel meines heißgeliebten *Starfleet-Academy*-Pullovers. Das gute Stück ist wahrscheinlich ohnehin verloren. Das Geräusch von zerreißendem Stoff durchschneidet den Raum, und Elvis schaut erschrocken in meine Richtung.

»Ja, du Scheißkerl, deine Angst ist völlig berechtigt. Gleich bin ich frei, und dann bist du derart in Schwierigkeiten, dass du dir wünschst, du wärst nie geboren worden!«, verspreche ich und schlitze den zweiten Ärmel auf. Jetzt gelingt es mir, die Finger zwischen den Stoff und die raue Haut an den Ellenbogen zu bekommen. So schnell ich kann, pule und fummele ich an den Hautlappen herum. Hinter mir geht wieder etwas zu Boden, wahrscheinlich die *Defiant*. Verdammter Mist! Endlich ist der linke Arm frei. Mit einem beherzten Ruck reiße ich mir die letzten verklebten Oberarmhaare aus (»Auuuuaa!«) und wiederhole das Spiel auf der rechten Seite (»Auuuaa!«).

»So, Elvis, jetzt bist du fällig!!!«, rufe ich mit dem Zorn des Gerechten, nur um dann direkt wieder ein lächerliches Bild abzugeben. Denn um mich aus dem Pullover zu winden, der immer noch in Fetzen am Schreibtisch klebt, muss ich vom Stuhl rutschen und in die Knie gehen. In der Abwärtsbewegung schlage ich erst mit dem Kinn auf der Tischplatte auf, und Sekundenbruchteile später stößt meine Stirn gegen dieselbe Stelle (»Auuuaa! Auuuaa!«, nuschele ich in den Kapuzenpulli). Als ich mich endlich unter dem Schreibtisch ins Freie rollen kann, rammt sich mir – wie sollte es auch anders sein? – der *Marquis-Fighter* in den Rücken (»Auuuaa!«). Vor Schmerz und Wut schon halbblind, stürze ich auf Elvis zu. Der Kater quiekt überrascht auf und springt aus der Vitrine. Dabei räumt er gleich noch einen klingonischen *Bird of Prey* und eines der verbliebenen *Enterprise-D*-Modelle ab. Blind vor Wut verfolge ich den Kater bis ins Schlafzimmer, wo er sich panisch unters Bett verkriecht.

»Komm da raus, du Feigling! Komm da raus!!!«, brülle ich und springe sinnlos auf der Matratze herum. Mehrfach schiebe ich meinen Arm in den Schlitz zwischen Wand und Bettkante und versuche, die Katze zu packen. Natürlich greife ich ins Leere und stoße nur einmal gegen einen vergammelten Schuhkarton mit alten Familienfotos von Laura. Eine Staubwolke wirbelt mir entgegen und kitzelt mir in der Nase. Mit dem Staub steigt mir auch eine Idee zu Kopf.

»Oh, Elvis, bist du nicht auch der Meinung, dass da unten mal wieder gesaugt werden müsste?«, frage ich und zerre den Staubsauger mit aller Gewalt aus der Abstellkammer, so dass mir ein halbes Dutzend Besen, Mopps und sonstiger Wischgeräte mit entgegenkommt. Achtlos lasse ich das Zeug zu Boden fallen, schleife den Staubsauger ins Schlafzimmer und stöpsle ihn an die nächstbeste Steckdose.

»So, Elvis, ich habe deinen besten Freund mitgebracht«, sage ich und drücke auf *Power*. Elvis schießt unter dem Bett hervor und will über meine linke Flanke entkommen. Doch mit meinem Staubsaugerarm bin ich schneller und blockiere ihm den Weg. Die Panik ist ihm in sein Putzelmanngesicht geschrieben. Er versucht zu bremsen, rutscht auf dem Parkett noch einige Zentimeter, kommt kurz vor dem Saugrohr zum Stehen und macht sofort kehrt. Unerbittlich verfolgt der Sauger ihn unters Bett. Wahllos schiebe ich das Saugrohr von links nach rechts, stoße mehrmals gegen den Schuhkarton und brülle über den Lärm hinweg: »Na, wie gefällt dir das? Wie gefällt dir das?!?«, obwohl ich die Antwort natürlich kenne. Wie jede andere Katze hat Elvis eine höllische Angst vor Staubsaugern: den ruckartigen Bewegungen des Gebläsekastens, dem Wabbeln des Saugschlauches, dem schlaksigen Hin und Her des Saugrohrs. Dazu klackert und klappert das Gerät an allen Ecken und Enden und kratzt über den Fußboden, vom dröhnenden Lärm des Motors ganz zu schweigen. Und wenn alles wieder still ist und man glaubt, der Horror auf Erden sei vorbei, schießt immer noch ohne Vorwarnung das Stromkabel zurück ins Gehäuse. Kein Wunder, dass Elvis auf das Ding reagiert, als donnere ein kampfbereiter Drache durch die Wohnung.

Ich wiederum sauge neuerdings ganz gern. Insbesondere wenn Elvis mich mal wieder gar nicht hat schlafen lassen, ist es häufiger erforderlich, dass ich am nächsten Tag die ganze Wohnung saubermachen muss – meistens leider genau dann, wenn der Kater die Augen für ein Nickerchen zumacht. Blöd auch, dass Elvis sich dann immer ausgerechnet unter dem Möbelstück versteckt, unter dem ich als Nächstes saugen will ...

Auch dieses Mal folge ich dem Kater in alle Ecken, wo er noch Staub vermutet. Allerdings geht Elvis mal wieder alles andere als systematisch vor: Nach dem Schlafzimmerbett saugen wir unterm Wohnzimmerregal, dann kommt die

Kommode im Flur dran, anschließend geht es hinter den Sessel im Schlafzimmer. Als Elvis mich auf eine Stelle unter dem Wohnzimmerschrank aufmerksam macht, die wir offenbar beim ersten Durchgang vergessen haben, wird mir mein Rachefeldzug langsam zu dumm. Eher halbherzig versuche ich noch einmal, so weit wie möglich unter das Regal zu kommen. Dann lasse ich den Fugenaufsatz extra laut zu Boden fallen und schalte den Staubsauger aus. Des Katers Nemesis bleibt ganz bewusst vor dem Bücherregal stehen. Soll Elvis ruhig noch ein bisschen Angst haben.

Nicht wirklich befriedigt kehre ich zum Schlachtfeld im Arbeitszimmer zurück. Dort liegen noch immer die zerstörten Raumschiffe, und über den Bildschirm des Heimkinos flackern Bilder von der abgestürzten Enterprise. Behutsam beginne ich damit, den versprengten Raumschrott einzusammeln, und überschlage den finanziellen Schaden, den Elvis angerichtet hat. Von den vielen Stunden Arbeit, die hier in wenigen Augenblicken zunichtegemacht wurden, ganz zu schweigen. Der *Marquis-Fighter* hat sogar noch mehr Schaden genommen, als ich mit meinem gesamten Gewicht darübergerollt bin. Gerade als ich die abgestürzte *Enterprise D* aufhebe und den Schaden an den Antriebsgondeln untersuche, ertönt die Stimme von Commander Riker aus den Computerboxen: »Glauben Sie, man wird eine neue bauen?«

Und Captain Picard antwortet versöhnlich: »Es gibt noch viele Buchstaben im Alphabet ...«

Weitaus weniger versöhnlich ist die Stimmung, als Laura bald darauf nach Hause kommt. Ich sitze immer noch übelgelaunt am Küchentisch und versuche, mit handelsüblichem Sekundenkleber die Schäden an meinen Schiffen zu beheben.

»Hallo, ich bin wieder da!«, trällert es aus dem Flur, und unmittelbar danach wird ein verdutztes »Ist hier eine Bombe eingeschlagen?« hinterhergeschoben.

Ja, eine Bombe namens Elvis.

Ich höre, wie Laura das Putzzeug in die Abstellkammer zurückdrängt und in Richtung Arbeitszimmer geht. »Max, was ist denn mit den Putzsach... Max? Wo bist du? Ach, du meine Güte, was ist denn auf dem Schreibtisch los? Max?«

»Küche«, rufe ich nur.

»Was ist denn hier passiert?«

»Du hast dir eine Katze angeschafft. Das ist passiert«, erwidere ich, ohne aufzusehen. Die letzte Andockschleuse von *Deep Space Nine* will einfach nicht halten.

»Was meinst du?«

»Guck dir die Scheiße doch an!« Ich halte ihr die kaputte Raumstation entgegen. »Dein Kater hat über ein Dutzend Modelle aus meiner *Star-Trek*-Sammlung beschädigt.«

»O nein.« Laura lässt sich auf den gegenüberliegenden Küchenhocker fallen. »Da hat Elvis das mit dem *Krieg der Sterne* wohl etwas zu wörtlich genommen.«

In meiner Hand zerbricht die gerade geklebte *Deep Space Nine* wieder. Diese Aussage war auf so vielen Ebenen fehl am Platz, dass ich gar nicht weiß, was mich am meisten aufregt: dass meine Freundin immer noch nicht den grundlegenden Unterschied zwischen *Star Wars* und *Star Trek* kennt oder dass sie sich in dieser Situation auch noch blöde Scherze erlaubt.

»Laura, ich bin stinksauer!«

»Entschuldigung, Max! Es tut mir auch echt leid, dass du so ein Pech mit Elvis hattest. Ich dachte ja, auch du könntest dir einen schönen Samstag machen.«

»Davon kann ich mir jetzt auch nichts kaufen«, ätze ich.

Für sinnloses Verständnis-Kuschi-Wuschi bin ich gerade genauso wenig zu haben. »Hättest du mal die Tierhalter-Zusatzversicherung abgeschlossen, als ich sie dir gemailt habe. Aber nein, was soll eine Katze denn schon groß kaputtmachen? Die ist ja kein Hund, die beißt ja nicht ... blablabla«, äffe ich meine Freundin nach, »und jetzt haben wir den Salat!«

»Wie ist das überhaupt passiert?«, fragt Laura jetzt schon weitaus kühler.

»Der Mistkerl ist in die offene Vitrine gestiegen und hat die Modelle nacheinander abgeräumt. Ich habe geflucht und geschimpft wie der Teufel, aber das hat den einen Scheißdreck interessiert.«

»Warum bist du nicht einfach hingegangen und hast ihn verscheucht?«

»Das wäre ich sehr gerne, aber bedauerlicherweise war ich am Schreibtisch festgeklebt, und so hatte deine Katze freie Hand ... freie Pfote ... Egal. Der Schreibtisch ist jedenfalls auch noch hin. Und mein *Starfleet*-Pulli! Ein richtig teurer Tag war das heute«, echauffiere ich mich.

»Warum zur Hölle warst du am Schreibtisch festgeklebt?«

»Unfall«, sage ich schon merklich weniger aufbrausend.

»Ist Elvis da auch dran schuld?«, möchte Laura wissen.

»Na ja, nicht so richtig«, schiebe ich die Worte im Mund hin und her, »aber unschuldig ist er auch nicht. Er hat auf meinem Schreibtisch geschlafen, und da musste ich den Kleber an einen anderen Platz stellen als sonst. Und dann habe ich den halt irgendwann umgestoßen. Also, wenn man es so sieht: Ja, doch, Elvis ist daran schuld. Irgendwie.«

»Also, je länger ich dir zuhöre, desto mehr bekomme ich den Eindruck, dass du zu blöd bist, deine eigene Vitrine geschlossen zu halten, und dass du auch nicht dazu in der Lage bist, Sekundenkleber richtig zu benutzen. Da höre ich doch ein dickes, fettes Mitverschulden bei dir raus!«

Verdammte Juristin, dreht einem das Wort im Munde herum.

»Fakt ist: Deine Katze hat bei meinen Raumschiffen einen riesigen Schaden angerichtet. Wenn ich das richtig überschlagen habe, sind hier über fünfhundert Euro zu Bruch gegangen. Vielleicht sogar doppelt so viel. Und ich bin jetzt der Idiot, der das alles in mühseliger Kleinarbeit wieder zusammenbauen darf.«

»Genau derselbe Idiot, der den ganzen Quatsch schon einmal in vielen sinnlosen Stunden voller Begeisterung zusammengebaut hat. Und derselbe Idiot, der sich diesen Plastikschrott überhaupt erst gekauft hat. Für – was hast du gerade gesagt? – mehrere Hundert Euro?!? Das ist doch geisteskrank!«

»Nein, geisteskrank ist es, sich eine bösartige, zerstörungswütige Arschloch-Katze zu halten!«, sage ich, und in meiner Wut setze ich noch nach: »Immerhin hat er bekommen, was er verdient hat …« Ich bereue den Satz, noch während ich ihn ausspreche.

»Max, wo ist Elvis?« In Lauras Stimme schwingt auf einmal Sorge mit.

»Keine Ahnung. Hier irgendwo.«

»Wehe, Max, wehe.« Laura eilt in den Flur zurück. »Elvis? Elvis?«

Zunächst bleibt alles still.

»Elvis, kleiner Mann?«

»Mau?«, klingt es zaghaft aus dem Wohnzimmer.

»Ja, komm her, kleine Maus!« Laura läuft ihm entgegen.

Das erste zögerliche Mauzen wird schnell zu einem langanhaltenden und vorwurfsvollen Miauen, während der Kater Fahrt aufnimmt: »Mauhuhuhuhuhuhu...«

»Hallo, Süßer, da bist du ja. Och, du bist ja ganz verschmust... Willst du auf den Arm?«

Als Laura zurück in die Küche kommt, weiß ich auch ohne hinzusehen, dass mich gleich zwei Augenpaare kaltherzig anschauen. Von Elvis bin ich frostige Blicke gewohnt, doch Lauras zusammengekniffene Augen verheißen noch viel weniger Gutes. Wie sie die Katze so im Arm hält, wirkt sie wie Blofeld, der berühmt-berüchtigte Gegenspieler von James Bond. Doch anstelle eines perfiden »Ich habe Sie schon erwartet, Mister Bond!« erklingt ein noch viel perfideres. »Warum steht der Staubsauger im Wohnzimmer?«.

»Habe Kartoffeln geerntet«, erwidere ich. Dumme Fragen verdienen dumme Antworten. »Ja, was wohl? Ich habe ein bisschen gesaugt«, setze ich nach. »Übrigens bitte schön dafür.«

Diese Nacht schlafe ich auf der Couch.

Immerhin bin ich nicht allein. Elvis, sein Stofflöwe und seine Spielzeugmaus mit der eingebauten Rassel leisten mir viele Stunden Gesellschaft. Ich glaube, unter der Couch habe ich noch gar nicht gesaugt. Vielleicht werde ich das gleich morgen nachholen.

Kapitel 5

Das Haarige muss in das Eckige

Mittlerweile liegt ein wahrer Schatz an Leckerli im Inneren des Plastikgehäuses, doch davon lässt sich Elvis nur bedingt beeindrucken. Mit aufgestelltem Schwanz streicht er um die geöffnete Katzenbox. Zwischendurch bleibt er stehen und schnuppert an den Kanten. Zweimal hat er sogar schon seinen Kopf durch die geöffnete Tür gesteckt, jedoch beide Male mit einer plötzlichen Rückwärtsbewegung Abstand genommen. Normalerweise liebt Elvis Kisten. Wenn er sich nicht im Kleiderschrank versteckt, findet man ihn garantiert unter meinem Schreibtisch im Pappkarton mit dem angebrochenen Druckerpapier. Man kann auch einfach eine leere Bananenkiste aufstellen, und nach fünf Minuten hat sich darin ein selbstzufriedenes Fellknäuel zusammengerollt. Ach, was sage ich? Man kann sogar einfach ein Stück Zeitung auslegen und findet kurze Zeit später den Kater darauf wieder.

Nur in den verdammten Katzenkäfig will Elvis partout nicht einsteigen.

»Nun mach schon, du blöde Katze! Ich muss zur Arbeit!«, raune ich, während ich mit verschränkten Armen das Rumgeschleiche verfolge. Eine Kindergartentante hockt neben der Katzenbox und redet auf Elvis ein. In regelmäßigen Abständen wirft sie ein weiteres Leckerli in das Innere des Käfigs.

Das weckt dann in der Tat kurzzeitig das Interesse des Katers, aber zum Einstieg überzeugen lässt er sich davon nicht.

»Ich mache das jetzt!«, sage ich und ziehe mir das Jackett aus. Um meinen Tatendrang zu untermauern, krempele ich die Ärmel nach oben und nähere mich zu allem entschlossen dem Drückeberger.

»Max, das geht nicht gut«, weiß Laura natürlich alles besser. Sie hat bis dato darauf bestanden, dass Elvis von selbst in sein unvermeidliches Schicksal tappt. Doch bei allem Respekt gegenüber dem Stolz der Katze sehe ich mich jetzt schon aus zeitlichen Gründen gezwungen, hier ein wenig nachzuhelfen. Man kann doch nicht eine Dreiviertelstunde darauf warten, dass sich so ein kleiner Scheißer vielleicht irgendwann mal dazu entschließt, sein behaartes Hinterteil in die extra für ihn gekaufte Transportvorrichtung zu bequemen. Und wie schwer kann es schon sein, so eine Miniaturausgabe von einer Katze durch die Käfigtür zu stecken? Elvis hat mir ja sogar schon bewiesen, dass er komplett in meiner Baseballkappe verschwinden kann – obwohl ich das gar nicht wissen wollte.

Ich packe Elvis von hinten und hebe ihn in die Höhe. Sofort quäkt er los, versucht sich noch am Teppich festzukrallen, greift ins Leere und versenkt seine Krallen kurz entschlossen in meinen Händen. Ich versuche, nicht auf den Schmerz zu achten, und steuere direkt auf den Käfig zu. Elvis beginnt, sich zu winden, und sein Quäken erreicht eine ungeahnte Lautstärke. Intuitiv wird mein Griff noch fester, doch auch Elvis' Widerstand nimmt zu. Dafür, dass er noch zur Kategorie Baby-Katze gehört, entwickelt er eine geradezu unglaubliche Kraft und Körperspannung. Ich brauche in der Tat beide Hände, damit er mir nicht entwischt.

»Laura, du musst die Tür sofort zumachen, sobald er drin

ist. Mann, Elvis, jetzt stell dich doch nicht so an!«, gebe ich meine Anweisungen, doch nur meine Freundin hört auf mich. Immerhin!

Leider kommt es gar nicht erst so weit, dass Elvis den Käfig von innen sieht. Kurz vor der Tür streckt der Kater wie ein Basejumper alle viere von sich. Egal wie ich ihn drehe und wende, er passt nicht durch die Tür. Elvis und der Katzenkäfig stoßen sich ab wie zwei gleichpolige Magneten, und je mehr Kraft ich aufwende, umso stärker wirkt das Magnetfeld. Noch dazu sind auf einmal überall Krallen und Zähne. Meine Linke wird von seinen Hinterpfoten besonders malträtiert, und als ich für einen Sekundenbruchteil lockerlassen muss, nutzt Elvis seine Chance: Mit ausgefahrenen Krallen schießt er meine Arme hinauf, landet auf meiner Schulter und macht über meinen Rücken hinweg den Abgang. Jetzt rächt sich, dass ich mir die Ärmel hochgekrempelt habe.

»O nein, Freundchen!«, entfährt es mir, während ich mich umwende und hinter dem Kater herhechte. Ich packe ihn wieder am Bauch und ziehe ihn aus dem Wohnzimmer zurück in den Flur. Das Gewicht des Wohnzimmerteppichs muss ich gleich mitziehen. Doch dann ist selbst für den hartnäckigsten Kater der Teppich zu schwer, und immer noch fauchend und schreiend löst Elvis seine Krallen aus dem ungewöhnlichen Rettungsanker. Ich setze zur nächsten Runde an, und diesmal gelingt es mir, die Vorderpfoten so zusammenzuhalten, dass Elvis sich damit nicht an der Außenwand des Käfigs abstützen kann. Noch wenige Zentimeter trennen Elvis von der Box, als er plötzlich aufs merkwürdigste zu zittern und zu jaulen anfängt. Das sind Laute, die ich definitiv noch nie in meinem Leben gehört habe. Ungefähr so dürfte es klingen, wenn man ein Kleinkind bei lebendigem Leibe über offenem Feuer braten würde. Vor Schreck lasse ich Elvis fallen. Doch anstatt dass er wieder versucht, sich unter dem nächstbesten Möbelstück zu verkriechen, bleibt er in unmittelbarer Nähe in gebeugter Haltung sitzen. Dazu röchelt und keucht er, als hätte ich ihn aufs brutalste gewürgt.

»Elvis? Was ist mit dir?«, fragt Laura entsetzt und will ihn streicheln. Doch der Kater macht nur einen Buckel, röchelt noch einige Male besonders eindrucksvoll und deutet dann eine Art Husten an. Zwischen den Hustenintervallen guckt er uns vorwurfsvoll an.

»Du kannst dem doch nicht die Luftröhre zudrücken!«, fährt Laura mich an.

»Habe ich gar nicht!«, gebe ich fassungslos zurück. »Ich schwöre dir, dass ich den kaum am Hals berührt habe. Du hast doch selbst gesehen, wie ich mich erschrocken habe.«

Elvis' vorwurfsvoller Blick ist immer noch auf mich gerichtet. Fehlt nur noch, dass er krächzt: »Mörder, Mörder.« Immer noch fassungslos blicke ich zurück, und kurz kommen mir selbst Zweifel. Habe ich etwa doch zu fest zugedrückt? Laura scheint sich dieselbe Frage zu stellen und schaut abwechselnd zu mir und Elvis. Der wendet uns jetzt demonstrativ den Rücken zu und hustet leidend in sich hinein. Das klingt gar nicht gut.

Na ja, wir wollen ja eh zum Tierarzt.

Im Auto läuft dann wieder das altbekannte Lied. »Mau, mau, mau!«, kreischt Elvis aus vollem Halse und in altbekannter Manier.

»Wahrscheinlich wirklich mehr eine Frage des Stolzes«, stellt Laura erleichtert fest und befreit mich endlich von der Anschuldigung des versuchten Katzenmordes.

Entsprechend mutig gebe ich mich. »Wahnsinn, was das für ein Schauspieler sein kann! Dem glaube ich jedenfalls nichts mehr. Hast du gehört, Elvis? Nichts mehr glaube ich dir!«

»... mau, mau, mau ...«

»Nein, nicht mal das!«

»Ist ja gut, Elvis. Dir passiert doch nichts. Wir fahren nur zum Tierarzt, ein paar Pikser machen! Du kriegst ein paar Spritzen, damit du nicht krank wirst. Außerdem lassen wir dich chippen, damit man immer weiß, wer du bist.«

Und das soll ihn jetzt beruhigen?

Zum Glück versteht Elvis nicht, was Laura ihm da erzählt. Allerdings lässt er sich ebenso wenig vom Klang ihrer weichen Stimme einlullen. » ... mau, mau, mau ...«

Ich bin dafür jetzt umso interessierter. »Chippen? Was genau soll das bringen?«

»Das ist für den Fall, dass Elvis mal wegläuft. Wenn der dann von einer Tierschutzorganisation gefunden wird, können die mit einem Lesegerät über den Chip fahren und damit ganz leicht den Halter ermitteln.«

»Und wo wird der gechippt? Kriegt der 'nen Knopf ins Ohr wie ein Steifftier, oder was?«

»... mau, mau, mau ...«

»Nee, das wird irgendwo unter die Haut gejagt. Ich glaube, am Nacken.«

»Unter die Haut?!? Ein Chip? Wie pervers ist das denn?« Ich schüttle den Kopf, als wollte ich einen lästigen Gedanken abschütteln. »Früher gab es Halsbänder. Da waren dann Name und Adresse des Halters draufgeschrieben. Hat völlig gereicht.«

»Du und deine Susi-&-Strolch-50er-Jahre-Weltvorstellun-

gen!«, lacht Laura mich aus und belehrt mich dann: »Beim Halsband besteht immer eine Verletzungsgefahr. Gerade ein Freigänger kann sich irgendwo verheddern und im schlimmsten Fall sogar selbst strangulieren. Dann nehmen wir doch lieber einmal den kleinen Pikser, nicht wahr, Elvis?«

»... mau, mau, mau ...«, Der Kater zeigt sich von sämtlichen Argumenten unbeeindruckt. Er ist wieder in seine Autofahrapathie gefallen. Selbst die ganzen Leckerli, die Laura alle dreißig Sekunden durch die Käfigtür schiebt, werden von ihm ignoriert. In jeder Kurve hört man, wie eine ganze Armada von Trockenfutter über den Plastikboden rutscht. In Kombination mit Elvis' Dauermiauen ist das fast so schön, wie richtige Musik zu hören – vielleicht schon ein bisschen zu jazzig.

»Aber hey, der Chip ist dann so was wie eine Sonde, die den ständig überwacht?«, hake ich noch einmal nach. »Das heißt, da werden dann die ganze Zeit auch so Bewegungsprofile von der Katze aufgezeichnet, oder was?«

Auf die Schnelle fällt mir noch nicht mal eine der zahllosen Science-Fiction-Dystopien ein, bei denen der böse Obrigkeitsstaat seine Bürger mit so etwas überwacht. Andererseits, seit Edward Snowden braucht man dafür ja auch keine Science-Fiction mehr.

»Mau, mau, mau ...«

»Und stell dir mal vor: Auf der Grundlage der Daten können die dann ja auch Persönlichkeitsprofile von uns erstellen!«, will ich Laura warnen. »Ich meine, die sehen dann ja alles: Wann kriegt die Katze Futter, wann wird das Katzenklo saubergemacht – nämlich immer, immer, immer sofort nachdem die Katze ihr Geschäft gemacht hat! – und wann wir mit der Katze zum Tierarzt fahren ...«

Raumeinnehmend breite ich die Arme aus, um zu zeigen,

dass genau der jetzige Fall in Zukunft von einer intransparenten Katzenchip-Organisation überwacht werden könnte.

»Nimm beide Hände ans Steuer!«

»Willst du dich gar nicht mit meiner berechtigten Sorge auseinandersetzen?«

»Vor allem will ich nicht wieder von der Feuerwehr aus Klein-Endschwick aus einem Feld gezogen werden.«

»Mau, mau, mau ...«

»Ich habe lieber noch mal mit der Feuerwehr aus Klein-Endschwick zu tun als mit der verdammten NSA!«, sage ich.

»Ehrlich gesagt glaube ich, dass dann dein E-Mail-Account und dein Facebook-Profil das größere Problem sind. Nicht aber so ein Chip, der in unserer Katze ste...«

»*Deiner* Katze!«

»... in *meiner* Katze steckt und nur aktiviert wird, wenn man ein Lesegerät unmittelbar darüberhält.«

»Woher willst du das so genau wissen? Kannst du das kontrollieren?«

»Gegenfrage: Wann meldest du dich denn bei Facebook ab? Das kündigst du doch schon seit Ewigkeiten an!«

»Ja, ja, mach ich auch noch. Nächste Woche oder so. Ich will noch die Urlaubsfotos von Björn und Eva sehen. Die wollten doch die schönsten Momente aus ihrem Bali-Urlaub hochladen ...«

»Da vorne ist der Tierarzt.«

Ich biege auf den hauseigenen Parkplatz ein, und zum Grande Finale ist das regenmacherartige Geräusch von rutschenden Katzenleckerli in Plastikkiste noch einmal besonders laut zu hören. Ich parke den Wagen gleich unter einer gigantischen Leuchttafel mit dem Tierarzt-Logo. Darunter steht in dicken Lettern:

Dr. Bernd M. Unger
Veterinärmediziner für Kleintiere
Termine Mo. bis Mi., 8.30–12.30 Uhr und 14.00–18.00 Uhr,
sowie nach Vereinbarung.

Was? Als Tierarzt muss man nur drei Tage die Woche arbeiten? Ich muss den Beruf wechseln! Als wir den Tempel der Traumarbeitszeiten betreten, hört Elvis sofort auf zu miauen. Zwei große Augen lugen zwischen den Gittern der Box hervor. Der Anblick ist zugegebenermaßen auch verstörend. Auf den ersten Blick sieht alles aus wie in einer stinknormalen Arztpraxis. Eingangsbereich, Empfang und Wartezimmer sind ein und derselbe weißgestrichene Raum. Auch liegt der gleiche sterile Geruch in der Luft. Erst auf den zweiten Blick machen sich einige Unterschiede bemerkbar: An den Wänden hängen verschiedene Werbeposter von irgendwelchen Firmen für Futtermittel oder Tiermedikamente. In der Regel ist ein Hund, eine Katze oder ein beliebiges Nagetier abgebildet – wahlweise auch alle drei zusammen, wie sie sich in einem Sessel oder einem zu kleinen Hundekorb aneinanderkuscheln. Wann und wo passiert so etwas? Gibt es Tierkuschel-Designer, so wie es Food-Designer gibt, und wenn ja, wie arbeiten die?

Meistens steht unter jedem Poster noch irgendein blöder Spruch:

Für den besten Freund des Menschen nur das Beste!

Oder:

Gutes Essen, gute Zähne.

Irgendein pseudomedizinisches Poster weist sogar auf die Übergewichtsprobleme von Karnickeln hin, wobei eine idealisierte Darstellung deutlich machen soll, wie übermäßige

Fettpolster die inneren Organe des Nagers erdrücken können. Das Highlight sind dann aber doch die beiden Poster *Yoga Cats* und *Yoga Dogs*, die mit gleichnamiger Aufschrift zentral im Wartezimmer hängen. Hier werden beide Haustiere jeweils in fünf mal fünf verschiedenen Posen gezeigt, die mit Yoga ungefähr so viel zu tun haben wie die NSA mit Datenschutz. Ganz zu schweigen davon, dass die Körperverrenkungen wirklich mit billigsten Photoshop-Effekten erzielt wurden.

»Guck mal, ist das nicht lustig?«, sagt Laura im Vorbeigehen und steuert dann direkt die – Sprechstundenhilfe? Sagt man das beim Tierarzt? –, die Tierarztpraxishelferin an: »Hallo! Laura Berger und Elvis haben einen Termin.«

Ich bin nur der Fahrer, aber das brauche ich gar nicht laut zu sagen. Die »Sprechstundenhilfe« scheint diese Rollenverteilung gewohnt zu sein. »Einen Moment bitte!«

Während ihre Finger über die Tastatur jagen, um Laura und Elvis einzuchecken, fällt mein Blick auf ihre Unterarme, die von alten und neuen Narben nur so übersät sind. Dagegen sind die paar Kratzer, die Elvis mir verpasst hat, wirklich ein Witz. Vielleicht ist Tierarzt doch nicht so der Traumjob, wenn schon die Helfer so malträtiert werden.

»Elvis kann gleich als Nächster drankommen. Das dürfte gar nicht mehr lange dau…«

Sie muss den Satz gar nicht zu Ende bringen, da öffnet sich auch schon eine der beiden Milchglastüren, und eine verrückte Katzenfrau des Typus 1 oder 3 – so auf die Schnelle schwer zu sagen – verlässt den Behandlungsraum. Der Katzenkäfig in ihrer Hand schaukelt bedrohlich, und mehrmals ist ein wütendes Fauchen zu hören.

»Jetzt sei still, Moritz! Die Mama nimmt dich ja jetzt wieder mit nach Hause.«

Ein besonders kräftiger Stoß gegen die Seitenwand des Käfigs ist die Antwort, so dass der Frau der Käfig fast aus der Hand rutscht. Sofort muss ich an eine der ersten Szenen aus *Jurassic Park* denken, in der der Velociraptoren-Käfig verladen wird und der Dinosaurier einen unachtsamen Arbeiter in den Käfig zieht und verspeist. Entsprechend halte ich respektvollen Abstand und warte geduldig, bis Katzenfrau und Menschenfresser die Praxis verlassen haben. Dann erst folge ich Laura und Elvis in das Behandlungszimmer.

»Guten Tag.«

»Guten Tag«, brummt es zurück, »Unger.«

»Zadow«, antworte ich und versuche, nicht vor Schmerz das Gesicht zu verziehen, während der Tierarzt mir mit seiner Pranke fast die rechte Hand zerdrückt. Dr. Unger entpuppt sich als ein Bär von einem Mann. Mit seinem Vollbart, seinen behaarten Oberarmen und natürlich seiner einem Wandschrank gleichenden Statur hätte er auch problemlos den Beorn in *Der kleine Hobbit* spielen können. Ganz zu schweigen davon, dass er auch mit Tieren sprechen kann:

»So, dann wollen wir uns dich doch mal ansehen, Elvis.«

Eine andere Sprechstundenhilfe hat Laura den Käfig abgenommen und auf einem metallenen Untersuchungstisch abgestellt. Die Käfigtür ist schon länger geöffnet, doch auf einmal scheint Elvis es in der Box total super zu finden.

Mit routinierten Handgriffen öffnen Arzt und Pflegerin seitliche Schnallen an der Box und nehmen den oberen Teil einfach ab. Ach, das geht?! Man muss die Katze überhaupt nicht jedes Mal durch dieses winzige Loch stopfen?! Auch Laura scheint einigermaßen überrascht, aber wir lassen uns beide nichts anmerken.

»Hallo, Elvis!«, sagt Unger, und seine Rechte schiebt den

Kater samt einem Berg von Leckerli auf den Tisch. Die Pflegerin lässt die Box verschwinden.

»Du magst dein Futter wohl nicht.«

Irritiert blickt Elvis sich um. Ob es nun an der fehlenden Fluchtmöglichkeit oder an Ungers Pranke auf seinem Rücken liegt – die Katze jedenfalls macht keinerlei Anstalten, sich zu wehren.

»Wir werden dich jetzt erst mal untersuchen«, erklärt Unger der Katze und horcht den Brustkorb von der Seite ab. Stört dabei nicht das Fell? Anscheinend nicht, denn Unger nickt zufrieden und nimmt sich Elvis' Gebiss vor. Mit Daumen und Zeigefinger schiebt er den Unterkiefer nach unten und wirft einen kritischen Blick in Elvis' Rachen.

»Alles wunderbar«, stellt er fest, »wir würden dann heute auch gleich impfen. Elvis soll Freigänger werden?«

»Ja«, erklärt Laura.

Unger nickt und listet dann alle Krankheiten auf, gegen die es eine Spritze gibt. Das entspricht auch ziemlich genau der Anzahl aller mir bekannten Krankheiten, nur dass stets ein »Katzen-« davorgesetzt wird: Katzenschnupfen, Katzenleukose, Katzenseuche, sogar Katzen-Aids. Laura nickt zustimmend, und ich versuche, meine totale Ahnungslosigkeit mit einem Witz zu überspielen: »Katzen-ADS hat er auch. Was können wir dagegen spritzen?«

Die Sprechstundenhilfe wirft mir ein gequältes Lächeln zu. Unger ignoriert mich völlig und fragt stattdessen gleich Laura: »Wollen Sie auch, dass er gechippt wird?«

Nein.

»Ja.«

»Gut, das können wir dann auch gerne heute machen«, sagt der Tierarzt ruhig. Dann geht alles sehr schnell. Ehe

Elvis weiß, wie ihm geschieht, bekommt er drei Spritzen und mit einer Maschine, die ein bisschen wie ein Sicherheitsfeuerzeug aussieht, den Chip in den seitlichen Nacken implantiert. Ich schaue gebannt zu, traue mich während des Eingriffs aber nicht, zu fragen, wie das überwachungstechnisch eigentlich aussieht. Als alles vorbei ist, stellt die Pflegerin den zusammengebauten Katzenkäfig wieder auf den Tisch. Sofort springt Elvis hinein und rollt sich verstört in der hintersten Ecke der Box zusammen.

»Na? Das war zu Hause bestimmt auch so einfach, oder?«, grinst Unger uns an.

»Genau«, erwidere ich und präsentere meine jüngsten Wunden auf den Armen.

Unger nimmt sie unbeeindruckt zur Kenntnis und erklärt dann: »Wir müssten dann noch einmal Termine für die Nachimpfung machen, einmal in drei und einmal in sechs Wochen. Dazwischen können Sie aber gerne schon die Wurmkur starten.«

»In Ordnung.«

Impfung, Nachimpfung, Wurmkur – wenn wir mit allem durch sind, ist Elvis eine wandelnde Chemiekeule. Im Vergleich dazu könnten die poßlerschen Puten problemlos mit dem Zusatz »aus ökologischer Haltung« verkauft werden. Aber für Laura ist das alles einfach »in Ordnung«. Egal, ist ja nicht meine Katze.

»Außerdem würde ich Ihnen dann empfehlen, dass Sie noch einen gesonderten Termin für die Kastration vereinbaren«, sagt Unger beiläufig. »Man kann das zwar theoretisch mit der Impfung zusammenlegen, aber ich würde davon abraten. Denn für das Tier sind das mit der Narkose zusammen sehr viele Medikamente auf einmal.«

»Ja, natürlich.«

Moment, WAS? Kastration?!? Was sind das denn für Töne? Wie weggeblasen sind meine Sorgen um die potentielle NSA-Überwachung.

»Eine Kastration für die Katze?«

»… ist ein absolut gängiger Eingriff bei Hauskatzen.«

»Einfach die Eier abschneiden?«

»Ja, genau. Das macht immer mein Bruder. Der weiß, wie man mit Messern umgeht und Fleisch zerteilt. Der ist nämlich Metzger«, sagt Unger mit todernster Miene.

Ich starre entsetzt zu Laura.

»Natürlich nicht, Herr Zadow. Das war ein Scherz.« Unger schlägt mir auf die Schulter, so dass ich fast zu Boden gehe. »Das machen wir natürlich hier in der Praxis. Und das sehr häufig. Das ist ein absolut ungefährlicher Routineeingriff. Und wir schneiden auch nicht einfach die Eier ab, wie Sie das gerade genannt haben. Bei Vollnarkose öffnen wir den Hodensack und entfernen die beiden Hoden. Danach nähen wir den Hodensack wieder zu. Sie können den Kater noch am gleichen Tag mit nach Hause nehmen, und schon nach wenigen Tagen hat er vergessen, dass überhaupt ein Eingriff vorgenommen worden ist.«

»Ich glaube, ich möchte nicht, dass Elvis kastriert wird«, sage ich zu Laura.

»Du hast es selbst gesagt: Es ist *meine* Katze und nicht deine. Und über *meine* Katze entscheide ich.«

Ach, auf einmal.

»Aber kastrieren? Warum bringst du ihn nicht gleich um?!?«

Kapitel 6

Globale Überbevölkerung

Soeben habe ich Elvis zum dritten Mal von meiner Tastatur verscheucht. Vielleicht bleiben mir endlich mal dreißig Sekunden, um die Mail an meine Kundin zu Ende zu schreiben. Vor allem muss ich noch einige geheime Botschaften des Katers aus dem Text entfernen:

Sehr geehrte Frau Schneibelstein,
nach wie vor warte ich auf die Rücksendung der von Ihnen zu unterzeichnenden Vertragsunterlagen. Andernfalls kann ich den Vorgang NCC-1701-D, also den Abschluss Ihrer Lebensversicherung, nicht ordnungsgemäß zu Ende brskldghföjsfölsgf bjkladfjlkingen.
Anbei übersende ich Ihnen noch einmal die notwendigen Formulare, welche Sie mir an die untenstehende Adresse schicken können. Für Rückfragen stehe ich Ihnen gerne jedadsgfsdgsdafvc456tzrsgfdgserzeit zur Verfüguedfghjlkzuijv 9k j8ih9 c78rhng.

Mit freundlichen Grüßen
Maximilian Zadow
Bankkaufmann / Versicherungsfachwirt
Bereichsleiter Innenstadt

Gerade will ich Elvis' »edfghjlkzuijv 9k j8ih9 c78rh« aus »Verfügung« löschen, als Laura mir plötzlich einen Flyer auf die Tastatur legt. »Guck mal hier!«

Schon aus dem Augenwinkel erkenne ich das rot-schwarze Wappen der Stadt. Offensichtlich handelt es sich um irgendein Informationsheftchen, wie sie normalerweise in den Auslagen städtischer Meldehalden und Verwaltungsflure verstauben. Aber ich will nicht lästern – schließlich sind die Auslagen in unseren Filialen ähnlich heißumkämpft. Ich erbarme mich also – der Baum soll ja schließlich nicht umsonst gestorben sein – und werfe einen genaueren Blick auf den Flyer. Eine mit Photoshop misshandelte Katze »lacht« mir fröhlich entgegen. Ist dafür derselbe Mensch verantwortlich, der auch die Poster *Yoga Cats* und *Yoga Dogs* verbrochen hat?!? Darunter steht in großen Lettern:

Zum Schutz der Katzen:
Kastration ist Pflicht!

Sofort krampft es sich bei mir unterhalb der Gürtellinie zusammen. Meine Boxershorts fühlen sich ungewöhnlich eng an. Im Prinzip sollte es mir egal sein, was Laura mit ihrer Katze macht. Aber in diesem Punkt fühle ich mich bei meiner Männerehre gepackt. Ein Leben ohne Eier hat einfach kein Lebewesen mit Y-Chromosom verdient. Noch nicht einmal Elvis, der kleine Scheißkerl. Müsste Dr. Unger doch eigentlich sehr gut selbst wissen. Oder will er echt nur auf Kosten von Elvis' Hoden ein bisschen Extrakohle machen?

»Laura, ich habe jetzt keine Zeit dafür. Außerdem kennst du meine Meinung. Dem armen Tier die Eier abzuschneiden ist doch keine Lösung. Und was interessiert mich hier schon so 'n Wisch von der Stadt?« Mit spitzen Fingern, als seien die Seiten giftig, reiche ich Laura das Pamphlet zurück. Diese nimmt es sogar entgegen, doch nur, um es zu öffnen und mir den Eingangstext wieder unter die Nase zu halten:

> Bedauerlicherweise ist es durch die unkontrollierte Vermehrung von Hauskatzen und verwilderten Katzen zu einer übermäßig hohen Katzenpopulation im gesamten Stadtgebiet gekommen. Dabei sind viele Tiere in einem elenden Zustand: verwahrlost, krank und befallen von Würmern und Flöhen. Um einen weiteren Anstieg des Katzenelends zu vermeiden, hat der Rat der Stadt mit Wirkung zum 01.01. die ordnungsbehördliche Kastrations- und Kennzeichnungspflicht für Katzen im gesamten Stadtgebiet beschlossen.
> Ein Verstoß gegen diese Verordnung kann mit einem Bußgeld in Höhe von bis zu 1.000 € geahndet werden.

Dazu hebt die Photoshop-Katze mahnend die Pfote.

»Ist doch lächerlich«, sage ich, »wie wollen die das denn kontrollieren? Schon mal versucht, eine Katze zu fangen? Geschweige denn aus ihr herauszuprügeln, wer ihr Halter ist?« Dunkle Kindheitserinnerungen an die erfolglose Verteidigung meines Sandkastens gegen eine Katzentoilettengang-Invasion kommen mir in den Sinn.

»Jetzt lies doch erst mal weiter! Auf der nächsten Seite findet sich ein Abschnitt mit den Argumenten für die Kastration. Da steht auch das drin, was ich dir schon ein paarmal gesagt habe. Und noch mehr.« Laura blättert für mich um. Widerwillig wandern meine Augen über den Text. Daneben steht blöde grinsend die bereits bekannte Katze. Um noch einen draufzusetzen, hat das Photoshop-Genie ihr eine Spritze in die rechte Pfote gelegt. Sofern das Tier nicht über Saugnäpfe an den Ballen verfügt, müsste die Spritze auf dem nächsten Bild zu Boden fallen.

Welche Vorteile bringt eine Kastration?
- Mehr Gesundheit für Ihre Katze: Die Ansteckungsgefahr mit Katzenkrankheiten sinkt rapide
- Weniger Revierkämpfe aufgrund weniger ausgeprägten Revierverhaltens und weniger Katzenvergewaltigungen, welche wieder zu mehr ungewolltem Nachwuchs führen
- Eine geringere und kontrollierte Katzenpopulation in der Stadt – weniger Katzenelend

»Meinen die das ernst?!?«

»Ja, und sie haben recht damit!«

»Möglicherweise, aber dann ist es verdammt zynisch!«, empöre ich mich. »Denn alles, was da steht, gilt ja wohl für den Menschen genauso.«

»Wie meinst du das?«

»Ja schau doch mal!« Ich blättere zurück und lese den Eingangstext in abgewandelter Form vor: »*Bedauerlicherweise ist es durch die unkontrollierte Vermehrung von Menschen zu einer übermäßig hohen Menschenpopulation auf dem gesamten Erdball gekommen. Dabei sind viele Menschen in einem elenden Zustand: verwahrlost, krank und befallen von Würmern und Flöhen. Um einen weiteren Anstieg des Menschenelends zu vermeiden, hat der Rat der Vereinten Nationen mit Wirkung zum 01.01. die ordnungsbehördliche Kastrations- und Kennzeichnungspflicht für Menschen im gesamten Weltenrund beschlossen.*« Mahnend hebe ich den Zeigefinger. »*Ein Verstoß gegen diese Verordnung kann mit einem Bußgeld in Höhe von bis zu 1.000 € geahndet werden.*«

»Du bist so ein Quatschkopf, Max!« Laura schüttelt den Kopf. Doch davon lasse ich mich nicht beeindrucken und erläutere mit belehrender Stimme die Vorteile einer globalen Kastration: »*Mehr Gesundheit für den Menschen: Die Ansteckungsgefahr mit Menschenkrankheiten sinkt rapide.* Denn weniger Sex bedeutet auch weniger Übertragung von Krankheiten. Vor allem, aber eben nicht nur, von Geschlechtskrankheiten.«

Laura schüttelt wieder den Kopf. »Das kannste doch so nicht miteinander vergleichen …«

»Und ob! Und es wird ja noch besser: *Weniger sinnlose Revierkämpfe und Kriege aufgrund weniger ausgeprägten Machoverhaltens und weniger Vergewaltigungen, welche wieder zu mehr ungewollten Schwangerschaften führen.* Mit weniger Testosteron in der Welt wäre es auf jeden Fall um einiges netter hier.« Ich deute auf die Wohnung über uns und stelle dann die rhetorische Frage: »Aber sollte man deswegen allen Männern die Eier abschneiden? Was meinst du, Laura?«

Ich ignoriere die verdrehten Augen und schaue vermeintlich interessiert in den Flyer. »Oh, hier steht es: Ja, sollte man. Denn *eine geringere und kontrollierte Menschenpopulation auf der Welt – weniger Menschenelend.* Wusstest du, dass auf der Erde fast acht Milliarden Menschen leben? Und die Zahl wächst rasant! Ein Riesenproblem für die Umwelt und für die Menschen selbst, die sich bald nicht mehr alle ernähren können. Doch keine Sorge, es gibt eine einfache Lösung: Schnipp-schnapp!«

»Mau.«

Ohne Vorwarnung ist Elvis wieder da und lässt sich auf meine Tastatur fallen. Zwischen »Verfügu« und »ng« sammeln sich neue Buchstabenkombinationen: aöehdbllkjds n prteo troepfz6t5ääze5+ e+e e.

»Na super, ich versuche, dir die Kronjuwelen zu retten, und so dankst du es mir?«

»Ist er nicht süß?« Lauras Hand fährt über den Haarwirbel am Kopf, und sofort setzt ein zufriedenes Schnurren ein.

»Junge, du bist so dumm! Diese Hexe will dir die Nüsse knacken!«

Doch Elvis wirft mir nur einen verächtlichen Blick zu – so arrogant, wie nur Katzen es können. Das Babyblau seiner Augen ist in den letzten Tagen einem komischen Gelb mit leichtem Grünstich gewichen. Ich hatte mal Durchfall, der so aussah. Ob das mit den ganzen Spritzen zusammenhängt, die wir in ihn reingejagt haben? Lauras Zuneigung scheint Elvis' verändertes Erscheinungsbild jedenfalls keinen Abbruch getan zu haben. Sie und der Kater tauschen weiter Liebesbekundungen auf meiner Tastatur aus.

»Eigentlich total bescheuert, dass ich mich so für dich einsetze. Dein Baby-Bonus ist jedenfalls dahin. Mit Blick auf deinen dicken Katzen-Malus hast du eigentlich nur noch jede Menge Minuspunkte bei mir ...«

Ein zufriedenes Schnurren ist die Antwort.

»Kann ich jetzt vielleicht mal meine Arbeit zu Ende bringen?«, wende ich mich an Laura. »Irgendwie will das Katzenfutter ja verdient werden, das der kleine Scheißer jeden Abend wieder in den Katzensand drückt.«

»Ja natürlich.« Widerwillig zieht sie ihre Hand aus Elvis' Fell. Empört blickt der Kater auf. Als ihm klar wird, dass die Streicheleinheiten ein Ende haben, versenkt er den Kopf zwischen den Hinterbeinen und beginnt, sich genussvoll die Eier zu lecken. Sehr zum Leidwesen meiner E-Mail:

Sehr geehrte Frau Schneibelsteiiiiiiiiiiiiiiiiiiiiiiiiiiiiiiiiiiiiiiiiiiiiiiiiiin,

Ich verschränke die Arme und werfe einen vielsagenden Blick über meine Schulter. Laura grinst. »Was übrigens nicht in dem Flyer steht: Wenn männliche Katzen geschlechtsreif werden, beginnt ihr Urin aufs widerwärtigste zu stinken.«

»Wieso? Was soll das denn heißen?« Sofort ruft mein Hirn alle geruchlichen Assoziationen zum Thema Katzenklo ab. »Das stinkt doch jetzt schon zur Hölle.«

»Ja, aber wenn der Kater geschlechtsreif wird, intensiviert sich der Geruch noch, damit er sein Revier noch deutlicher markieren kann.«

»Was willst du mir damit sagen? Dass dann nicht nur Nummer 2 die gesamte Bude kontaminiert, sondern auch schon Nummer 1? Laura, der Kater pisst bestimmt dreimal am Tag!«

Schon der Gedanke an das Strullergeräusch eines mäßig festen Strahls in Katzensand lässt mir die Haare zu Berge stehen. Wie soll das erst werden, wenn das auch noch stinkt?

»Man kann das natürlich verhindern…«, erklärt Laura. Ich blicke sie so erwartungsvoll an wie ein Apple-Jünger bei der Präsentation des neuesten iPhones: »Wie? Wie? Wie?!?«

»Indem man den Kater kastriert, natürlich. Dann hat der nicht so eine intensive Hormonbildung, und der penetrante Geruch bleibt aus«, lautet die bittere Wahrheit. Kann mein persönliches Geruchsempfinden wichtiger sein als das männliche Wohl des Katers? Nachdenklich wandert mein Blick zurück zu Elvis, der immer noch mit erschreckender Routine seine Klöten leckt.

»Kleiner, tut mir leid, aber von den beiden wirst du dich wohl verabschieden müssen.«

Kapitel 7

Junggesellenabschied

»'ne Schande ist das!«, sagt Schulz jetzt zum wahrscheinlich hundertsten Mal.

»'ne einzige Schande«, stimme ich zu.

Inzwischen sind wir beim dritten Bier angekommen, das Deutschlandspiel verfolgen wir eher so beiläufig. Béla Réthy habe ich bereits nach den ersten fünf Minuten den Saft abgedreht, und so flimmert der Fernseher lautlos grün-weiße Bilder ins Wohnzimmer. Elvis hingegen scheint sich brennend für das Spiel zu interessieren. Immer wieder versucht er, die kleinen weißen Nationalspieler zu fangen. Dazu krabbelt er abwechselnd um den Fernsehtisch herum, guckt von unten auf den Bildschirm oder lauert mit angewinkelter Pfote oben auf der Bildröhre. (Ja, richtig, *Bildröhre*: »Einen Flatscreen können wir uns gerne kaufen, wenn der aktuelle Fernseher nicht mehr funktioniert, Max. Ich erinnere mich noch sehr genau, wie du beim Einzug gesagt hast, dieses Ding würde bestimmt für die nächsten zehn Jahre reichen. Nur deswegen war ich doch überhaupt bereit, so viel Geld dafür auszugeben ...«)

»Einfach so wird der entmannt.« Schulz spült die Erkenntnis mit noch einem großen Schluck aus seiner Flasche hinunter: »Ich meine, was würdest du denn machen ohne Eier?«

Ich zucke mit den Achseln. »Keine Ahnung.«

»Ich meine, das Leben hat doch überhaupt keinen Sinn mehr. Gar nicht.«

»Gar nicht«, bestätige ich und schlürfe den Bodensatz aus meiner Flasche. Viel Schaum, viel Speichel, wenig Kohlensäure.

»'ne Schande ist das!« Schulz beugt sich leicht vor und weist mit dem Arm in Richtung Fernseher. Elvis patscht gerade mit beiden Pfoten gegen die Mattscheibe.

»Ich meine, das ist 'n richtiger Kerl. Offensichtlich sogar fußballbegeistert. In dem Jungen steckt doch Feuer, der will doch auch mal 'ne Alte klarmachen. Aber dazu wird es nie kommen. Bevor der überhaupt die Chance hat zu lernen, was es heißt, mal richtig einen rauszuballern, wird er seiner Männlichkeit beraubt...«

»Prost!«, sage ich wie zur Bestätigung und stoße mit meinem frisch geöffneten Bier an.

»'ne einzige Schande.«

Was soll ich darauf noch erwidern? Langsam wird mir der Themen- und Wortradius selbst für ein »echtes Männergespräch« zu klein. Stattdessen nippe ich an meinem Bier und starre gelangweilt auf das Spiel. Ein Freundschaftsspiel der Nationalmannschaft am frühen Sonntagnachmittag gegen irgend so einen zentralasiatischen Schießbudenverein konnte ich Laura erfolgreich als unglaublich wichtiges Spiel zur Vorbereitung auf die Vorrundenphase der WM verkaufen. Immerhin, Gleiches war der ZDF-Vorberichterstattung auch bei mir schon gelungen. »Auch der Bundestrainer sagt: Man darf Blablasistan nicht unterschätzen.« Oder so. Jetzt sehe ich mich mit einem Spiel konfrontiert, bei dem wir bereits in der 34. Minute 4:0 in Führung liegen und dessen

Spannungskurve ungefähr so steil ist wie die Berge in Mecklenburg-Vorpommern. Zumindest kann ich in Ruhe mit Schulz abhängen und muss nicht mit Laura und ihrer komischen Cousine zu einem alternativen Kunsthandwerkermarkt mit gehäkelten Handysocken, selbstgestrickten Schals und gebatikten Babytüchern.

»Wann ist denn eigentlich das Date mit der Guillotine? Oh, Tor.«

»Meine Fresse, heute darf auch echt jeder seine Torstatistik verbessern. Der Termin ist schon morgen. Laura bringt Elvis morgens hin, und abends können wir den Eunuchen wieder abholen.«

»Macht aber schon ein Arzt, oder?«

»Nee, machen hier in Deutschland die Metzger.« Wenn man den Witz selbst bringt, ist er irgendwie gleich besser. Ich verpasse Schulz einen verächtlichen Schlag auf den Hinterkopf, um zu untermauern, dass er eine besonders doofe Frage gestellt hat. »Natürlich macht das ein Arzt!«

»Dem müsste man mal die Eier abschneiden, damit der wüsste, wie das ist. Überhaupt jedem, der so etwas macht oder machen lässt!«

»Danke, Schulz, super Vorschlag!« Ich greife mir in den Schritt.

Schulz blickt mich einen Moment irritiert an, dann begreift er. »Nein, Mann, so meinte ich das nicht. Außerdem ist das doch Lauras Katze. Du warst ja immer dagegen, oder?«

»Ja, klar. Bin hundertprozentig pro Kronjuwelen!«, entgegne ich und überspiele meine Lüge schnell mit einem Schluck Bier.

»Hat der dann eigentlich auch 'ne höhere Stimme? Wie so ein Chorknabe?«

»Quatsch«, sage ich. Aber wissen tue ich es nicht. Meine Güte, was passiert eigentlich, wenn Elvis' Gequäke noch höhere Lagen erreicht?

»Trotzdem, 'ne Schande ist das!«

Dieser Erkenntnis habe ich dann nichts mehr hinzuzufügen. So starren wir wortlos auf den Fernseher, als gäbe es dort etwas Interessantes zu entdecken. Als kurz vor der Halbzeit das 6:0 fällt, tippt Schulz mich an: »Du, Max, Junge, ich habe da 'ne Idee.«

»Hmm?«

»Wir veranstalten für Elvis noch schnell so 'ne Art Junggesellenabschied.«

»Schulz, Elvis heiratet nicht, das wird eher so was wie eine besonders schmerzhafte Scheidung.«

»Ich sage ja auch, ›so 'ne Art‹. Bevor der kastriert wird, soll der einmal in seinem Leben ein bisschen Spaß haben.«

»Ach, so ein Blödsinn!«

»Nein, im Gegenteil«, Schulz kommt jetzt richtig in Fahrt, »das ist doch genial! Wir besorgen dem noch 'ne Olle, irgend so ein läufiges Katzenweibchen, und lassen die beiden 'ne Weile allein. Und dann werden wir ja sehen, ob in deinem Jungen nicht auch 'n kleiner Hengst steckt!«

»Das ist nicht *mein Junge*. Das ist 'ne Katze. Und die gehört Laura. Wir wohnen nur zusammen.«

»Ach, laber nicht, Max. Laura ist die Mama und du bist sein Daddy. Ist einfach so. Da brauchste dir auch gar nichts anderes einreden!«

»Ist doch Scheiße, was du da quatschst.«

Doch Schulz quatscht schon gar nicht mehr. Stattdessen hat er sein Smartphone gezückt und durchstöbert den Onlineauftritt des städtischen Tierheims. Kurze Zeit später hält er mir das grobpixelige Bild einer Katze unter die Nase. »Was hältst du denn von der? *Lily, drei Jahre, anhänglich und verschmust.*«

Ich verdrehe nur die Augen.

»Nicht? Stimmt, ist vielleicht ein bisschen zu viel Gekuschel. Keine Sorge, gibt noch mehr.« Schulz stochert wieder auf seinem Smartphone herum: »Hier! *Kleopatra, fünf Jahre, eine exotische Schönheit.* Wäre das vielleicht was für dich, Elvis?«

Doch der Kater zeigt gerade gar kein Interesse an Handys oder Weibchen. Stattdessen verfolgt er noch immer die weißen Punkte auf dem Fernseher, welche sich nun zwecks Halbzeitpause zum unteren Rand des Bildschirms bewegen.

»Hast recht, Kleiner, ist für das eine Mal vielleicht zu abgehoben. Aber hier, das ist doch perfekt: *Lolita, zwei Jahre, zutraulich und liebevoll.* Da ist der Name doch sicher Programm, oder?«

»Sehr witzig.«

»Nein, ich meine das durchaus ernst. Hast du kein Herz?«

»Doch, natürlich, und mir tut das auch irgendwie leid. Aber Laura hat nun mal so entschieden. Und es gibt da diese Verordnung der Stadt. Du musst deine Katze kastrieren, ansonsten zahlst du bis zu tausend Euro Strafe …«

… und außerdem stinkt Katzenpisse von ausgewachsenen Katern aufs erbärmlichste, und ich muss schon vom Geruch der Kacke immer würgen. Wenn jetzt noch drei- bis viermal täglich der Pissegestank dazukommt, sterbe ich einen grauenvollen Erstickungstod an meinem eigenen Erbrochenen. Dass ich der Kastration eigentlich nur deswegen zugestimmt habe, sage ich natürlich nicht. Stattdessen stehe ich auf, um den Kastrationsflyer aus dem Arbeitszimmer zu holen. »Ich zeige dir das mal.«

Mit einem Mal sind meine weißen Tennissocken für Elvis hochinteressant, und er stürzt sich auf meine Füße. Kleine Krallen graben sich in meine Zehen. »Aua! Mistvieh, du wirst schon noch sehen! Bald bin ich hier wieder der einzige Kerl im Haus.«

Ein herausforderndes Mau ist die Antwort.

»Mann, du bist ja wirklich eiskalt. Tu dem kleinen Racker vorher zumindest diesen einen Gefallen«, ruft Schulz mir hinterher. Elvis folgt meinen Füßen so dicht wie möglich und bringt mich auf dem Weg zu meinem Schreibtisch mehrmals zum Stolpern. Ist ja schon niedlich, wie er da Nähe bei mir sucht. Und nur weil ich nicht so einen Gestank haben will, lasse ich es zu, dass ihm solch ein brutales Schicksal widerfährt? Das ist doch auch nicht gerecht. Was ist, wenn das seine Persönlichkeit irgendwie verändert? Wenn der danach lebenslänglich eine Beleidigte-Leberwurst-Katze wird? Ich meine, allen Grund dazu hätte er. Hat Schulz dann nicht vielleicht doch recht? Wäre so eine einmalige Nummer nicht ein fairer Ablasshandel? Ich greife nach dem Flyer, und die Comic-Katze sieht mich wieder mit erhobener Pfote mahnend an. Ach, was für verrückte Gedanken mache ich mir da überhaupt? Wie sollte das überhaupt ablaufen? Ein Schäferstündchen für Elvis. Und wie sollte ich das Laura erklären? Die kommt bestimmt auch gleich nach Hause. Nein, das Ganze ist eine kranke Idee aus dem kranken Kopf eines Schürzenjägers und Womanizers, der sein eigenes verkapptes Sexleben auf meine ... äh ... Lauras Katze überträgt. Ich muss kein schlechtes Gewissen haben – sagt ja schließlich auch der Staat. Gerüstet mit dem Flyer in der Hand (und Elvis zwischen den Füßen), kehre ich ins Wohnzimmer zurück. »Guck mal hier, Schulz. Hier steht all...«

Der selbsternannte Katzenlude steht im Wohnzimmer mit dem Handy am Ohr. Den Zeigefinger der anderen Hand hat er auf den Mund gelegt, um mir zu signalisieren, dass ich still sein soll. Kurz darauf macht sich ein Lächeln auf seinem Gesicht breit. »Ja, schönen guten Tag, Christopher Schulz mein Name. Mein Freund und ich, wir interessieren uns für die Lolita. – Ja, genau, die Katzendame, die Sie auch im Internet stehen haben. Ist die schon vergeben? – Nein?« Hochgestreckter Daumen und breites Grinsen in meine Richtung. »Hätten Sie denn heute noch Zeit für uns? – Wirklich? – Ach, ich denke, in zwanzig Minuten sollten wir das schaffen. – Ja, wunderbar, dann bis gleich. – Ja, ich freue mich auch.«

Selbstzufrieden lässt Schulz das Handy in seine Hosentasche gleiten.

»Wir fahren da jetzt nicht wirklich hin, oder?«

»Nein, *du* fährst! Ich hatte schon zwei Bier zu viel!«

Zwei Espressi, ein Mentholkaugummi und eine betont vorsichtige Autofahrt später laufe ich durch einen schieren Alptraum. Ein penetranter Geruchscocktail aus Katzenfutter, Katzenkacke und Katzenpisse liegt in der Luft. Schon seit Minuten bin ich komplett auf Mundatmung umgestiegen. Das Katzenhaus des Tierheims besteht aus zwei Etagen à zehn Zimmern, die durch Glasfronten vom Flur abgetrennt werden. Jedes Zimmer hat einen eigenen Zugang auf Vorder- und Rückseite. Hinter jedem Fenster liegt eine Art gekacheltes Spielzimmer, voll mit Körbchen, Kissen und Kratzbäumen.

»Ist so 'ne Mischung aus'm *Pascha* in Köln und der *Herbertstraße* in Hamburg, was?«, raunt Schulz mir zu.

»Was haben Sie gesagt?« Die Tierpflegerin, die uns durch die Anlage führt, dreht sich um und lächelt Schulz fragend an. Der lächelt ebenso zurück: »Ach nichts, ich sagte nur, dass die Kätzchen es hier ja wirklich gut haben.«

»Wir geben uns auf jeden Fall große Mühe. Aber natürlich ist es besser, wenn wir die Lieben vermittelt kriegen. Zum Beispiel an so ein reizendes Pärchen wie Sie beide.« Sie zwinkert vielsagend und wendet uns dann wieder ihren grauen Dutt und die quietschgelbe Strickjacke zu. »Die kleine Lolita ist gleich hier vorne.«

Offenbar hat die Pflegerin den Eindruck gewonnen, wir beiden seien ein schwules Paar auf der Suche nach einer Katze. So als eine Art Kinderersatz vielleicht? Na ja, so abwegig ist das ja auch gar nicht. Wann kommen denn schon mal zwei Männer an einem Fußballsonntag ins Tierheim, um sich eine Katze zuzulegen? Zuerst will ich diesen Eindruck natürlich noch zunichtemachen und unser wahres Verhältnis erklären: »Wir sind nur Nachbarn.«

Doch Schulz hat offenbar andere Pläne: »Also, noch. Wir kennen uns aus dem gleichen Haus. Jetzt wollen wir da aber zusammenziehen. Und die kleine Lolita soll unser Glück perfekt machen.«

Sofort begreife ich, aber so ganz ungeschoren will ich Schulz nicht davonkommen lassen. »Ja, das stimmt. Wissen Sie, der Chris zieht bei mir ein, ich habe nämlich die größere Wohnung. Seine ist so ein kleines Ding, weil er ja auch nicht berufstätig ist. Er übernimmt dann auch eher die klassische Hausfrauenrolle in unserer Beziehung – wenn man das so sagen kann. Und er will ja auch unbedingt die Lolita haben.«

»Ach ja? Von der Statur her hätte ich ja eher gedacht, dass Sie der weibliche Part in der Beziehung sind.«

Blöde Alte, soll die doch ihre Vorurteile pflegen – ich bin ja auch nicht besser. Ich habe sie ebenfalls schon beim ersten

Anblick dem Typ 2 der verrückten Katzenfrauen zugeordnet. Allerdings handelt es sich bei der Tierheimtante um ein ganz besonders glückliches Exemplar. Immerhin wird ihr *Animal Hoarding* von Spendengeldern finanziert.

»Das ist Lolita!«, verkündet die Pflegerin stolz und zeigt auf eine langweilige schwarze Katze mit weißem Unterbauch. Das Tier schaut betont desinteressiert durch uns hindurch.

»Niedlich«, lüge ich.

»Ja, die nehmen wir!«, erklärt Schulz sofort.

»Wollen Sie die Lolita nicht erst mal kennenlernen?«, fragt die Pflegerin jetzt etwas irritiert.

»Nein, nein, die ist toll!«, versichere ich. »Versteht sich Lolita denn gut mit anderen Katzen?«

»Haben Sie denn eine?«

»Ja«, sage ich.

»Nein«, sagt Schulz nahezu zeitgleich.

Die Pflegerin guckt noch irritierter.

»Was wir meinen: Im Moment haben wir noch keine andere Katze, aber wenn das mit Lolita gut läuft, könnten wir uns vorstellen, noch eine dazuzuholen. Damit Lolita nicht so alleine ist.«

»Ich verstehe«, nickt die Alte, »das kommt natürlich immer auf den jeweiligen Einzelfall an. Aber grundsätzlich kann die Lolita schon gut mit anderen Katzen. Mit Fritzchen und Kleopatra aus ihrem Zimmer kommt sie jedenfalls sehr gut aus. Insbesondere mit dem Fritzchen…«

»So, so, besonders männeraffin. Sehr gut!« Für Schulz scheint die Sache klar zu sein. »Können Sie uns die Katze dann bitte einpacken?«

Jetzt wird die Pflegerin doch misstrauisch. »Ihnen ist schon klar, dass Sie sich ein lebendes Wesen ins Haus holen, um das Sie sich stets kümmern müssen? So eine Katze ist kein Püppchen, das Sie in die Ecke stellen können, wenn es Ihnen nicht mehr beliebt.«

»Äh, natürlich. Was mein Freund meinte, war, dass es hier ja wenig bringt, sich mit dem Tier auseinanderzusetzen. Den wahren Charakter zeigt die Kleine ja erst, wenn sie eine Weile bei uns ist. Und damit wir als Fremde nicht in das Revier der anderen Tiere eindringen, wollte der Chris darum bitten, dass Sie die kleine Zuckermaus für uns da rausholen!«

»Ach so, kurz bekam ich schon einen Schreck. Man macht ja auch schlechte Erfahrungen mit potentiellen Katzenhaltern. Aber Sie haben sich offenbar vorher informiert. Das finde ich sehr löblich!«

»Aber selbstverständlich«, springt jetzt auch Schulz darauf an, »wir müssen ja alle ganz in Ruhe ausprobieren, ob wir miteinander können in der neuen Wohnung. Der Max, die Lolita und ich.«

Und vor allem Elvis, geistert es durch meinen Kopf, während ich mit falschem Lächeln Schulz' Umarmung und sogar das Küsschen zulasse.

»Gut, wenn Sie sich Ihrer Sache so sicher sind, können wir auch die Unterlagen fertigmachen. Das Geld für die Schutzgebühr haben Sie dabei?«

»Schutzgebühr?«

»Ja natürlich, damit sichern wir uns gegen solche Leute ab, die eigentlich kein echtes Interesse als Tierhalter an unseren Schützlingen haben. Keine Sorge, bei Ihnen habe ich da keine Bedenken. Aber darüber hinaus finanzieren wir damit die Pflege der Tiere und garantieren Ihnen, dass alle unsere Katzen entwurmt, kastriert und gechippt sind.«

»Kastriert? Aber die Lolita ist schon ein Mädchen, oder?«

»Ja, aber das Entfernen der Eierstöcke bezeichnen wir bei Katzen ebenfalls als Kastration.«

»Da haben Sie uns jetzt aber kurz erschreckt. Wir dachten immer, bei den Weibchen macht man eine Sterilisation«, sage ich.

»Nein, die Sterilisation gibt es auch noch. Sowohl für Männchen als auch für Weibchen. Dann werden aber nicht komplett Hoden und Eierstöcke entfernt, sondern lediglich die Leiter durchtrennt. Der Eingriff hat aber einige Nachteile, weswegen die meisten Experten für Hauskatzen die Kastration empfehlen.«

Mir stockt der Atem, und kurz keimt Hoffnung in mir auf. Ich könnte Elvis' Hoden vielleicht doch noch retten, wenn wir den Kleinen einfach nur sterilisieren? Das haben mir sowohl Laura als auch dieser Scheißarzt eiskalt verschwiegen. Hätte ich mal mehr gelesen als nur dieses blöde Faltblatt von der Stadt. Vielleicht kann diese Schnapsidee mit dem Tierheimbesuch doch noch ein voller Erfolg werden. »Was sind denn diese vermeintlichen Nachteile einer bloßen Sterilisation?«

»Ach, Max, das ist doch völlig egal«, schaltet sich Schulz ein, »die Lolita ist doch eh schon kastriert. Was mich viel mehr interessieren würde, ist, wie hoch denn eigentlich die Schutzgebühr ist.«

»Die liegt bei einhundertvierzig Euro.«

Stille.

»Hast du dabei, Max, oder?«, fragt Schulz plötzlich sehr bestimmend.

»Ich? Wieso ich?«

»Na, du bist doch der Geldverdiener von uns beiden. Ich bin nur der Hausmann...«, erwidert er laut und raunt mir dann leise ins Ohr: »Stell dir vor, du bezahlst Elvis seinen ersten und einzigen Puffbesuch. Da biste ziemlich genau den gleichen Betrag los.«

Ich gebe Schulz einen verdeckten, aber dennoch kräftigen Stoß in die Milz und lächle die Pflegerin an. »Natürlich, ich zahle. Aber wenn das mit Lolita und uns nicht klappt, dann kriege ich das Geld doch wieder, oder?«

»Mit deiner blöden Fragerei hättest du uns fast noch in die Scheiße geritten«, raunt Schulz mir zu, während seine Augen weiter stur auf das Schauspiel vor ihm gerichtet sind.

»So wie ich das sehe, ist die ganze Aktion eine große Scheiße«, raune ich zurück und starre ebenfalls weiter auf die beiden Katzen. Meine Kritik ist absolut berechtigt, denn von körperlicher Liebe sind Lolita und Elvis entgegen unseren Plänen weit entfernt. Lolita hat sich gerade mal einen halben Meter aus ihrer Katzenbox gewagt und lauert seitdem unter dem Wohnzimmertisch. Elvis hingegen hockt auf seinem Lieblingssessel, die Nackenhaare steil aufgerichtet und den Schwanz zum Volumen einer Klobürste aufgebauscht. Jedes Mal, wenn einer der beiden sich auch nur einen Millimeter bewegt, stößt der andere ein kehliges Fauchen aus.

»Also, irgendwie glaube ich nicht mehr, dass das ein Vorspiel ist.«

»Nee, die beiden hassen sich.«

»Wir könnten sie betrunken machen. Vielleicht werden sie dann williger.«

»Langsam reicht es mir mit deinen Scheißideen. Am besten, du bringst die Katze ins Tierheim zurück und wir blasen die ganze Sache ab. Ist mir auch lieber. Laura kommt bestimmt gleich vom Flohmarkt wieder, und die muss das hier ja echt nicht mitkriegen.«

»Moment, eine Idee habe ich noch!« Schulz springt auf und eilt aus dem Zimmer. »Ich muss da gerade was von oben holen.«

Die plötzliche Bewegung erschreckt Lolita so sehr, dass sie einen Satz nach vorne macht und direkt unterhalb des Sessels landet. Daraufhin schießt Elvis wie eine gelöste Sprungfeder senkrecht in die Höhe. Er landet auf der Rückenlehne des Sessels und faucht wie wild. Lolita steht ihm mit den Drohgebärden in nichts nach. Ein Rufen aus dem Flur lenkt die Aufmerksamkeit der beiden Möchtegerntiger voneinander ab. »Hallo? Warum steht denn die Haustür offen?«

Natürlich muss Laura genau jetzt nach Hause kommen.

»Max? Elvis? Seid ihr noch da?«

Ich überlege noch, ob ich Lolita und die Katzenbox irgendwie verschwinden lassen kann. Doch es ist zu spät. Laura steht schon im Wohnzimmer und zeigt verdutzt auf die Katze. »Was ist denn hier los? Wo kommt die denn her?«

»Ich und Schulz ... äh ... also, Schulz hat ...«

Eben der kehrt genau in diesem Augenblick zurück und ruft schon im Flur: »Ich habe hier noch dieses Raumspray. Das ist ein astreines Aphrodisiakum. Wäre doch gelacht, wenn das nicht ...«

Die Worte bleiben ihm im Halse stecken, als er Laura erblickt. Ein Flakon mit einer rosa Flüssigkeit gleitet aus seiner Hand und zerschellt auf unserem Fußboden. Zwei Fellknäuel schießen in entgegengesetzte Richtungen. Lolita verschwindet unter der Couch; Elvis taucht zielsicher in seinem Lieblingsversteck, dem Bücherregal, unter.

»Oh, fuck.«

Laura guckt Schulz irritiert an. Schulz' entsetzter Blick wandert zu mir. Ich zucke mit den Achseln. Laura wirft mir einen forschen Detektivblick zu. Ich versuche mich recht erfolglos an einem Unschuldslächeln: »Warum gucken ausgerechnet mich alle an?!«

»Sagt ihr mir jetzt endlich, was hier los ist?«

»Ähm, klar, Schatz. Ganz tolle Geschichte, wird dir ganz bestimmt gefallen«, mache ich mir Mut. »Also, wir wollten ja eigentlich Fußball gucken ...«

»Ja, dieses superwichtige Spiel, weswegen du mal wieder keine Zeit hattest, mit mir und Lissi was zu unternehmen.«

»Genau! Sonst immer gerne. Du weißt, ich mag deine Cousine. Die ist zwar manchmal ein bisschen komisch, wenn die von ihren Heilsteinen oder ihren Schüßler-Salzen redet, aber im Prinzip ist sie ja echt ein netter Mensch. Ach ja, und ihre Lache ist auch irgendwie nervig. Die hat so was Schnatteriges, das klingt immer ein bisschen so, als würde eine Ente vergewaltigt ...«

»Max, komm zum Punkt!«

»Klaro. Also, irgendwie kamen Schulz und ich dann beim Fernsehen darauf zu sprechen, dass so eine Katze ja doch eine tolle Sache ist. Und Schulz war ganz begeistert davon, dass Elvis die ganze Zeit das Spiel verfolgt hat.«

»Ja«, springt mir Schulz helfend zur Seite, »voll niedlich, wie der immer versucht hat, die Spieler auf dem Fernseher zu fangen ...«

»Jedenfalls hat Schulz dann kurzfristig den Entschluss gefasst, dass er auch eine Katze haben will, und so sind wir ins Tierheim gefahren«, erkläre ich und werfe dem Anstifter der ganzen verdammten Aktion einen verschwörerischen Blick zu. Dieser presst die Lippen zusammen und nickt vielsagend.

»Und da ist sie jetzt: die Lolita!«, sage ich stolz und weise

Richtung Couch. »Also, irgendwo da unten. Hat sich wohl ein bisschen erschreckt, die Kleine.«

»So, so. Der Herr Schulz will also auf einmal auch eine Katze.« Laura glaubt uns kein Wort. »Und was wolltest du dann mit deinem *Raumspray*?«

»Ach, das wollte ich Max nur mal zeigen. Vielleicht wollt ihr das ja mal ausprobieren. Ich meine, ihr seid ja auch schon länger zusammen, und da ...«

»Sehr einfühlsam, Schulz. Danke!«, fährt sie ihm über den Mund. »Das werden wir ja jetzt wohl oder übel die nächsten Wochen ausprobieren können. Man erstickt ja schon fast in diesem Moschusgestank.«

Tausendmal besser als Katzenkacke, will ich einwenden, halte es aber dann doch für den falschen Zeitpunkt. Stattdessen nicke ich. »Wir machen das jetzt schnell weg und dann ist gut. Pack du doch erst einmal in Ruhe deine Flohmarktsachen aus, und wenn du fertig bist, ist auch das Wohnzimmer wieder tipptopp.«

»Und besser möglichst ruhig. Ist ja der totale Stress für die beiden Tiere. Wo habt ihr Lolita überhaupt her?«

»Tierheim.«

»Und was soll die hier bei uns? Die ist hier doch völlig verloren, und noch dazu macht sie Elvis bestimmt ganz kirre.«

»Vor Lust?«, fragt Schulz vorsichtig. Und jetzt kann ich regelrecht sehen, wie unsere Notlüge endgültig von Laura durchschaut wird. Ihr Blick springt von Elvis' Versteck zu Lolitas Versteck, dann zu Schulz und schließlich auf die aphrodisierende Lache am Boden.

»Nein, Schulz, nicht vor Lust«, erklärt Laura mit zuckersüßer Stimme. »Der Kleine hat Angst. Und Lolita bestimmt auch. Besser, du nimmst sie ganz schnell mit zu dir nach oben, damit sie sich an ihr neues Zuhause gewöhnen kann.«

»Aber ...«

»Kein Aber! Wegen dem Fleck hier und dem kaputten Glas mach dir keine Sorgen. Max macht das bestimmt gerne weg.«

»Ja«, sage ich zerknirscht. Laura überspielt ihre sadistische Freude so gut, dass Schulz noch nicht einmal merkt, wie sehr er ihr gerade auf den Leim geht.

Es dauert eine gefühlte Ewigkeit, bis wir Lolita unter der Couch hervorgeholt haben. Dann dauert es noch einmal doppelt so lange, bis wir sie wieder unter der Couch hervorgeholt haben, nachdem sie uns aus der halboffenen Katzenbox entwischt ist. Irgendwann gelingt uns das Kunststück mittels eines Besens dann doch. Elvis bekommt von seinem Versteck aus einen sehr guten beziehungsweise einen sehr schlechten Eindruck davon, welches Vergnügen ihm gleich morgen wieder bevorsteht, wenn er zum Tierarzt abtransportiert wird. Seine aufgerissenen Augen sind jedenfalls die ganze Zeit auf das Geschehen gerichtet.

»Tschüs, Schulz. Tschüs, Lolita. Bis demnächst, kleiner Fratz. Wir sehen uns jetzt bestimmt mal öfter!«, ruft Laura den beiden hinterher. Schulz schleppt sich und die Katzenbox derart gequält die Treppe hinauf, als habe er höchstpersönlich den Bußgang nach Canossa angetreten.

Kaum ist der Katzenhalter wider Willen mit vergifteter Freundlichkeit nach draußen komplimentiert worden, wendet sich Laura mir zu. »Ihr seid solche Idioten!«

»Ja, tut mir leid«, sage ich nur, während ich die gröbsten Glasscherben aus der Lache einsammle. Laura steht mit verschränkten Armen und gespitzten Lippen im Türrahmen.

Irgendwie sexy, wie sie extra laut durch die Nase atmet. Unter ihrer Bluse steigt ihr Brustkorb und alles, was da noch so dranhängt, auf und ab. Selbst die alberne Filzbrosche, die sie bestimmt auf dem Flohmarkt erstanden hat, ist auf einmal ein nettes, verspieltes Accessoire.

»Ihr wolltet, dass Elvis und Lolita sich paaren. Habe ich recht?«

»Ja.«

Ist »paaren« nicht ein höchst sinnliches Wort?

»Solche Idioten!«, wiederholt Laura noch etwas lauter. »Vor allem du, Max! Ich habe dir doch schon hundert Mal erklärt, dass Elvis noch überhaupt nicht geschlechtsreif ist!«

Ich bin dafür gerade sehr, sehr reif fürs andere Geschlecht. Verfluchtes Raumspray.

»Ist der nicht?«, frage ich verdutzt. Diese Information kommt jetzt doch irgendwie auch ein bisschen überraschend.

»Nein. Seit Wochen reden wir davon, dass Elvis kastriert werden muss, *bevor* er die Geschlechtsreife erlangt. Und dann hat der natürlich auch noch keine entsprechenden Ambitionen.«

»Oh.«

Meine Ambitionen werden gerade auch nur noch von dem Umstand zurückgehalten, dass ich mehrere große Glasscherben in den Händen halte und eine stürmische Umarmung samt überschwänglichen Küssen damit eher eine lebensgefährliche Angelegenheit als ein guter Einstieg in den Liebesakt wäre.

»Und überhaupt! Ihr könnt doch nicht einfach eine Katze aus dem Tierheim holen, damit die sich hier einmal von unserem Kater durchnehmen lässt! Weißt du eigentlich, wie die Paarung bei Katzen aussieht? Das ist eine höchst brutale

Angelegenheit. Mehr eine Vergewaltigung als ein gegenseitiger Liebesakt.«

»Ähm ...« Noch nie wollte ich so gerne Sex haben und noch nie war es so unangebracht, jetzt irgendwie darauf hinzuarbeiten. Ich muss weg von diesen verdammten Dämpfen!

»Unglaublich, was Männer für oberflächliche Arschlöcher sein können. Ich meine, was sollte denn deiner Vorstellung nach anschließend mit der Katze passieren? Wolltet ihr das arme Tier dann einfach ins Tierheim zurückbringen, oder was? Das ist ein Lebewesen, Max. Kein Gebrauchsgegenstand, mit dem man verfahren kann, wie mal will. Ganz schön geheuchelt von dir, wenn man bedenkt, wie sehr du dich gegen die poßlersche Massentierhaltung in Rage reden konntest.«

Bei Schulz' Version klang das irgendwie alles noch ganz witzig. Lauras gerechter Zorn erscheint allerdings sehr viel angebrachter. Gott, sieht sie gut aus, wenn sie wütend ist. Das ist mir vorher nie so aufgefallen.

»Und wie ich euch beiden Dummköpfe kenne, habt ihr auch noch gedacht, nur weil die Katze Lolita heißt, wäre die ein besonders williges Exemplar.«

Ich nicke beschämt.

»Idioten! Hat man euch nicht gesagt, dass die Weibchen aus dem Tierheim auch kastriert sind? Die haben überhaupt gar kein Interesse mehr an Sex.«

»Doch, das mit dem Kastrieren wurde uns gesagt. Das mit der fehlenden Libido aber nicht«, wehre ich mich, und dann fällt mir wieder etwas ein, was die Pflegerin im Tierheim gesagt hat. Mein Blut ist ja ohnehin schon in Wallung, und möglichst angriffslustig gebe ich zurück: »Warum lassen wir Elvis eigentlich nicht nur sterilisieren? Das hast du überhaupt nicht in Erwägung gezogen. Du hast einfach nur gedacht: Schnipp-schnapp, Eier ab! Dass es noch 'nen sanfteren Eingriff gibt, darauf kommst du wohl gar nicht. Ist ja egal, sind ja nur Hoden!«

Herausfordernd funkele ich Laura an, doch die verdreht nur die Augen. »Mann, Max, du bist ja ein noch größerer Trottel, als ich dachte. Das ist ja schon traurig, wie du deine komischen Vorstellungen von Männerehre auf die Katze projizierst«, fährt sie mich an. »Die Sterilisation bewirkt nur, dass die Katze nicht mehr zeugungsfähig ist. Alle anderen Probleme bleiben bestehen: die triebgesteuerten Hormonausschüttungen und damit die Revierkämpfe, die Übertragung von Krankheiten und – was dich doch in Wahrheit als Einziges interessiert – der beißende Gestank des Urins.«

»Das stimmt doch gar nicht, dass mich nur das interessiert«, sage ich, aber es wirkt nicht sonderlich überzeugend. Verflucht, ich bin gerade auch kaum in der Lage, einen klaren Gedanken zu fassen. Eine böse Mischung aus schlechtem Gewissen und abstruser Geilheit wabert durch mein Gehirn. Sigmund Freud hätte in diesem Augenblick wahrscheinlich seinen ganz großen Spaß mit mir.

»Scheiße, vielleicht hast du recht«, gebe ich mich geschlagen. »Ich mache hier jetzt mal sauber, bevor Elvis wegen der ganzen Dämpfe doch noch in die verfrühte Geschlechtsreife getrieben wird.«

Ich sammle weiter die Scherben ein, und Laura verschwindet in der Küche. Kurz darauf taucht sie mit einer Rolle Küchentüchern wieder auf und hockt sich neben mich. »Ich helfe dir.«

Wortlos und auf allen vieren wischen wir durch das Wohnzimmer. Plötzlich sagt Laura mit überraschend belegter Stimme: »Weißt du, Max, bei aller Dummheit, irgendwie ist es ja auch süß von dir. Ich meine, du wolltest Elvis ja etwas Gutes tun.«

Sie gibt mir einen Kuss auf den Mund. Ich lächle sie an. »Ja natürlich. Aber es war saudumm ...«

Sie küsst mich noch mal. Diesmal fordernder.

»Ich glaube, du magst Elvis insgeheim.«

»Weiß ich nicht so genau.« Ich habe gerade gelernt, dass Lügen kurze Beine haben. Andererseits, jetzt die Wahrheit zu sagen wäre auch irgendwie dämlich. Wir knien voreinander und küssen uns immer wilder. Ihre Hand fährt unter mein T-Shirt, und ich ziehe sie noch näher an mich heran. Elvis hockt noch immer unter dem Bücherregal und beobachtet das Geschehen entsetzt aus sicherer Entfernung. Eigentlich wäre die Anwesenheit der Katze für mich das totale No-Go: Seit Elvis die Nächte bei uns im Bett verbringt – und das gilt eigentlich für jede Nacht –, habe ich de facto ein Keuschheitsgelübde abgelegt. Mit der Katze geht das einfach nicht. Entweder starren dich aus der Dunkelheit zwei große runde Leuchten an, wenn du dich ausziehen willst. Oder aber ihr seid auf einmal zu dritt, wenn du zum anderen unter die Decke schlüpfst – und einer von den dreien hat Fell. Doch in diesem Augenblick ist mir die Anwesenheit des entgeisterten Voyeurs so was von egal ...

Kapitel 8

Katzentreppe nach Afrika

»Max, wann fängst du denn an?«, werde ich aus meinem Selbstmitleid gerissen. Laura hat sich nämlich ein umfassendes Konzept für eine Katzentreppe überlegt: »Die soll direkt vom Küchenbalkon in den Garten gehen.« Mit den Worten »Ungefähr so« wurde mir eine »Skizze« in die Hand gedrückt, auf der mit viel Phantasie unser Balkon zu erkennen ist. Davon reichen zwei gezackte Striche bis in den Garten, auf denen ein undefinierbares vierbeiniges Wesen mit einer verdächtig großen Haartolle wandelt. Aus seinem Maul kommt eine Sprechblase:

Danke, Max,
du bist der Beste!
Miau! Miau!

Bei so vielen aufmunternden Worten stelle ich schon überhaupt nicht mehr in Frage, warum ich jetzt derjenige sein soll, der eine Katzentreppe zu bauen hat. Leider wurde mir ein genauerer Blick auf den Entwurf verwehrt, da sich sofort das reale Vorbild der gezeichneten Figur auf dem Blatt niedergelassen hat. Der Kater ist zwar immer noch ein wenig irritiert vom Arztbesuch, nur im Weg rumliegen kann er aber schon wieder ziemlich gut. Aber ich will es ihm nicht verübeln, die Visite bei Dr. Unger war dieses Mal wirklich die Hölle: natürlich eine obligatorische Spritze, dann allerdings ein Blackout und seitdem dieses Jucken zwischen den Hinterbeinen. Der anschließende freiwillige Rückzug in die Katzenbox wurde einmal mehr mit den ironischen Worten kommentiert: »Zu Hause war das bestimmt auch so einfach!«

»Bringt Dr. Unger diesen Katzenbox-Witz jetzt eigentlich jedes Mal?«, frage ich den Kater. Doch Elvis hat andere Sorgen: Er hat den Kopf zwischen seinen Schenkeln versenkt und schlabbert die frische Wunde ab. Da, wo sich gestern noch die Haut straff über zwei wohlgeformte Hoden gespannt hat, wabbeln jetzt zwei schlaffe Hautlappen.

»Bitte, bitte werde jetzt keine Beleidigte-Leberwurst-Katze«, sage ich.

»Männer, ihr müsst das mal positiv sehen: Ab nächste Woche können wir Elvis rauslassen«, trällert Laura im Vorbeigehen durch die Wohnzimmertür, »passend zum guten Wetter!«

»Mau! Mau!«, beantwortet der Kater den freudigen Ausruf seiner Übermama und nimmt eine neue, nicht minder verstörende Position auf dem Blatt ein. Der Skizze tut das alles andere als gut.

»Unglaublich, dass du dich so billig kaufen lässt. Was bringt einem der Sommer, wenn man keinen Spaß mehr an kurzen Röcken hat?«

Kurz funkelt Elvis mich fragend an und wendet sich dann wieder seinem Hodensack zu. Das Schauspiel ist wirklich zu traurig, ich raffe mich auf und mache mich an die Arbeit: Der schimpfende Kater wird von Lauras Zeichnung geschoben und der Zollstock aus der Abstellkammer gekramt.

Missmutig stapfe ich in den Garten. Es hat die halbe Nacht geregnet, und bei jedem Schritt gibt die Wiese ein schmatzendes Geräusch von sich. Zum Glück trage ich meine Holzclogs mit extradicken Absätzen aus dem letzten Hollandurlaub, so dass meine Füße trocken bleiben. Ein wenig ratlos stehe ich dann in einer Pfütze vor unserer Loggia und vergleiche die Realität noch einmal mit Lauras Zeichnung. Elvis' Haartolle ist wirklich sehr überzeugend gezeichnet, und die beiden i-Punkte in den »Miau« haben sogar Herzchenform. Super Konzeptskizze also, auf der damit alles Wesentliche enthalten ist. Bis auf ein paar Kleinigkeiten, die da wären:

- Länge der Treppe
- Breite der Treppe
- Ausrichtung der Treppe
- zu verarbeitendes Material: Holz oder Plastik? Nägel oder Schrauben?
- Befestigung der Treppe am Balkon
- Bauweise der einzelnen Stufen
- Befestigung der Treppe im Gartenbereich
- und so weiter ...

Ich drehe und wende die Zeichnung in meinen Händen. Geht die Treppe senkrecht vom Balkongeländer ab, oder soll sie parallel zur Außenwand laufen? Sind das überhaupt Stufen oder doch eher Sprossen einer Leiter? Und wo endet die Konstruktion? Lauras Zeichnung zufolge ist sie in der Lage, sich der Schwerkraft zu widersetzen. Wie ein Hoverboard aus *Zurück in die Zukunft II* schwebt die Treppe einfach einige Zentimeter oberhalb des Erdbodens. »Aber Laura, das weiß man doch, dass Hoverboards über Gewässern nicht funktionieren«, sage ich zu mir selbst, während ich mit den Clogs Wasser aus dem matschigen Boden drücke. Oben könnte man die Treppe sicherlich in unser Geländer einhängen, aber wie kriege ich das andere Ende stabil am Boden befestigt? Ratlos kratze ich mich am Hinterkopf und drehe mich einmal um mich selbst. Eine plötzliche Bewegung auf dem Nachbarbalkon ist eine willkommene Ablenkung. Herr Hiller steht dort, wie immer absolut adrett gekleidet: weißes Hemd, Cordjackett (wie mein Deutschlehrer aus der Siebten, Herr Bittrich, es immer getragen hat) und sogar ein Einstecktuch. Nur die Gießkanne in seiner Hand stört das Bild irgendwie. Unter seinen buschigen weißen Augenbrauen blickt Hiller finster hervor (auch das erinnert stark an den Deutschunterricht in der Unterstufe). Wie ein kleiner Schuljunge winke ich ihm freundlich zu: »Hallo, Herr Dr. Hiller.«

Immerhin haben wir uns auf dem Nachbarschaftsfest sehr lange über die schlechte Mülltonnensituation unterhalten – offenbar ein Leidenschaftsthema von ihm, bei dem ich ihm einfach mal in allen Punkten zugestimmt habe und seitdem sogar besonders gründlich darauf achte, dass ich das Gatter zu den Mülleimern stets wieder schließe.

Herr Hiller hebt die Hand zum Gruß, doch er guckt immer noch, als habe er in eine Zitrone gebissen. »Hallo, Herr Nachbar. Das muss aber nicht sein, dass Sie jetzt mit Ihren schweren Schuhen über die Wiese laufen.«

Bitte?

»Sie treten ja den ganzen Boden fest«, quäkt er auf meinen fragenden Blick hin.

Was?

»Wissen Sie, wir haben hier äußerst seltene Erdspechte!«, werde ich wie ein Unterstufenschüler belehrt. »Ach, woher sollten Sie das wissen? Sie interessieren sich bestimmt nicht so sehr für Vögel, wie ich das tue ...«

Das ist richtig.

»Erdspechte?«, frage ich deswegen nur.

»Ja, eine äußerst seltene Spechtart, und wir hier haben das Glück, dass diese wunderbaren Tiere genau in unserem Garten ihr Zuhause gefunden haben«, ruft Hiller freudig aus und fügt dann wieder in aggressiverem Ton hinzu: »Und Sie zerstören hier einfach deren Lebensgrundlage. Diese Tiere ernähren sich nämlich von Insekten und Samen, die sich auf Grünflächen wie unserem Garten befinden.«

»Na ja, ›zerstören‹ ist vielleicht ein bisschen hart, finden Sie nicht? Ich meine, ich laufe hier halt mal über die Wiese.«

»Ja, ja, aber übertreiben Sie Ihr Verhalten nicht!«, versucht sich der alte Mann an einem etwas milderen Tonfall. Doch sein Gesichtsausdruck verrät, dass er sich gerade ganz schön auf die Zunge beißen muss. Mir geht es nicht viel anders.

»Keine Sorge!«, gebe ich mit aufgesetztem Lächeln zurück und kann innerlich nur mit dem Kopf schütteln. Erst jetzt wird mir bewusst, was mich an der Gießkanne in seiner Hand stört. Es ist gar nicht der Umstand, dass er fürs Blumengießen so schick angezogen ist. Das ist er ja eigentlich immer, wenn ich ihn auf seinem Balkon sehe. War er auch auf dem Nachbarschaftsfest. Vielmehr passt nicht, dass er überhaupt die Blumen auf dem Balkonsims gießt, obwohl es doch die ganze Nacht geregnet hat. Alles nur Alibi, um mal den Nachbarn im Garten behelligen zu können? Fast habe ich das Gefühl, Hiller hat schon wieder vergessen, dass wir uns schon mal länger unterhalten haben. Egal, denke ich mir und messe den Abstand zwischen Balkongeländer und Erdboden.

»Was machen Sie denn überhaupt da?«, quäkt es auf einmal wieder hinter mir. Dem vorwurfsvollen Tonfall nach zu urteilen, veranstalte ich gerade ein illegales Autorennen in unserem Garten.

»Wir wollen anbauen«, versuche ich es noch einmal mit einem Witz. Doch das misslingt gründlich. »Wie meinen Sie das denn, Herr Nachbar?« Die Stimme der gutgekleideten Gießkannenhalterung überschlägt sich fast. Ach herrje, wenn ich dem jetzt von der Katzentreppe erzähle, muss ich wohl noch um mein Leben bangen. Also trete ich die Flucht nach vorne an: »Zadow. Max Zadow.«

»Was?«

»Mein Name ist Zadow. Damit Sie nicht immer so blöd ›Herr Nachbar‹ sagen müssen«, trällere ich freundlich. »Sollten Sie aber doch noch wissen! Immerhin haben wir uns letztes Jahr auf dem Nachbarschaftsfest unterhalten. Da kam auch die schlechte Mülltonnensituation zur Sprache. Von wegen, dass immer das Absperrgatter offen gelassen wird und irgendwelche Idioten die Mülltonnen zu voll machen, so dass alles rausquillt ...«

»Ach, Sie sind das mit den Mülltonnen!«, scheint Hiller sich auf einmal zu erinnern. Kurz hellt sich seine Miene auf, und ich lächele hoffnungsfroh zurück, nur um kurz darauf bitter enttäuscht zu werden. »Sehen Sie mal, ich habe Ihnen jetzt schon ein paarmal gesagt, dass Sie da das Gatter zumachen müssen! Das kann doch nicht sein, dass Sie das immer offen lassen, Herr Nachbar!«

»Zadow.«

»Ja, natürlich. Also, das Gatter immer schön zumachen, Herr Zadow. Das kann ja so schwer nicht sein.«

Subjekt, Prädikat, Objekt, Max. Das kann ja so schwer

nicht sein. Am liebsten würde ich mit den Füßen fest auf den Boden stampfen, doch von diesem Fauxpas im Erdspechtland kann ich mich gerade noch so abhalten. Stattdessen wiederhole ich mich mit ruhiger Stimme: »Herr Hiller, ich bin da ganz bei Ihnen. Und gerne werde ich die Nachbarn aus unserem Haus ebenfalls noch einmal darauf hinweisen.«

Ich bin mir relativ sicher, ziemlich genau dies vor einem Jahr schon einmal gesagt zu haben. Kurz bevor ich mit dem werten Herrn Doktor über seine Erfolge bei der Rechtschreibreform diskutiert habe. Die Ähnlichkeit mit Herrn Bittrich ist in dieser Hinsicht wirklich frappierend.

»Machen Sie das!«, quäkt es noch einmal von drüben. Ich nicke nur noch halb und versuche nun endlich, in Ruhe zu messen. Gleichzeitig fällt bei mir der Entschluss, dass Elvis' Katzentreppe parallel zu unserer Balkonaußenwand verlaufen soll, so dass sie nicht in den Garten hineinragt. Das hat zum einen den praktischen Vorteil, dass ich das untere Ende ebenfalls an der Außenfassade befestigen kann, und zum anderen den psychologischen Vorteil, dass sich ein gewisser Sprachwissenschaftler und Hobbyornithologe vielleicht nicht sofort auf den Schlips getreten fühlt. Erdspechte, pah! Sind mir noch nie aufgefallen. Aber nun gut, mag ja sein, dass er einen besseren Blick dafür hat. Wer den ganzen Tag auf seinem Balkon rumhängt, hat ja auch ausreichend Zeit, sich mit so etwas zu beschäftigen. Während ich zurück zur Haustür schlendere, zücke ich mein Smartphone und google den Erdspecht. Schon der dritte Satz des Wikipedia-Artikels lässt mich lauthals auflachen:

Diese mittelgroße Spechtart ist ein Endemit Südafrikas, Swasilands und Lesothos und bewohnt offene, felsenreiche Landschaften.

Immer noch grinsend betrete ich wieder unsere Wohnung.

»Sieht aus, als hättest du Erfolg gehabt bei deinen Überlegungen«, interpretiert Laura meine gute Laune.

»Baby, für dich baue ich eine Katzentreppe bis nach Swasiland!«

Kapitel 9

Heckenschützen

»Na los, komm her, Elvis!« Laura steht im Garten unterhalb des Balkons und streckt der Katze die Arme entgegen. Neugierig hat Elvis den Kopf über das Balkongeländer gebeugt und wirft aufgeregte Blicke in das Grün unter sich. Skeptisch tastet eine Pfote das weißlackierte Holzbrett auf der anderen Seite des Geländers ab.

»Jetzt sei mal ein mutiger Kater und komm zu mir!«, trällert Laura.

»Ich würde die Krise kriegen, wenn meine Alte den ganzen Tag so reden würde«, raunt Schulz mir zu.

»Diese hochfrequenten Töne sind aber wichtig für die emotionale Bindung, weil das Katzengehör darauf ausgerichtet ist …«, will ich antworten, kann mich aber gerade noch beherrschen. Gott, was ist nur los mit mir?!? Stattdessen nicke ich und nuschele zurück: »Kriege ich auch bisweilen. Und manchmal frage ich mich, ob sie mit ihren Kollegen wohl auch so redet.« Dann füge ich deutlich lauter hinzu: »Los, Elvis, du Feigling, jetzt geh endlich!«

»Ihr seid auch wie die beiden alten Opas von den Muppets, sitzt da oben in eurer Loge und nörgelt herum.«

»Stimmt nicht!«, erwidert Schulz. »Die beiden Alten sehen bei weitem nicht so gut aus wie wir.«

»Das muss mir irgendwie entgangen sein.«

»Max, deine Freundin hat krasse Geschmacksverirrungen.«

»Danke«, nehme ich das Kompliment entgegen, »noch Bier?«

»Bitte!«

Ich erhebe mich ächzend aus dem Gartenstuhl und schlurfe in die Küche. Das Abschleifen der Katzentreppe macht sich immer noch ganz schön in Oberarmen und Rücken bemerkbar.

»Haha, vielleicht hat Laura in deinem Falle mit dem Opa doch recht.«

»Mach ruhig weiter so, Schulz!« Ich bleibe im Türrahmen stehen. »Beleidige den Mann, der dir ein Bier bringt, ruhig noch mehr!«

»Bier, das mir rechtmäßig zusteht. Schließlich habe ich dir deinen Kratzbaum zusammengebaut.« Schulz macht eine scheuchende Geste, als könne er mich damit irgendwie antreiben. Doch nicht einmal Elvis lässt sich von der plötzlichen Bewegung erschrecken, Ähnliches hat der Kater bei mir schon viel zu oft gesehen.

»Für den Kratzbaum bin ich dir auch unendlich dankbar«, sage ich, »ich verbringe viel Zeit damit: Schärfe mir meine Krallen, mache das ein oder andere Nickerchen in der obersten Etage oder verweile ganze Nächte dort, wenn Laura und ich Streit haben.«

»Siehste! Und genau deswegen solltest du mir jetzt endlich noch ein Bier bringen«, erklärt Schulz selbstgefällig und ergänzt dann an Elvis gewandt: »Und du könntest auch mal in Bewegung kommen, Alter! Irgendwie sind die Männer aus dem Hause Zadow ganz schöne Lahmärsche. Vater und Sohn gleichermaßen.«

»Das ist nicht meine Katze«, erwidere ich hilflos, »und schon gar nicht mein Sohn!«

»Jetzt komm zur Mama, Elvis!«, erschallt es in diesem Augenblick von unten.

»Schon klar. Ich gehe Bier holen«, resigniere ich und versuche, Schulz' blödes Grinsen zu ignorieren. Als ich in unserer unaufgeräumten Besteckschublade nach dem Flaschenöffner wühle, höre ich auf einmal Lauras verzückte Katzenmama-Stimme bis in die Küche: »Ja fein, Elvis! Ganz toll machst du das!!!«

Und auch Schulz lässt sich begeistern – auch wenn er es hinter einem blöden Spruch versteckt: »Du haariger Jammerlappen hast ja doch 'n paar Eier! Ach nee, blöde Wortwahl.«

Ich eile auf den Balkon zurück und sehe gerade noch, wie ein aufgeregt zuckender Schwanz hinter dem Balkongeländer verschwindet.

»Die Treppe funktioniert!«, rufe ich und grinse Laura stolz an. Die strahlt mindestens ebenso sehr und klatscht erfreut in die Hände. »Ja fein, Elvis. Gleich hast du es geschafft!«

Überzeugender hätte man Frau Poßler überhaupt nicht imitieren können.

»Also, ganz nüchtern betrachtet ist das alles gar nicht so spektakulär. Max war in der Lage, ein Holzbrett am Balkon anzubringen, und die Katze ist in der Lage, es hinunterzugehen«, gibt Schulz sich weiter unbeeindruckt. »Apropos nüchtern: Hättest das Bier ruhig schon mal öffnen können.«

Das *Plopp* des Kronkorkens lässt Elvis innehalten. Sein Kopf erscheint wieder hinter dem Balkongeländer, und er blickt aufgeregt zwischen mir und Schulz hin und her. »Mau?«

»Alles gut, Kleiner. Geh schon!«, sage ich und öffne das zweite Bier. *Plopp*. Die Katze schließt demonstrativ desinteressiert die Augen, als wolle sie sagen: »Ach so, ihr beiden Schwachköpfe betrinkt euch mal wieder«, und lässt sich nicht weiter aufhalten. Mit sicheren Schritten nimmt der Kater die letzten Stufen und springt auf die Wiese: »Elvis hat das Gebäude verlassen!!!«

Die beiden Opas von den Muppets beugen sich über das Geländer und beobachten, wie Elvis das erste Mal in seinem Leben Gras unter den Füßen hat.

»Komischer Teppich, oder?«, stimmt Laura dem Kater zu, während dieser kritisch an ein paar Gänseblümchen schnüffelt.

»Das ist ja voll der Hund!«, lacht Schulz. Tatsächlich hätte ich vor kurzem noch genau dasselbe gesagt. Ausgestattet mit meinem Dritte-Klasse-Grundschulwissen über Katzen und Hunde, war ich der festen Überzeugung, dass beide Vierbeiner über ein äußerst ausgeprägtes Gehör verfügen, sich Katzen daneben auf ihre Augen und Hunde wiederum auf ihre Nasen verlassen. Doch Elvis hat mich eines Besseren belehrt: Eigentlich immer, wenn Laura oder ich etwas essen, hockt der Kater daneben – am liebsten gleich auf einem freien Stuhl am Esstisch – und streckt den Kopf so weit wie möglich zum potentiellen Leckerbissen. Dann schließt er die Augen und wippt mit dem Kopf auf und ab, damit möglichst viele Geruchspartikel seine Nase erreichen. Das Ganze wirkt so mechanisch, dass man meinen könnte, dort sitze eine Figur aus der Sesamstraße, in deren Kopf eine Hand steckt und die Bewegung ausführt. Anfangs dachte ich sogar, Elvis nickt uns freundlich zum Essen zu und wünscht uns einen guten Appetit. Aber nachdem er zweimal versucht hatte, den Frischkäse zu erreichen, wurde mir klar, dass das eine eklatante Fehleinschätzung war. Weitaus weniger fehleranfällig ist die Riechleistung der Katzennase. Ich bin immer wieder überrascht, auf welche Distanz Elvis schon erkennt, dass der Salat auf dem Tisch für ihn völlig uninteressant ist, und wie schnell sich seine Meinung ändert, wenn ich Ziegenkäse oder Thunfisch dazugebe.

Überhaupt üben Katzennasen neuerdings eine ganz eigene Faszination auf mich aus. Vielleicht habe ich mir das früher nie so genau angeguckt, aber hey, irgendwann ist mir mal aufgefallen, dass die Katzenschnauze eine total lustige Form hat: Guckt man von vorne, fällt das kaum auf, da hat man meist nur ein rosa Näschen und ein paar Schnurrhaare. Betrachtet man allerdings das Profil eines Katzenkopfes oder guckt von schräg oben auf diesen herab, erkennt man einen langgezogenen Nasenrücken. Das lässt ein Katzengesicht unglaublich menschlich aussehen – wie eine pervertierte Form vom *Black Panther* von *Marvel*. Ich habe Laura neulich mal auf diese unheimliche Erkenntnis hingewiesen, und da hat sie mich nur ausgelacht: »Max, hast du dir in deinem Leben noch nie eine Katze genauer angeguckt? Die haben doch immer so süße Putzelmänner-Gesichter.« Seit diesem Tag ist die Assoziation zwischen »Putzelmann« und »süß« bei mir irgendwie gestört. Bei einem Putzelmann denke ich jetzt immer an eine besonders haarige Ausgabe von einem Kobold, der nachts unter meinem Bett Terror macht.

Mittlerweile hat Elvis die Gänseblümchen hinter sich gelassen und verfolgt aufgeregt eine Hummel, die in einem Zickzackkurs durch den Garten summt. Es ist fast schon zu kitschig – wenn ich jetzt ein Video mache und mir irgendeinen blöden Titel überlege, bekommt das garantiert Millionen Klicks bei YouTube. Wie wäre es mit *Cutest baby cat plays with his new bee(st) friend*? Doch zu spät, der Kater hat schon wieder das Interesse verloren und lauert auf irgendein anderes Krabbeltier an einem Löwenzahn. Plötzlich macht Elvis einen Satz, landet auf dem Löwenzahn und blickt sich verwundert um. Das Insekt ist spurlos verschwunden. Der Kater schüttelt sich kurz, erblickt seinen aufgeregt peitschenden Schwanz und macht sich auf die Jagd nach der eigenen Extremität. Er kugelt über die Wiese, bekommt das zuckende Ende zu fassen, verliert es wieder und steht wieder verwundert auf allen vieren. Wo ist der Schwanz nur hin? Egal, was gibt es denn da vorne? Elvis galoppiert um Lauras Beine herum und maunzt freudig. Laura will ihn kitzeln, doch ihre Hand greift ins Leere. Elvis beschleunigt mit einem Mal und schießt in das nächstgelegene Gebüsch. Einen Moment lang ist nur ein Rascheln zu hören, und einige Blätter bewegen sich. Dann ist es still.

Schulz ist der Erste, der sich rührt. Er lässt sich in den Gartenstuhl zurückfallen. »Ey, Max, weißt du noch, damals, als ihr 'ne Katze hattet?«

»Sehr witzig«, erwidere ich und werfe dann Laura einen besorgten Blick zu.

»Der kommt schon wieder«, gibt die sich gelassen, »spätestens, wenn er Hunger kriegt.«

»Das dürfte ja nicht allzu lange dauern«, glaube ich zu wissen. Trotzdem lasse ich mich neben Schulz in den Stuhl fallen.

Laura macht einige Schritte auf das Gebüsch zu: »Elvis! Elvis!«

»Wenn er nicht wiederkommt, kann ich dir eine wunderbare Katzendame aus dem Tierheim empfehlen. Die kennt eure Wohnung sogar schon ein bisschen«, ruft Schulz Laura zu.

»Ach, du meinst bestimmt die Lolita. Nein danke«, gibt meine Freundin trocken zurück, »die hat leider von ihrem letzten Halter, so einem Perversen hier aus der Nachbarschaft, einen dauerhaften Schaden zurückbehalten.«

Gerade will Schulz irgendeinen Konter zurückschleudern, als ein geschecktes Fellknäuel aus dem Gebüsch hinter Laura hervorschießt und mitten auf der Wiese zum Stehen kommt. Der Kater versucht, sich ein Stöckchen aus dem Rückenfell zu ziehen, doch die Pfote wischt nur erfolglos darüber hinweg.

»Tja, jetzt wäre ein Daumen eine super Sache.«

»Soll ich dir helfen, Elvis?« Laura macht ein paar Schritte auf die Katze zu, und sofort läuft Elvis wieder los. In Halbkreisen tänzelt er um Laura herum, als wolle er sagen: »Fang mich doch! Fang mich doch! Fang mich doch, du Eierloch!«

Das ausgelassene Hüpfen findet ein jähes Ende, als plötzlich ein lautes Klatschen durch die Luft knallt. Acht Augenpaare richten sich auf den Balkon der Nummer fünfzehn im Erdgeschoss. Im Halbschatten seiner Loggia hat sich ein alter Mann mit griesgrämigem Gesicht aufgebaut. Direkt hinter ihm wippt eine Frau hin und her, während sie unter ihrem lächerlichen Hut nicht weniger unfreundlich hervorblickt. Mit ihrem hängenden Gesicht sieht sie aus wie ein überdimensionierter Mops.

»Was glauben Sie, was Sie da machen?«, quäkt Hiller, nachdem Laura ihn einen Augenblick lang irritiert angeguckt hat.

»Was soll ich schon machen?«, fragt Laura.

»Ja, das hier alles.«

»Dass ich mich im Garten aufhalte?«

»Ja, hier mit dieser ... dieser Katze.«

»Ja.«

»Ja, eben.« Hiller funkelt Laura an, als sei damit alles gesagt.

»Das ist der Swasiland-Typ«, raune ich Schulz zu.

»Der mit den Mülltonnen?«

»Genau.«

»Kommt mir bekannt vor. Ich glaube, mich hat der auch schon mal angemeckert, ob ich derjenige wäre, der immer seine Zigarettenstummel auf dem Fußweg liegenlässt.«

»Du rauchst doch gar nicht.«

»Habe ich ihm auch gesagt, aber darauf meinte er, dass ich der klassische Rauchertyp sei. Und sollte ich mal anfangen, dürfte ich jedenfalls keine Zigarettenstummel auf dem Weg liegenlassen.«

Das gilt offensichtlich nicht nur für Zigarettenstummel. »Sie können nicht einfach eine Katze hier in den Garten lassen, Frau Nachbarin.«

»Warum das denn bitte nicht?«, entgegnet Laura. »Das hier ist ein gemeinsamer Garten beider Häuser, und die Gartennutzung ist ausdrücklich allen Bewohnern gestattet.«

»Ja, aber nicht für Katzen!«

»Die Haltung von Haustieren ist mir im Mietvertrag ausdrücklich gestattet, und es steht auch nichts Abweichendes in der Hausordnung«, erklärt Laura ruhig. »Ich habe mir das im Vorfeld sehr genau durchgelesen. Glauben Sie mir!«

»Ja, aber das hier geht nicht, Frau Nachbarin!«, entgegnet Hiller. »Sie müssen wissen, hier gibt es einige äußerst seltene Vogelarten, zum Beispiel Erdspechte. Wenn wir jetzt hier eine Katze haben, werden die ja vertrieben.«

»Ach, Sie sind doch der Herr Hiller. Mein Freund, Max Zadow, hat neulich schon mit Ihnen gesprochen, nicht wahr?«

»Wer?«

»Max Zadow. Sie haben unter anderem über die Mülltonnen geredet.«

»Ach, der!«, erinnert sich Hiller. »Ja, dem können Sie auch noch mal sagen, dass der nicht immer das Gatter von den Mülltonnen offen lassen soll!«

»So ein Arschloch«, raune ich Schulz zu und erhebe mich. Nett lächelnd winke ich zum Nachbarbalkon hinüber: »Guten Tag, Herr Dr. Hiller! Und die Gattin, nehme ich an?«

»Ach, da sind Sie ja auch, Herr Nachbar.« Die Stimme des Doktors wird noch ein wenig quäkiger. Seine Frau hingegen sagt immer noch keinen Ton, sondern hebt nur zögerlich die Hand zum Gruß. Gleichzeitig unternehmen ihre Mundwinkel einen erfolglosen Versuch, sich gegen die Schwerkraft zu wehren. Wäre sie nicht so fett, könnte sie glatt als eine ganz passable Angela-Merkel-Imitatorin durchgehen.

Elvis hat sich mittlerweile an das Gequäke gewöhnt und nähert sich nun neugierig dem hillerschen Balkon.

»Hau bloß ab, du Mistvieh!«, bellt auf einmal Frau Hiller. Der Mops entpuppt sich als bösartiger Pitbull. Ich korrigiere meine erste Assoziation: Mit der Gelassenheit der ersten deutschen Bundeskanzlerin hat diese Frau so gar nichts gemein. Elvis bleibt irritiert stehen und guckt unentschlossen zu den Hillers hoch. Dass der Kater sich so wenig beeindruckt zeigt, macht das Paar offenbar noch wütender: Hiller klatscht wieder energisch in die Hände. Als Elvis daraufhin noch näher heranhüpft, kann ich mir trotz meiner inneren Angespanntheit ein Grinsen nicht verkneifen. Ohne Vorwarnung geht ein Wasserschauer aus der hillerschen Alibi-Gießkanne vor Elvis' Pfoten nieder. Die Katze macht einen Satz nach hinten. Mir entfährt ein lautes »Eeeeyyyyy«, das irgendwo zwischen totaler Empörung und totaler Hilflosigkeit schwankt.

»Die Katze kann hier nicht frei herumlaufen«, fügt Frau Hiller der Diskussion einen ganz neuen Aspekt hinzu. So gelassen wie nur möglich warte ich mit ebenso schlagkräftigen Argumenten auf: »Selbstverständlich geht das.«

»Hier in der Siedlung gibt es ja schließlich auch noch andere Katzen, die frei herumlaufen«, versucht Laura zu vermitteln, »und das hat ja auch nicht sämtliche Vögel vertrieben.«

»Hier gibt es keine anderen Katzen, Frau Nachbarin!«, erklärt Hiller starrköpfig. »Das wüssten meine Frau und ich ganz bestimmt.«

Die Wangenlappen des Mopses wabbeln zustimmend auf und ab.

»Aber natürlich«, erwidert Laura jetzt mindestens ebenso trotzig, »ich habe hier schon öfter unterschiedlichste Katzen herumlaufen sehen.«

»Na, wenn Sie das mal nicht geträumt haben, Frau Nachbarin«, entgegnet Hiller. »Und selbst wenn: Ihr Kater ist ja eine *Haus*katze. *Haus*! Bereits die lexikalische Semantik legt doch nahe, dass von der natürlichen Haltung her schon gar nicht vorgesehen ist, dass das Tier überhaupt nach draußen kommt. *Haus*katze, Frau Nachbarin!«

»Richtig. Dieser Mann hat die Rechtschreibreform mitverbrochen«, sage ich leise zu Schulz, der mit einer Mischung aus Amüsement und Ungläubigkeit noch immer in seinem Stuhl sitzt.

»Ihre Katze gehört ins Haus!«, erklärt der Mops mit dem bescheuerten Hut noch einmal für alle, die es möglicherweise nicht verstanden haben. Laura scheint nicht dazuzugehören. Im Gegenteil, offenbar fühlt sie sich von dem pseudointellektuellen Gequatsche angestachelt: »Sie können doch nicht ernsthaft die Bedeutung und die Haltungsweise eines Lebewesens auf den Wortlaut beschränken. Daneben müssen Sie ebenso historische und sprachsystematische Erwägungen sowie insbesondere das Telos des Begriffs berücksichtigen. Das ›Haus-‹ bezieht sich ja darauf, dass das Tier domestiziert worden ist, also bei und mit dem Menschen lebt, keinesfalls jedoch darauf, dass es sich ausschließlich im Haus aufhält.«

Da soll noch einmal jemand sagen, Gespräche zwischen Nachbarn wären immer nur Smalltalk über das Wetter oder stupide Gartenzwerg-Beschimpfungen. An diesem sonnigen Samstagnachmittag werden wir Zeugen von professioneller Deformation in ihrer reinsten Form. Der Doktor versucht, sich seine Überraschung nicht anmerken zu lassen. »Na, wenn Sie das sagen, Frau Nachbarin!«, gibt er sich auf einmal sehr gönnerhaft. »Dann wollen wir mal hoffen, dass Ihre Katze das auch begreift!«

»Und hier der Endstand nach dem ersten Drittel!«, intoniere ich, als würde ich ein Eishockeyspiel kommentieren. »Juristin: eins; Sprachwissenschaftler: null!«

»Unglaublich, dass das dieselbe Frau ist, die mit ihrer Katze in Babysprache redet.«

»Glaub mir, manchmal wünschte ich, es gäbe nur die Babysprache!«

Oder auch nicht. »Komm, Elvis, kleine Maus, wir gucken mal, ob du die Treppe auch wieder hochkommst, du feiner Putzelmann!«

Auf dem Balkon gegenüber beobachten zwei Augenpaare griesgrämig, wie eine anormale Hauskatze in ihre natürliche, vollmöblierte Umgebung zurückkehrt. Plötzlich macht Hiller eine Handbewegung, als würde er ein Gewehr anlegen und auf den Kater zielen. Beim imaginären Rückstoß rammt er seiner Frau den Ellenbogen ins Gesicht, so dass diese nach hinten taumelt. Ich versuche, darüber zu lachen, doch tatsächlich brennt sich der Anblick von Hiller mit angelegtem »Luftgewehr« tief in mein Gedächtnis.

Kapitel 10

Verregnete Katersonntage

In der guten alten Zeit v. E. (vor Elvis) liefen Sonntage ziemlich vorhersehbar ab: Ich habe bis circa dreizehn Uhr geschlafen, mich dann anderthalb Stunden im Bett rumgewälzt und äußerst leidend auf äußerst hohem Niveau gejammert – entweder weil ich völlig verkatert war oder weil mir alle Knochen vom Hockey weh taten. Manchmal beides. Nach diesen anderthalb Stunden habe ich mich dann selbstmitleidig aus dem Bett gerollt und ein paar von Lauras frisch gebackenen Muffins gefrühstückt. Wenn es ein guter Sonntag war, durfte ich danach zur Couch robben und auf Kabel 1 Bud-Spencer-Filme gucken. Manchmal hat sich Schulz dann dazubequemt, und abends wurde Pizza bestellt. Bestenfalls bin ich an so einem Tag siebenundzwanzig Meter gelaufen (acht Meter vom Bett zu den Muffins, sieben Meter von den Muffins zur Couch und je sechs Meter für einen Gang zum Klo und zur Couch zurück).

Wenn es ein nicht so guter Sonntag war, kamen um Punkt sechzehn Uhr wahlweise meine Eltern oder meine Schwiegereltern in spe, und ich wurde von Laura genötigt, mich »ein bisschen netter« zu machen. Also nichts mit Jogginghose und *Starfleet*-Kapuzenpulli, sondern Jeans und kariertes Hemd. Zu besonderen Anlässen sogar Jackett – halt der klassische Volkspartei-Landtagsabgeordneten-Wahlkampf-Look, der seriös und zugleich leger aussehen soll. Dann habe ich zwei Stunden sinnlos gelächelt (ebenfalls wie ein Landtagsabgeordneter im Wahlkampf) und so getan, als hätte ich nicht übelste Kopfschmerzen. Immerhin konnte ich einfach noch mehr Muffins »frühstücken«. Spätestens nach drei Stunden war der Spaß dann vorbei, und ich durfte mich wieder in Joggingbekleidung auf die Couch werfen. Pizza gab es dann trotzdem, und man hat sich halt etwas später vom Fernseher berieseln lassen. Auch hier hat mein Laufweg fünfzig Meter in der Regel nicht überstiegen (plus die vier Schritte auf der Stelle, wenn ich die Hosen gewechselt habe).

In beiden Fällen – guter Sonntag wie nicht so guter Sonntag – war es sogar irgendwie nett, wenn es geregnet hat, weil man dann kein schlechtes Gewissen haben musste, »an so einem schönen Sonntag« nicht vor die Tür gekommen zu sein. Verkaterte Regensonntage waren etwas Schönes.

In der neuen Zeit n. E. ist das ein bisschen anders. Es gibt nur den schlechten Sonntag und den superschlechten Sonntag. Der schlechte Sonntag fängt damit an, dass ich viel zu früh mit viel zu starken Kopfschmerzen erwache. Es fühlt sich an, als habe jemand zwanzig Lautsprecher hintereinandergeklebt und ans Mundstück des letzten Apparates eine geistesgestörte Katze gesetzt: »Maaaaaaauuuuuuuuuuuu!«

Ich versu... »Maaaaaaauuuuuuuuuuuuu« ...che, einen klaren Ged... »Maaaaaaauuuuuuuuuuuuu« ...anken zu fassen. Doch spontan fällt mir nichts Besseres ein, als einen Blick auf die Uhr zu werfen. »Maaaaaaauuuuuuuuuuuuu!« Halb sieben. Quasi noch mitten in der Nacht. Aber Elvis kennt den Unterschied zwischen einem Wochentag und dem heiligen Sonntag einfach nicht.

»Dafür kommst du garantiert in die Hölle.«

»Maaaaaaauuuuuuuuuuuuu!«

Ich wälze mich im Bett umher und ziehe mir das Kissen über den Kopf. Einziger Effekt ist, dass nur noch neunzehn Lautsprecher hintereinandergeschaltet sind: »Maaaaaaauuuuuuuuuuu!«

»Elvis, was willst du denn?!?« Ich schwinge mich in eine aufrechte Position. Das Zimmer schwingt noch ein bisschen weiter und schaukelt sich dann aber ungefähr auf der Horizontalen ein. Ungefähr.

»Maaaaaaauuuuuuuuuuuuu!«

»Ja, verdammt.« Unsicheren Schrittes folge ich den Todesschreien. Der Kater steht in der Küche an der Balkontür und wirft abwechselnd erwartungsvolle Blicke zu mir und nach draußen: »Maaaaaaauuuuuuuuuuuu!«

»Ich habe ja schon verstanden«, gähne ich, »nur bitte, bitte halte die Klappe!«

Apropos Klappe: »Warum haben wir eigentlich keine Katzenklappe?«, gifte ich in Richtung Schlafzimmer. Aus den Tiefen der Kissen kommt irgendeine pampige Antwort von wegen Mietvertrag und dass wir schon froh sein können, dass niemand etwas gegen die Katzentreppe gesagt hat.

»Zu großzügig. Zum Glück bin ich ja zu jeder Zeit abrufbar«, sage ich zu Elvis und öffne die Tür. Sofort schlägt uns ein Schwall kalter, feuchter Luft entgegen. Ein trommelndes Geräusch prügelt auf meinen Gehörgang ein. Regen. Elvis bleibt unschlüssig in der Tür stehen und starrt entsetzt auf die grauen Schleier. Seine Vorderpfoten stehen auf den Kacheln des Balkons, seine Hinterbeine befinden sich noch in der Küche, so dass ich die Tür nicht wieder zumachen kann.

»Entscheide dich!« Ich schubse ihn sanft mit dem Fuß. Aufgebracht fährt der Kater herum und läuft schnell wieder in die Wohnung. Dann halt nicht. Ich tappe an den leeren Näpfen vorbei zurück ins Bett. Auf halber Strecke kommt mir die geniale Eingebung, dass ich Elvis schon mal füttern könnte. Zumindest dafür muss dann keiner von uns wieder aufstehen, wenn dem Kater in zehn Minuten dieselbe Idee kommt. Möglichst lautlos kratze ich eine Dose braunes Irgendwas in einen Napf. Doch das Gehör des Katers ist natürlich trotzdem noch geräuschempfindlicher als mein dröhnender Schädel. In null Komma nichts ist er wieder in der Küche, drängt sich an meinen Beinen vorbei und schiebt mit seinem Kopf die Dose an die Seite.

»Mann, Elvis, so kann ich nicht nachfüllen, du Trottel.«

Unter viel Krafteinsatz – so ein Katzenkopf ist nicht nur stur, sondern wird auch von unglaublich starker Nackenmuskulatur getragen – schieben wir uns abwechselnd vom Napf weg. Sülze tropft mir auf die Hände und Elvis auf die Tolle.

»Super Pomade.«

Ich wische meine Hände kurzerhand auch an seinem Fell ab – so ist er nach dem Essen noch ein bisschen länger beschäftigt. Dann schleiche ich ins Bett zurück und raune Laura zu: »Der Kater hatte jetzt schon Frühstück.«

»Hmm?!«

»Gute Nacht!« Hoffentlich.

Ich kuschele mich in mein Kissen und versinke wieder in unruhigen Träumen voll mit afrikanischen Spechten, fiesen Deutschlehrern und ...

»Maaaaaaaaaaaauuuuuuuuuuuuuuu!«, schallt es aus zwanzig Megaphonen. War ja klar. Ich öffne die Augen einen Spalt und stelle fest, dass Elvis jetzt vor der Wohnungstür sitzt.

»Maaaaaaaaaaaauuuuuuuuuuuuuuuu!«

»Glaubst du, auf der anderen Seite des Hauses regnet es nicht, oder was?«

Offensichtlich. Elvis beharrt lautstark darauf, vorne rausgelassen zu werden. Ich erweise ihm diesen Gefallen und stolpere in Boxershorts und *Amazing-Spiderman*-Shirt mit ihm bis zur Haustür. Aber Überraschung: Auf der anderen Seite des Hauses regnet es tatsächlich auch.

»Und jetzt, Katze?«

Elvis steht irritiert im Hauseingang und schnuppert in die abgekühlte Sommerluft. Vielleicht hört der Regen ja gleich auf? Hoffnungsvoll setzt sich der Kater auf sein Hinterteil. Zwar behält er dieses Mal alle viere im Haus, positioniert sich aber trotzdem so, dass ich die Haustür nicht wieder zumachen kann. Also stehe ich noch einen Augenblick bei ihm und atme die frische Luft ein. Erst als ich so nach draußen auf die umliegende Bebauung gucke, wird mir klar, dass ich der halben Nachbarschaft meine Comicunterwäsche zeige. Nichts wie rein, bevor mich jemand sieht. Und du, Katze: Nichts wie raus. Ich lasse die schwere Metalltür langsam ins Schloss fallen. Auf halber Strecke erfasst sie den überraschten Kater und schiebt ihn auf die Außentreppe. Schimpfend läuft Elvis davon. Vermutlich wird er sich jetzt irgendwo einen Unterschlupf suchen und vielleicht die nächsten Stunden dableiben. Genauso werde ich das jetzt auch machen: Kuscheliges Bett, ich komme!

Kaum liege ich unter der Decke, trommelt es wütend gegen die Scheibe in der Küche. Dazu ist ein dumpfes Dauermiauen zu vernehmen. Laura tippt mich von der Seite an: »Gehst du noch mal, Schatz? Bitte!«

Unterdessen läuft Elvis draußen Sturm. Zwei zu eins gegen mich. Also gehe ich – der Negativrekord für meinen Sonntags-möglichst-wenig-gehen-Contest steht ohnehin schon. Außerdem spiele ich ja gern den Lobbyboy für einen hyperaktiven Kater. »Guten Morgen, Sir Elvis. Ich hoffe, Sie hatten einen angenehmen Spaziergang!«

Fluchend läuft eine durchnässte Katze an mir vorbei. Ich folge den dreckigen Fußabdrücken bis ins Schlafzimmer. Natürlich enden sie auf meinem Kopfkissen.

»O nein.«

Doch.

»Ist der nicht süß, der nasse Fratz?«, fragt Laura allen Ernstes und schläft mit einem Lächeln auf dem Gesicht weiter. Ich schnappe mir meine Decke und nehme unterhalb meines versifften Kissens die altbewährte Embryonalstellung ein. Irgendwann wechselt mein ausgetrocknetes Hirn wieder in den Schlafmodus und verwurstet das Erlebte und das Gedachte zu phantastischen Bildern und Geräuschen: Eine Pfote, die an einer Glasscheibe kratzt. Ein Mops mit einem dämlichen Hut. Eine Pfote, die sich durch Katzensand gräbt. Frau Schneibelstein, wie sie meine Raumschiffe aus der Vitrine schleudert. Eine Pfote, die sich durch Katzensand gräbt. Ein Putzelmann-Kobold, der an meinem Lattenrost rüttelt. Eine Pfote, die sich durch Katzensand gräbt ...

Und Gerüche: Erst nur ein versteckter Hauch. Dann ein böser Verdacht, der bei jedem Atemzug unmissverständlicher in der Nase kitzelt. Und schließlich überrollt eine alles erdrückende Lawine meine Atemwege. Der unverkennbare Gestank von Katzenkacke. Aber so was träumt man doch nicht. Gerüche träumt man nicht!!!

Richtig, Max, scharf erkannt. Gerüche träumt man nicht.

Die ganze Bude ist kontaminiert. Ich reiße die Augen auf. Über mir liegt ein verdrecktes, aber verwahrlostes Kissen. Der Verursacher hockt einen Raum weiter und starrt mich aus einer weißen Plastikwanne heraus an. Fast sieht es aus, als würde er sich ertappt fühlen. Gleichermaßen panisch gehen wir in die Luft. Ich aus dem Bett, er aus dem Katzenklo. Schnell reiße ich das Schlafzimmerfenster auf und atme tief ein. Völlig egal, dass es reinregnet. Völlig egal, dass ich nass werde.

»Laura!«, rufe ich. Das ist der Job meiner Freundin. Der einzige Punkt, bei dem ich absolut kompromisslos bin. Das Katzenklo hat Laura sauberzumachen. Immer und sofort. Aber offenbar ist sie ein bisschen eingerostet. Denn seit Elvis rauskann, kackt er dankenswerterweise lieber in das Rosenbeet bei den Hillers als in die Plastikwanne im Flur. Nur an Sonn- und Regentagen gilt das nicht. Und schon gar nicht an Regensonntagen.

»Laura!«

Ich kann den Scheiß nicht wegmachen. Sobald ich die Würstchen in den Händen halte – selbst wenn eine Plastiktüte dazwischen ist –, werde ich an mein Sandkasten-Trauma erinnert. Dann kommen immer sofort diese Bilder hoch: Bilder von lustigen, besonders stabilen Sandwürstchen, die der kleine Max in den Händen zerdrücken will …

»Laura!!«

Bilder von dunkelbrauner Masse, die zwischen der Sandpanade zum Vorschein kommt …

»Laura!!!«

Bilder von klebrigem, braunem Matsch am Griff meiner gelben Plastikschaufel …

»Laura! Laura! Laura!«

Bilder von braunen Streifen, die auf meiner Hose sind, als ich versuche, die stinkende Paste abzuwischen ...

»Laura!!!«

»Was denn, Max?«

»Der Kater hat geschissen!«, schreie ich mit klitschnassen Haaren. Verkaterte Regensonntage waren etwas Schönes. Verregnete Katersonntage sind die Hölle.

Kapitel 11

Von Jägern und Gejagten

Als ich an diesem Abend besonders spät aus dem Büro komme – nichts Ungewöhnliches, da viele meiner Kunden erst nach ihrem eigenen Feierabend Zeit für den Versicherungskaufmann ihres Vertrauens haben –, hat Laura es sich bereits im Bett gemütlich gemacht. Sie ist in ein Buch vertieft, und eine Tasse Tee dampft auf dem Nachttisch.

»Oh, das sieht gemütlich aus. Da komme ich doch gleich dazu«, rufe ich, während ich mich aus meinen Schuhen kämpfe. Achtlos werfe ich sie durch den Flur und eile gut gelaunt ins Schlafzimmer. »Da bin ich!«

»Hier ist leider schon alles besetzt.« Laura nickt in Richtung eines ungewöhnlich dicken Knubbels am Fußende. Ich hebe das Ende der Decke an und starre in zwei verschlafene Augen. Der Kater gibt ein verächtliches »Meck« von sich und robbt zwischen Lauras Beinen einige Zentimeter höher unter die Decke.

»Vorsicht, Freundchen«, warne ich ihn, »das ist meine Freundin!«

»Keine Sorge, er ist doch kastriert!«, antwortet Laura an seiner statt. »Und jetzt mach die Decke runter! Uns wird kalt.«

Ich lasse den Bettzipfel fallen. »Ein hartes Los. Ersetzt von einer Katze.«

»Du bist einfach nicht kuschelig genug.«

»Ich arbeite ja schon mit Leibeskräften an meinem Rückenhaar.«

»Das ist ekelhaft, Max.«

Klaro, die Haare der Katze sind kuschelig, meine Haare hingegen sind abstoßend.

»Apropos ›ekelhaft‹: Was war das denn bitte für eine geisteskranke Nachricht von dir heute?!«

Ich fummle mein Smartphone aus der Jacketttasche und suche nach dem Bild, das Laura mir geschickt hat.

»Ja, das war vielleicht süß!«, strahlt sie mich an. »Genau am Muttertag hat Elvis mir ein Geschenk gebracht.«

Das ist gleich aus mehreren Gründen nicht richtig.

»Laura, erstens war Muttertag gestern…«

»Dann halt in der Nacht vom Muttertag!«

»…und zweitens kann man das wohl kaum ein Geschenk nennen.«

»Was denn sonst?«

»Laura, er hat eine tote Maus auf unserem Balkon abgelegt.«

»Voll süß, oder?«

Es ist, als würden wir uns über zwei völlig unterschiedliche Sachverhalte unterhalten.

»Die Maus hatte keinen Kopf mehr!!!« Ich tippe auf das Foto auf meinem Handy.

»Ist doch egal.«

»Man kann da die freigelegte Wirbelsäule sehen!«

»So genau habe ich es mir nicht angeguckt. Ich habe mich einfach nur gefreut, dass wir offenbar einen ganz normalen Kater haben«, weicht Laura aus.

»Einen ganz normalen Killer, meinst du wohl!«

»Ach, stell dich nicht so an, Max. Das ist die Natur: Fressen oder gefressen werden.«

»Das ist ein sehr gutes Stichwort: Gibt es wenigstens noch Abendbrot für mich?«

»Im Kühlschrank stehen noch ein paar Dips, dazu kannst du dir ja noch Toast machen.«

»Okay.« Ich lege mein Jackett ab und ziehe an der Krawatte herum, während ich zum Kühlschrank stapfe. Kaum habe ich den ersten Dip aus dem Kühlschrank genommen, ertönt ein »Och, Menno« aus dem Schlafzimmer. Als ich mich umwende, um das Essen auf dem Küchentisch abzustellen, sitzt Elvis schon da und leckt sich erwartungsvoll die Schnauze. Unheimlich, wie schnell und lautlos der Kater sein kann.

»Jaja, das hättest du wohl gerne, Thunfisch-Frischkäse-Dip…«

Wie zur Bestätigung springt Elvis vom Tisch und streicht um meine Beine.

»Diese billigen Einschleim-Versuche funktionieren bei mir nicht. Vor allem, wenn du mir die Anzughose mit deinen blöden Haaren ruinierst.«

»Mau!«

»Du hast da Fressen!« Ich zeige auf das Trockenfutter, das noch fast genauso dasteht, wie ich es heute Morgen zurückgelassen habe. Nur die herzchenförmigen Stücke mit Putengeschmack wurden herausgepickt. Darauf scheint der Kater besonders abzufahren. Das muss an seiner Herkunft liegen. Elvis macht einen lustlosen Schritt auf die verbleibenden Sterne und Ringe, angeblich aus Lachs und Rind, zu, schnuppert kurz und wendet sich dann ab. »Mauuu.«

»Dann halt nicht«, entgegne ich und stelle noch die Guacamole und einen Paprika-Chili-Dip auf den Tisch. Elvis springt auf einen freien Stuhl und beobachtet, wie ich den Toaster bestücke. So sitzen wir uns gegenüber und starren einander wortlos an. Demonstrativ schiebe ich den Thunfisch-Frischkäse-Dip noch ein Stück weiter von ihm weg. Elvis scheint abzuwägen, ob er das Schälchen trotzdem noch erreichen kann. Was hier noch fehlt, ist eine dramatische Westernmusik à la *Spiel mir das Lied vom Tod*. Am besten auch gleich auf der Mundorgel vorgetragen – obwohl Elvis das auch ohne Musikinstrument hinbekommen dürfte. Leider ist der immer noch auf den Dip fokussiert. Gerade als er dazu ansetzt, auf den Tisch zu steigen, springen die Toasts hoch. Elvis erschreckt sich so sehr, dass er vom Stuhl fällt. Unten angekommen, tut er so, als habe er diesen Abstieg von langer Hand geplant. Zielstrebig läuft er noch einmal zu den Näpfen und kontrolliert, ob sich die Versorgungssituation zwischenzeitlich verbessert hat. Als er alles im selben Zustand wie vor fünf Minuten vorfindet, gibt er ein empörtes »Mau« von sich und schabt mehrfach mit der Pfote über die Wand. Das internationale Protestzeichen gegen unschmackhaftes Essen. Dann wendet sich der Kater demonstrativ ab, passiert noch einmal den Tisch, hebt im Vorbeigehen den Kopf und überlegt, ob er nicht doch noch etwas von meinem Abendbrot abgreifen kann. Doch mein sehr deutliches »Nein!« lässt ihn diesen Plan ganz schnell wieder verwerfen. Betont langsam stolziert er in den Flur.

»Na, Elvis, kommst du doch ins Bett zurück?«

Doch Laura freut sich zu früh. Der Kater würdigt sie keines Blickes und setzt sich erwartungsvoll vor die Haustür. Im Kopf zähle ich runter: 3 – 2 – 1 – 0.

»Maauuuuuuuuu!«

»Ich glaube, deine Katze will raus«, rufe ich mit halbvollem Mund.

»Dann lass ihn doch bitte! Ich liege doch schon im Bett.«

»Maauuuuuuuuuu!«

»Ist ja gut, Elvis, ich komme ja schon.« Schnell schiebe ich mir das letzte Stück Toast in den Mund und eile dann zu ihm, um die Wohnungstür zu öffnen. Die Balkontür in der Küche hätte ich natürlich deutlich schneller öffnen können.

»Sag mal, nach welchem Prinzip entscheidest du eigentlich, ob du über den Balkon oder durch die Haustür den Absprung wagst?«

Wahrscheinlich nimmt er immer den Weg, der für uns länger ist. Elvis schießt durch das erste bisschen Spalt, das sich zwischen Tür und Rahmen bildet, und gibt ein gehetztes Gurren von sich.

»Ach so, es soll alles schneller gehen.«

Die wenigen Stufen zur Haustür eilt Elvis voraus und springt in den geöffneten Zeitungsbriefkasten, der in die Wand eingelassen ist. Er kann es kaum erwarten, dass ich ihm auch die Haustür öffne. »Maauuuuuuuuu!«

Als dann endlich die Tür aufschwingt, streicht mir der Kater noch einmal dankbar um die Beine. Zum Abschied gibt es also noch ein paar Haare extra auf die Hose. Vielleicht kann ich damit bei Laura landen?

»Aber nicht wieder kopflose Mäuse oder so 'ne Scheiße!«, rufe ich ihm noch nach, während er in der Dunkelheit der Nacht verschwindet. Allerdings, wer einmal auf den Geschmack gekommen ist... Und wahrscheinlich ist tote Maus immer noch gesünder als dieser staubige Alles-vom-Rind-und-sonstige-Schlachtabfälle-mit-40%-Getreideanteil-Dreck, den wir ihm anbieten. Bei dem Gedanken an die Ingredienzien des Katzenfutters verliere ich den Appetit. Also räume ich schnell den Tisch ab und putze mir die Zähne.

»Schatz, der komische Mitbewohner ist weg«, sage ich verschwörerisch und versuche, mir besonders verrucht das Hemd aufzuknöpfen. Laura schaut desinteressiert von ihrem Buch auf. »Ja, dafür ist jetzt der andere komische Mitbewohner da.«

»Ich habe extra meinen Kuschelfaktor erhöht!«, mache ich geltend und zeige auf meine Hosenbeine.

»Komm bloß nicht mit diesem zugehaarten Ding ins Bett!«

Auch wieder typisch: Der Verantwortliche für neun von zehn Haaren in dieser Wohnung darf jederzeit ins Bett hüpfen und überall seine toten Hornfäden hinterlassen. Aber wenn ich mal ein paar Haare mehr an der Hose habe, ist das direkt ein riesiges Problem.

»Ach, komm schon, wird mal wieder Zeit für ein paar Erwachsenengeschichten. Nur du und ich!«

»Nein, danke!«, sagt Laura betont höflich, als hätte ich ihr gerade Zucker zum Kaffee angeboten. Dann fügt sie noch an: »Mein Buch hier, das ist mal eine richtige Erwachsenengeschichte!«

Sie hält mir das Cover hin, und ich erkenne grob einen Mann, der eine Katze im Arm hält. Den Titel kann ich im gedimmten Licht nicht lesen. Ich verziehe das Gesicht. »Also, von Sodomie halte ich gar nichts. Und ich finde es ekelhaft, dass du das jetzt hier so offen propagierst. Gerade eben hat Elvis noch zwischen deinen Beinen gelegen, und jetzt stellst du auch noch solche Büch…«

Ein Kissen trifft mich im Gesicht.

»Du bist so ein Quatschkopf, Max!«, ruft Laura und lässt sich wieder aufs Bett zurückfallen. »Das ist die wahre Geschichte von einem Drogenabhängigen und einem streunenden Kater, die sich gegenseitig das Leben retten.«

»Lass mich raten: Der Kater zieht den Mann aus einem reißenden Fluss, und der Mann bewahrt den Kater vor einem Sprung in den Tod, nachdem ihn Frau und Kinder verlassen haben.«

Auf das zweite Kissen bin ich vorbereitet und weiche ihm in letzter Sekunde aus.

»Wenn du mal ein bisschen ernster bist, solltest du es auf jeden Fall auch mal lesen!«

Auf keinen Fall! So weit kommt es noch, dass ich mich in der wenigen verbleibenden Freizeit, in der Elvis mir nicht auf den Keks geht, noch mit anderen Katzen beschäftige.

»Ja, warum nicht? Kannste mir dann ja einfach hinlegen.«

Ich weise auf meinen Nachttisch. Dort stapeln sich bereits diverse Katzenbücher, die ich unbedingt mal lesen soll. Kriminalgeschichten von einer Detektiv-Katze, Kurzgeschichten eines SMS-schreibenden Katers, zwei Fachbücher über Haltung und Pflege von Katzen – eins davon speziell für Männer geschrieben –, ein »Fachbuch« über Homöopathie bei Katzen, das Lissi uns aufgedrückt hat, und dann natürlich noch das Katzenbuch, das Elke Heidenreich geschrieben hat. Hallo? Geht's noch? Selbst Elke Heidenreich hat ein Katzenbuch geschrieben!

Da Laura offenbar die Geschichte über eine drogenabhängige Katze meinem Astralkörper vorzieht, schlüpfe ich in meine weniger verführerischen Schlafsachen (alte Herzchen-Boxershorts und ein T-Shirt mit dem wütenden Hulk vorne drauf). Ganz, ganz kurz ziehe ich in Erwägung, dem Katzenkrimi eine zweiseitige Chance zu geben. Lustlos packe ich das Buch mit dem lila Cover und den vermeintlich geheimnisvollen Katzenaugen vorne drauf – schon die ganze Aufmachung schreit nach verrückter Katzenfrau. Wie heißt der Schund überhaupt? *Katzengeschichten*. Echt jetzt? Man muss nur »Katze« vorne draufschreiben oder am besten eine vermeintlich süße Katze vorne draufdrucken, und schon wird der Scheiß gekauft???

Während ich für die Aufmachung noch ein wenig Verständnis mitbringe, komme ich beim Namen des Autors ins Stutzen. Akif Pirinçci? Woher kenne ich den noch mal? Ich befrage mein Smartphone und falle fast aus dem Bett, als mir Amazon ein Buch des werten »Autoren« zum Kauf anbietet. Von Akif Pirinçci stammen nicht nur vorhersehbare Katzenromane, sondern auch das Schundwerk *Deutschland von Sinnen – Der irre Kult um Frauen, Homosexuelle und Zuwanderer*.

Ich schleudere die Katzengeschichten ans Fußende des Betts. Laura sieht fragend von ihrem Buch auf.

»Das ist ja von diesem türkischen Sarrazin!«, erkläre ich. Laura blickt noch unverständlicher drein.

»Hier!« Ich zeige auf mein Handydisplay. »Akif Pirinçci schreibt nicht nur schlechte Katzengeschichten, sondern auch richtig schlechten pseudopolitischen Anti-Toleranz-Scheiß.«

»Ah so«, gähnt Laura, »dann lies es halt nicht.«

»Ganz sicher nicht!«, schimpfe ich. »Verbieten sollte man diesen menschenverachtenden Dreck!«

»Und das ist dann tolerant?«, fragt Laura und blättert auf die nächste Seite. Wahnsinn, dank eines Katzenbuches sind wir in wenigen Sätzen zum Nukleus der Demokratietheorie vorgedrungen. Wer hätte das gedacht?

Leider hat sich meine Gesprächspartnerin genauso schnell

mittels eines Katzenbuches wieder aus der Diskussion herauskatapultiert. Gebannt verfolgt sie wieder die Erlebnisse der Streunerkatze.

Also greife ich zu Altbewährtem: Meine heißgeliebten *Abenteuer des jungen James T. Kirk*. Im letzten Kapitel ist der junge Kirk von klingonischen Kriegsschiffen in ein schweres Feuergefecht verwickelt worden, und es ist unklar, ob er überlebt hat. Hat er natürlich, wie ich jetzt beim Weiterlesen wenig überrascht feststelle. Trotzdem hat mich das Buch bereits nach den ersten Zeilen wieder völlig in seinen Bann gezogen.

»Max, Max, wach auf!« Eine Hand ruht auf meiner Schulter.

Ich schrecke in die Dunkelheit hoch. Wo bin ich? Es dauert eine Sekunde, bis ich begreife, was Sache ist. Auf meiner Brust liegt ein aufgeschlagenes Buch. Der Radiowecker zeigt 3:21 Uhr. Offenbar bin ich beim Lesen eingenickt. Ich erinnere mich noch daran, dass Kirk und seine Kameraden auf einem Wüstenplaneten gestrandet waren und sich die Kürzung der Wasserrationen bereits bei der Crew bemerkbar machten. Auch mein Mund fühlt sich eklig vertrocknet an.

»Was ist denn los?«, krächze ich und greife nach der Wasserflasche neben dem Bett.

»Hörst du das nicht? Ich glaube, Elvis miaut da draußen.«

»Und deshalb weckst du mich?«, frage ich genervt und stelle die Flasche zurück. »Dann lass ihn halt rein!«

Früher kam Elvis nachts ins Bett, um einen zu wecken. Jetzt darf man zu ihm an die Balkontür kommen und ihn reinlassen.

»Nein, das kommt nicht vom Balkon, sondern irgendwo

aus dem Garten«, erklärt Laura eindringlich. »Außerdem klingt das Miauen irgendwie ängstlich, fast panisch. Ich habe schon aus dem Fenster geguckt, kann aber nichts entdecken.«

Angestrengt lausche ich in die Nacht hinein. Dann höre ich es auch: Unverkennbar miaut und jammert irgendwo im Garten Elvis vor sich hin. Ich öffne ein Fenster und rufe in die Dunkelheit: »Elvis, was ist denn los? Komm doch her!«

Aus dem Garten kommt keine Antwort, dafür aber vernehme ich ein Geräusch wenige Meter rechts von mir. Irgendetwas bewegt sich auf unserem Balkon. Ich renne zur Balkontür und reiße sie auf. Ein grauer Schatten schießt zur Katzentreppe, und ich sehe nur noch, wie ein dunkler Schwanz hinterm Geländer verschwindet. Das war nicht Elvis, wird mir sofort klar. Ich stürze zum Rand des Geländers und versuche, den Eindringling noch zu erwischen: Doch zu spät, das Vieh ist schon außer Reichweite. Was für eine Frechheit, einfach nachts auf meinen Balkon zu steigen und die Katze meiner Freundin zu bedrohen. Dieses Vieh ist wirklich furchtlos. Zwei grünliche Augen funkeln mich herausfordernd von unten an.

»Den erwische ich noch!«, sage ich zu mir selbst. Mein Puls ist jetzt auf hundertachtzig, und Adrenalin jagt durch meinen Körper.

»Was ist los, Max?«, ruft Laura besorgt, während ich in der untersten Schublade nach der guten REWE-Wasserpistole suche. Ah, da ist das Ding!

»Andere Katze, andere Katze ...«, antworte ich und fülle hektisch den Wassertank. Dann ziehe ich die erstbesten Schuhe an, die mir unter die Augen kommen: die Holzclogs. Auch wenn es mir für die Erdspechte natürlich sehr leidtut, fehlt mir gerade die Zeit, um anderes Schuhwerk rauszusuchen. So gut es eben mit Holzclogs möglich ist, stürme ich durch die Dunkelheit in unseren Garten. Ich spüre, wie dicke Tropfen meinen rechten Arm hinabrinnen. Offenbar ist die Verschlusskappe meiner schweren Bewaffnung undicht. Als ich um die Ecke des Mehrfamilienhauses renne, erfasst mich ein greller Lichtstrahl. Um meine Augen zu schützen, reiße ich instinktiv die Arme hoch, und noch mehr Wasser spritzt mir ins Gesicht. Dem blöden Bewegungsmelder der nachbarlichen Terrassenlampe entgeht auch nichts. Ein kegelförmiger Gelbschimmer erfasst den bis dahin stockdunklen Garten und erhellt sogar den Bereich vor unserem Balkon. Tatsächlich sitzt das andere Mistvieh immer noch am Fuße der Treppe. Im Schein der Terrassenleuchte ist es jetzt auch besser zu erkennen: Mit seinem grau-braunen Fell ist es auf den ersten Blick nur eine stinknormale, langweilige Katze wie jede andere. Doch der Anblick der Gesichtspartie lässt mir fast das Blut in den Adern gefrieren: Über den ganz normal hässlichen Katzenaugen liegen mehrere kaum behaarte Hautwulste. Unweigerlich muss ich innehalten und das ungewöhnliche Erscheinungsbild genauer betrachten. Alles, was ich bisher über die Menschlichkeit von Katzengesichtern entdeckt zu haben glaubte, ist mit einem Mal hinfällig. Diese Katze sieht irgendwie anders, irgendwie *außerirdisch* aus. Das Monster macht auch weiterhin keinerlei Anstalten, vor mir zu flüchten. Ich fauche zweimal, doch die grünen Augen funkeln mich nur weiter respektlos an.

So, so, äußerst mutig gegenüber einem ausgewachsenen Menschen und offenbar besonders besitzergreifend, was das Revier der eigenen Rasse angeht. Zusammengefasst: aggressiv, angriffslustig und komische *außerirdische* Höcker auf der

Stirnpartie. Nach dem ersten Schock und auf den zweiten Blick wird mir klar: »Das ist eine verdammte Klingonenkatze!«

»Mit wem redest du, Max?«, raunt es auf einmal von oben. Laura steht am Schlafzimmerfenster.

»Mit niemandem. Mit der anderen Katze. Mit mir selbst«, entgegne ich, ohne es selbst genau zu wissen. Dann stürze ich auf die Klingonenkatze zu und feuere mehrere Spritzer aus der Wasserpistole ab. Jetzt endlich kommt das Monster in Bewegung. Ohne besondere Eile springt es in die nächstgelegenen Büsche und verschwindet aus meinem Blickfeld. Ich feuere noch ein paar mutwillige Schüsse ins Gebüsch und fauche: »Lass dich hier bloß nicht wieder blicken, verdammter Klingone!«

»Ist sie weg?«, fragt es vorsichtig von oben herab.

»Nein, sie hat mich überwältigt und bedroht mich mit meiner eigenen Wasserpistole. Sie fordert eine Palette Katzenfutter in unmarkierten Dosen. Aber nicht das billige Zeug von Netto. Außerdem möchte sie einen Fluchtkatzenkorb. Und keine Verarsche!!!«

»Kannst du einmal in deinem Leben eine Frage ernsthaft beantworten?«

»Ja.« (Hätten wir das auch abgehakt.)

»Guckst du noch nach Elvis?«

»Logo!« (Schon die zweite ernsthafte Antwort, heute Nacht übererfülle ich mein Soll aber ...)

Ich wende mich dem Gebüsch zu, aus dem das letzte Mauzen kam. »Elvis! Komm her, die Klingonenkatze ist weg!«

Nach mehrmaligem Rufen raschelt es im Gebüsch, und ein zaghaftes »Mau?« ist zu hören.

»Na los, du Feigling! Ich bin ja jetzt da!«

Dann kommt das Rascheln näher, und Elvis schießt zwischen den Blättern hervor. »Mauhuhuhuhuhu ...«

»Na, geht doch!«

»Elvis, kleine Maus! Komm hoch zur Mama!« Ungebremste Erleichterung schwingt in Lauras Stimme mit. Im Gegenlicht der Terrassenlampe dürfte sie eigentlich nur die schwarzen Umrisse von Elvis und mir sehen. Als der Kater an mir vorbeiläuft, nehme ich spontan eine äußerst heroische Pose ein. Ich strecke die Brust raus, mache mein Kreuz so breit wie möglich und lege die Wasserpistole lässig über die Schultern. »Und einmal mehr hat Captain Max Zadow (damit es cooler klingt, spreche ich meinen Namen englisch aus: *Mäx Seido*) den hilflosen L-vis von Lau' Ra vor einer Invasion durch die gefürchteten Klingonen-Kat-Sen gerettet.«

»Genau, komm die Katzentreppe rauf. Der andere böse Kater ist weg«, wird meine spontane Selbstinszenierung völlig ignoriert. Dafür läuft mir jetzt auch noch kaltes Wasser aus der Pistole den Nacken hinab.

»Ey, Arschloch, nach Erdenzeit ist es halb vier Uhr morgens. Kannst du vielleicht endlich mal die Fresse halten?!?«, brüllt es auf einmal aus einer undefinierbaren Richtung. »Sonst kriegt Captain Max Zadow einen mächtigen Arschtritt bis zum Mond von mir.«

Ich zucke zusammen und antworte kleinlaut: »Ja, sorry.«

Erst jetzt wird mir klar, wie sehr ich hier im Rampenlicht für die gesamte Nachbarschaft stehe, und erst jetzt werde ich mir auch schlagartig meines idiotischen Aufzuges bewusst: Nur mit den Schlafklamotten am Leibe – alte Boxershorts mit Herzchenmuster sowie T-Shirt mit Comichelden-Aufdruck – und den in jeder Lebenslage garantiert ungeeigneten Clogs stehe ich auf dem Präsentierteller. Die Wasserpistole in meiner Hand trägt auch nicht gerade zu einem würdevollen Auftreten bei. Zu allem Überfluss habe ich auch noch meinen vollen Namen in die Nacht hinaus gebrüllt. Möglichst unauffällig stolpere ich in unsere Wohnung zurück. Dort ist bereits wieder Ruhe eingekehrt. Laura liegt sogar schon wieder im Bett. Immerhin bekomme ich noch ein leicht spöttisches »Danke schön, Captain Mäx Seido« zu hören.

»Gern geschehen«, entgegne ich und will mich in die Federn fallen lassen.

»Pass auf! Elvis liegt hier.«

Natürlich.

So behutsam wie möglich steige ich ins Bett und lege meinen Kopf vorsichtig auf das verbleibende Achtel *meines* Kopfkissens.

Kapitel 12

Aufgeplustert

Interessiert beschnuppert Elvis meine Eishockeytasche.

»Ist das nicht eklig?«

Offenbar nicht. Der Kater hat wohl ein Faible für den Geruch von altem Schweiß und Käsefüßen. Besonders die Schlittschuhe scheinen einen ganz eigenen Charme zu versprühen.

»Im Vergleich dazu dürften meine Inlineskates eine wahre Enttäuschung für dich werden. Die stinken zwar auch, denen fehlt aber der ranzige Muff von Altherrenumkleide. Tut mir leid, Kleiner.« Ich ziehe die Schlittschuhe unter seiner Nase weg und rufe ins Wohnzimmer: »Laura, ich mache jetzt mal den Wechsel auf Sommersaison!« Der ist auch überfällig. Schulz' Stimme klingt immer noch in meinen Ohren nach: »Mann, Max, komm mal in die Puschen! Das Team braucht endlich wieder einen robusten Abwehrspieler.« »Robust« ist dabei wahrlich geschmeichelt. Tatsache ist zwar, dass unsere Mannschaft das erste Streethockey-Spiel gegen die *Iron Hawks* verloren hat. Tatsache ist aber auch, dass das nicht am Fehlen meiner Fähigkeiten als Abwehrspieler gelegen hat, sondern wohl eher daran, dass sonst keiner von uns bereit ist, sich regelmäßig von der gegnerischen Sturmspitze über den Haufen fahren zu lassen.

»Nimm Elvis mit raus, wenn er will«, reißt Laura mich aus meinen Erinnerungen an den letzten Sommer voll aufgeschürfter Oberarme und regelmäßiger Schulterprellungen, »aber lass ihn nach Möglichkeit nicht mit in die Garage! Wenn der sich da einmal zwischen den ganzen Kartons verkriecht, sehen wir den stundenlang nicht wieder.«

Das stimmt wahrscheinlich, die Garage ist natürlich das reinste Boxen-Eldorado. Wahrscheinlich bedeuten die ganzen Kartons sogar Freizeitstress für den Kater, weil er gar nicht weiß, in welchen er sich zuerst legen soll.

»Mache ich.«

»Und nimm doch bitte auch diese blöde Wasserpistole mit!«

»Auf keinen Fall.«

Nach dem dritten Zwischenfall mit der Klingonenkatze habe ich aufgerüstet und mir eine anständige Supersoaker gekauft. Nicht mehr so einen billigen Quatsch von REWE, sondern eine richtige Wumme: Doppeltanks mit zwei mal fünf Liter Fassungsvermögen, 120 cm-Durchladerohr für einen besonders präzisen Strahl, zusätzliche Überdruckkabine (da würde selbst Jürgen Poßler neidisch werden), dreißig Meter Reichweite, Druckanzeige, Wasserstandsanzeiger und sogar Anschlüsse für einen weiteren Wassertank, der auf dem Rücken getragen werden kann. Vielleicht besorge ich mir den auch noch.

»Dann überlege dir bitte einen anständigen Platz für den Kinderkram! Ich habe keine Lust, dass dieser Blödsinn jetzt ständig auf dem Balkon rumliegt.«

Kinderkram? Blödsinn? Laura hat ja keine Ahnung. Wie soll denn ein Kind eine über zehn Kilo schwere Knarre überhaupt hochheben, geschweige denn damit zielen und schießen? Das Ding ist ganz klar für Erwachsene gemacht. Für die Jagd. Für die Katzenjagd.

»Seitdem ich die Wumme habe, hat sich die Klingonenkatze viel seltener blicken lassen«, behaupte ich. Das ist nur in Teilen richtig. Wahr daran ist, dass ich die Katze nicht mehr so häufig zu Gesicht bekomme, wenn ich sie mit der Waffe verfolge. Das könnte natürlich auch damit zusammenhängen, dass ich mit zehn Kilo Kampfgewicht auch nicht mehr so schnell bin. Aber um nicht erneut eine Diskussion über die richtige Klingonen-Abwehrstrategie führen zu müssen, klemme ich mir schnell die verbleibende Eishockeyausrüstung unter den Arm und drücke die Türklinke umständlich mit dem Ellenbogen hinunter. Sofort eilt Elvis zur Tür.

»Kein Stress, du darfst ja mit«, versichere ich ihm und rufe dann mit geübt melodramatischer Stimme über meine Schulter: »Elvis hat das Gebäude verlassen.«

»Nicht mehr lustig nach dem zehnten Mal«, schallt es zurück. Ich ziehe eine Grimasse und stolpere fast über Elvis, der noch immer im Türrahmen steht. Er hat den Kopf gesenkt und beschnuppert irgendetwas auf unserer Fußmatte.

»O nein, wo hast du die denn jetzt so schnell gefangen?«, entfährt es mir. Der Kater begutachtet dort unten katzmännisch zwei tote Rotkehlchen. Ich werfe die Sportsachen zurück in unseren Wohnungsflur und schiebe Elvis beiseite: »Komm da weg, du verdammter Leichenfledderer!«

Erst jetzt bemerke ich das Papier, auf dem die beiden leblosen Körper platziert sind. Ich drücke einen äußerst neugierigen Kater erneut zur Seite und lege den Kopf schief, um den gedruckten Text lesen zu können:

... gehört damit zum zentralen Verständnis einer jeder Semantik der Metapher ...

Halb zerrupfter Flügel.

... stets ein ...

Lebloser Vogelkörper.

... nicht isoliert zu betrachtende Voraussetz...

Anderer lebloser Vogelkörper.

...amtgefüge der Wechselwirkung von Wortst...

Elvis' Pfote. »Geh weg, habe ich gesagt!!!«

... Wortstamm und Deklination. Dies wirft unweigerlich die Frage auf, ob in sämtlichen Konstellationen lediglich der Genitiv ...

»Was ist das denn für ein Schwachsinn?«, sage ich zu mir selbst und rufe dann in Richtung Wohnung: »Laura, komm mal schnell her! Das glaubst du nicht.«

»Was denn?«

»Komm einfach, das musst du sehen! – Nein, Elvis, du nicht! Du lässt die Pfoten davon, habe ich gesagt!«

»Ach, du meine Güte.« Laura schlägt die Hände vor den Mund. »Sind die tot?«

»Ja.«

»Hast du die gerade ...«

»Ja, genau. Nein, habe ich genau so gefunden. Säuberlich aufgereiht auf diesem komischen vergilbten Zettel hier. Selbst bei größtem Vertrauen in die intellektuellen Fähigkeiten der Katze: Elvis war das jedenfalls nicht.« Um meine Aussage zu unterstreichen, hebe ich den Kater in die Höhe und halte ihn vor Lauras Gesicht.

»Lass das, Max. – Ist gut, Elvis!« Laura nimmt mir den Kater weg und schaukelt ihn im Arm. Doch Elvis ist gerade nicht auf Schmusekurs, tritt um sich und befreit sich mit ein paar krallenbewehrten Tritten von Laura.

»Aua ...«

»War das vielleicht deine esoterikverseuchte Cousine?«, frage ich. »Ich meine, vielleicht sind ihr Schüßlersalze und Bachblüten ja zu langweilig geworden. Oder sie ist hexentechnisch auf einem neuen Zauberlevel angekommen, und jetzt gehören irgendwelche Tieropfer zu ihrem Repertoire.«

»Lissi? Red doch keinen Blödsinn.«

»Tieropfer müssen ja gar nichts Böses bedeuten – also, in der Gedankenwelt einer Hexe ...«

»Max, ich glaube, wir wissen beide, wer dahintersteckt.« Laura hebt den schlaffen Flügel am unteren Ende der Seite an: *ZfLS 03/1993 – F. Hiller: Semantik der Metapher*

»Dieser Scheißkerl!«, echot meine wütende Stimme durch den Hausflur, so dass Elvis freiwillig den Rückzug von der Fußmatte antritt. »Den bring ich um!«

»Max, bleib ruhig!«, will Laura mich bremsen, doch auch in ihrer Stimme schwingt eine gewisse Beklemmung mit.

»Ich will mich nicht beruhigen. Dieser Balkon-Fetischist hat den ganzen Tag nichts Besseres zu tun, als die halbe Nachbarschaft zu stalken, und jetzt haut der hier auch noch so subtile Drohungen raus. So was ist doch garantiert illegal. Können wir den wegen Belästigung oder so was anzeigen?«

»Nein, so einen Straftatbestand gibt es nicht«, sagt Laura knapp, »allenfalls ...« Sie erhebt sich und klingt schon weitaus gefasster. »Jetzt machen wir erst mal ein Foto davon, dann vergraben wir die beiden Vögel irgendwo, und dann überlegen wir, was wir machen!«

»Da gibt es nichts zu überlegen! Und auch nichts zu verbuddeln«, entgegne ich. »Wir schmeißen dem Arschloch seinen netten Gruß zurück auf den Balkon.«

»Mah-hax!«, sagt Laura nur, während sie ihre Handykamera betätigt.

»Ist doch wahr, oder, Elvis?«

Der Kater hingegen bringt noch eine dritte Variante ins Spiel: Er macht Anstalten, eines der Rotkehlchen ins Haus zu tragen.

»NEIN!«, fauchen Laura und ich gleichzeitig, und Elvis trollt sich beleidigt die Treppenstufen zur Haustür hinab. Dort angekommen, setzt er sich demonstrativ mitten vor den Eingang und fängt an, sich zu beschweren: »Mau … mau, mau …«

»Sekunde, Elvis.« Ich umwickle die beiden Kadaver mit Küchentüchern, während Laura das verbleibende Beweisstück in eine Klarsichtfolie schiebt.

»… mau, mau, mau …«

»Komme ja schon!«

Zusammen eilen Elvis und ich zum erstbesten Blumenbeet, und der Kater schaut mir gebannt dabei zu, wie ich die toten Vögel in der schwarzen Erde verscharre.

»Ein paar letzte Worte?«, frage ich Elvis.

»Mmmmau.«

»Ich denke, dem habe ich nichts hinzuzufügen«, sage ich und klopfe die Erde noch ein wenig glatt.

»Sag mal, Elvis, nachdem das erledigt wäre: Hast du die beiden eigentlich umgebracht?«

Diesmal bleibt mir der Kater eine explizite Antwort schuldig. Allerdings zeigt er großes Interesse an einer Blaumeise, die auf einem Ast wenige Meter über uns zetert.

»Ich befürchte es mal«, sagt Laura, während sie mit der schutzfolierten Heftseite in der Hand zu mir kommt. »Die Hillers sind übrigens beide gerade auf dem Balkon. Wollen wir da mal rübergehen?«

Was heißt hier »gerade«? Die Hillers sind eigentlich immer

auf ihrem Balkon, es sei denn, Herr Hiller versucht, irgendwen bei den Mülltonnen abzufangen oder – neuestes Hobby – tote Vögel vor Wohnungstüren zu legen.

»Auf jeden Fall!« Ich kremple mir imaginäre Hemdsärmel hoch und mache ein grimmiges Gesicht. Laura hält mich zurück: »Max, wirklich, besser, du lässt erst mal mich reden!«

Grummelig stapfe ich hinter Laura her und werfe böse Blicke in Richtung des hillerschen Balkons. Ein mopsiger Kopf mit einem dämlichen Hut taucht kurz hinter den Blumenkästen auf und verschwindet dann blitzschnell aus unserem Blickfeld. Kurz darauf baut sich ein miesgelaunter Rentner am Balkongeländer auf und quäkt uns entgegen: »Aha, da sind Sie ja!«

»Max, du machst gleich genau, was ich mache, verstanden?«, raunt Laura mir zu, während sie weiter zielstrebig auf den Balkon zugeht. Im Vertrauen auf ein wunderbares Feuerwerk aus wütendem Tigermuttergebrüll und kaltschnäuzigem Juristengeschwurbel nicke ich unmerklich: »Aye, Ma'am!«

»Wenigstens tragen Sie dieses Mal nicht Ihre Holzstumpen, Herr Nachbar.«

Ich schlucke meine pampige Antwort hinunter und lasse wie versprochen Laura den Vortritt. Die entgegnet nur kühl: »Guten Tag, Herr Dr. Hiller.« Ein beleidigt dreinblickendes Mopsgesicht taucht schräg hinter dem Doktor auf. »Und natürlich guten Tag, Frau Hiller. Ich habe sie gar nicht gesehen.«

»Guten Tag, Frau ... Nachbarin.«

»Haben Sie uns die toten Vögel vor die Haustür gelegt?«

Ich versuche, Lauras Frage mit einem möglichst durchdringend-investigativen Blick zu untermauern. Hiller plustert sich auf, während seine Frau nervös hinter ihm umherhüpft und abwechselnd über seine linke und seine rechte Schulter schaut.

»Ihre Katze darf nicht...«

»Ich fragte, ob Sie uns die toten Vögel vor die Haustür gelegt haben«, unterbricht Laura ihn scharf und hält die Seite aus der Fachzeitschrift in die Höhe. Ich verschränke demonstrativ die Arme und versuche weiterhin, möglichst böse zu gucken, obwohl ich eine gewisse Euphorie kaum verbergen kann. Jetzt legt die eiskalte Juristin in meiner Freundin los. Endlich macht es sich mal richtig bezahlt, dass ich zweimal diese Examenshölle mit durchmachen musste.

»Selbstverständlich war ich das«, schnappt Hiller, »es darf auch nicht sein, dass Ihre Ka...«

»Alles klar«, sagt Laura nur. Dann wendet sie sich um und raunt mir zu: »Komm, Max! Wie vereinbart.«

Damit habe ich nun wirklich nicht gerechnet. Irritiert, aber gefügig folge ich ihr. Die Hillers scheinen noch verwirrter als ich: Nach einem Moment der Stille beginnt sie, eindringlich auf ihren Mann einzureden: »Tu doch was, Ferdinand! Die laufen weg!«

Kurz darauf quäkt es hinter uns: »Entschuldigen Sie mal, Frau Nachbarin! Was tun Sie denn da? Bleiben Sie doch stehen!«

»Das ist das Letzte, was wir tun, Max«, wispert Laura, während sie weiter langsamen, aber sicheren Schrittes voranschreitet.

»Ich wollte Ihnen doch nur die Bestialität Ihrer Katze vor Augen führen.«

Langsam wird mir Lauras Strategie klar. Als auch noch ein fast schon ängstliches »Wollen Sie mich jetzt anzeigen?« hinter mir ertönt, kann ich mir ein Grinsen nicht verkneifen, und auch Lauras Mund umspielt ein zufriedenes Lächeln.

»Frau Nachbarin, man kann doch über alles reden!«, ist das Letzte, was ich höre, bevor wir um die Hausecke verschwunden sind.

»Das war genial!«, sage ich zu meiner Freundin.

»Alles andere hat ja auch gar keinen Sinn«, entgegnet Laura. »Am besten, wir ignorieren die beiden einfach.«

Leichter gesagt als getan: Kurz darauf klingelt es Sturm bei uns. Sofort treibt das Geläute meinen Puls wieder nach oben. Ich stürme zum Türöffner und will in die Gegensprechanlage brüllen, doch Laura ist schneller. »Nicht, Max, wir ignorieren das!«

»Ich kann das nicht ignorieren!«, motze ich über das Dauer-Dingdong hinweg. »Ich lasse mich doch nicht in meiner eigenen Wohnung belagern!«

»Das hört doch gleich auf«, erwidert Laura und wirkt dabei selbst nicht mehr so ganz überzeugt.

»Niemals!«, entgegne ich. »Der ist doch irre!«

»Max, wir halten das jetzt durch! Du hast doch gesehen, dass das für die Hillers gerade viel, viel unangenehmer war als für uns. Letzten Endes ist das nicht anders als bei Elvis. Da müssen wir auch hart bleiben, wenn der mal wieder maunzt.«

Wann hat Elvis jemals aufgehört zu maunzen?!? Soweit ich mich erinnern kann, hat der Kater jeden Machtkampf dieser Art gewonnen. Ich habe seit Ewigkeiten keine Nacht mehr durchgeschlafen, weil irgendwann zwischen zwei und vier Uhr morgens die kleine Nervensäge immer nach draußen möchte. Oder wieder rein. Oder eine Klingonenkatze vertrieben werden muss. Oder... Egal, gerade finde ich ein gewisses

Türläuten weitaus anstrengender als jedwede nächtliche Katzenmusik. Ich zeige auf die Türglocke: »Im Vergleich dazu ist Elvis' Gejammer schon fast engelsgleich.«

»Bleib ruhig, Max!«

Eine gefühlte Ewigkeit stehen wir in unserem Flur und blicken einander rechthaberisch an, während ein melodramatisches Klingeln die Szenerie untermalt. Plötzlich wird es still, und Laura lächelt mich selbstzufrieden an: »Habe ich doch gesagt!«

Doch wenige Sekunden später ertönt erneut ein besonders langgezogenes *Diiiiiiiiiiiiinnnnnnnnng-Dooooooooonnnnnnnnnng,* und nun klopft es auch noch energisch an unserer Wohnungstür. Jetzt kann auch Lauras eindringlichster Blick mich nicht mehr halten. Ich reiße die Tür auf. »Verschwinden Sie!!!«

»Man kann über alles reden, Herr Nachbar!«, erwidert ein grimmiger Hiller, doch in meinen Ohren klingt es eher wie »Quäk, quäk, quäk«.

»Mit Ihnen rede ich nicht mehr! Gehen Sie!«, sage ich nur. Hinter dem langgezogenen Herrn Doktor erscheint seine Frau: »Ihre Katze bringt alle lieben Vögel im Garten um!«

Wie macht die Hiller das eigentlich, völlig hinter ihrem Mann zu verschwinden? Sie ist zwar nur halb so groß wie er, aber auch mindestens doppelt so breit.

»Haben Sie gesehen, dass Elvis die Vögel gerissen hat?«, fragt Laura plötzlich neben mir. Herr Hiller guckt Laura genauso überrascht an wie ich kurz zuvor seine Frau. Ohne Frage lässt Lauras Figur es zu, völlig hinter mir zu verschwinden und wieder zu erscheinen. Aber ich glaube, Hillers Überraschung bezieht sich dann doch auf die Frage. »Es ist ja wohl offensichtlich, dass das Ihre Katze gewesen ist, Frau Nachbarin.«

»Wahrscheinlich war es eine Katze, die Tiere hatten Bissspuren, ja. Aber deswegen war das noch lange nicht Elvis!«, entgegnet Laura mit einer bewundernswerten Ruhe.

»Es gibt hier keine anderen Katzen«, plärrt Frau Hiller dazwischen.

Doch, zum Beispiel die Klingonenkatze, will ich anmerken. Doch Laura ist schneller. »Es gibt hier in der Nachbarschaft selbstverständlich eine Vielzahl von anderen Katzen. Es könnte jede davon gewesen sein. Abgesehen davon ...«

»Aber Frau Nachbarin, machen Sie sich doch nicht lächerlich!«, gackert Hiller aufgesetzt.

»Abgesehen davon, selbst wenn Elvis das gewesen sein sollte ...«

»Ich habe die toten Tiere auf der Wiese zwischen unseren Balkonen gefunden. Keine zehn Schritte von Ihrer Katzentreppe entfernt!«

»Abgesehen davon, selbst wenn der Elvis das gewesen sein sollte«, beginnt Laura zum dritten Mal, »gibt Ihnen das sicher nicht das Recht, die toten Tiere bei uns vor die Tür zu legen. So was ist einfach widerwärtig, und das macht man nicht!«

»Mafiamethoden sind das!«, ergänze ich aufgebracht. Abgehackte Pferdeköpfe im Bett wie in *Der Pate* und tote Vögel vor der Haustür stehen jedenfalls fast auf einer Stufe.

»*Ihre* Katze ...«, setzt Hiller erneut an. Sofort falle ich ihm herausfordernd ins Wort: »Was ist mit *meiner* Katze?!?«

Meine Katze? Lauras Katze ... Egal, hier geht es längst um etwas anderes. Ums Recht. Ums Prinzip. Und klar, irgendwie auch noch um Elvis und dass dem kleinen Scheißer nichts geschieht. Diesen bösartigen Rentnern traue ich jedenfalls alles zu. Vor meinem geistigen Auge erscheint wieder das

Bild von Hiller auf seinem Balkon, wie er ein imaginäres Gewehr anlegt und auf Elvis feuert.

»Ihre Katze hat Ihnen doch bestimmt auch schon tote Tiere vor die Tür gelegt!«, unterstellt derweil Hiller. Laura lächelt höflich: »Ja.« Offenbar muss sie an ihr zweifelhaftes Muttertagsgeschenk denken.

»Sehen Sie!«, quäkt Hiller triumphierend, als habe er damit den ultimativen Beweis erbracht. »Und Sie sind da wahrscheinlich auch noch stolz drauf!«

»Was ist das denn für eine Aussage?« Jetzt bleibt selbst Laura fast die Luft weg. »Natürlich nicht. Ich sehe es auch nicht gern, wenn der Elvis uns eine Maus oder gar einen Vogel bringt. Das tut mir sogar sehr leid. Aber so ist nun einmal die Natur!«

»Nein, so ist die Natur nicht. Sie haben eine *Haus*katze. Die sollte überhaupt nicht draußen sein.«

Echt? Schon wieder dieser Dialog? Ich verdrehe die Augen. Vielleicht sollten wir auch noch mal über das Gatter bei den Mülltonnen reden …

»Ihre Katze darf überhaupt nicht draußen sein«, bereichert Frau Hiller die Diskussion noch ein wenig von hinten links.

So langsam ist eine Rollenverteilung in diesem gekreuzten Doppel erkennbar: Herr Hiller und ich sind für den latent aggressiven Grundton zuständig. Den Doktor und Laura wiederum verbindet der Austausch von (teilweise bereits bekannten) Sachargumenten, während ich und der Mops dafür verantwortlich sind, unqualifizierte Banalitäten dazwischenzuwerfen. Um meiner Rolle gerecht zu werden, wiederhole ich einfach noch mal: »Tote Vögel vor der Haustür. Solche Mafiamethoden werde ich nicht auf mir sitzen lassen!«

»Stellen Sie sich mal nicht so an, Herr Nachbar. Wenn der Kater Ihnen die Tiere vor die Tür legt, finden Sie das offenbar toll. Aber wenn ich das mache, um meinen Standpunkt zu untermauern, dann sind das ›Mafiamethoden‹. Reflektieren Sie einmal Ihre Aussagen, die sind bisweilen wenig kohärent.«

»Setzen Sie Ihre geistigen Fähigkeiten gerade mit denen einer Katze gleich?«, fragt Laura belustigt. »So ein Kater ist nämlich rein instinktgetrieben und hat ungefähr die Intelligenz eines Zweijährigen.«

Nimm das, du alter Genitiv-Fetischist!!!

»Dachte ich mir doch, für Sie ist das so eine Art Kind-Ersatz. Sie verniedlichen dieses Verhalten auch noch. Dabei ist Ihre Katze hier der Mörder mit den sogenannten ›Mafiamethoden‹ – da sollten Sie sich mal an die eigene Nase fassen! Sie zerstören die gesamte Vogelpopulation in unserem Garten. Behalten Sie Ihren Kater im Haus!«

»Das ist nämlich eine *Haus*katze«, fasst Frau Hiller noch einmal scharfsinnig von rechts hinten zusammen.

»Liebe Frau Hiller, lieber Herr Hiller, die Katze ist seit mehreren Tausend Jahren ein Haustier des Menschen. Sie gehört aber sicher nicht zu den Arten, die ausschließlich drinnen gehalten werden. Sicherlich gibt es auch reine Hauskatzen im wahrsten Sinne des Wortes. Aber Elvis gehört nicht dazu, und ich werde meinem Kater nicht die Möglichkeit nehmen, als Freigänger zu leben. Das bedeutet aber auch, dass er mal das ein oder andere Tier fangen wird. So ist die Natur nun einmal«, erklärt Laura ruhig.

»Nein, so ist die Natur nicht«, lächelt Hiller auf uns herab, und der Mops kläfft nun wieder von links dazwischen: »Ihre Katze darf keine lieben Vöglein umbringen!«

»Ich sage es wirklich nur ungern, aber völlig verhindern lässt sich das leider nicht. Und wir werden Elvis nicht den Freigang verwehren. Gerne dürfen Sie den Kater aufscheuchen, wenn er Jagd auf einen Vogel macht«, versucht Laura zu vermitteln, »gerne achten auch wir in Zukunft mehr darauf.«

»Tun Sie das!«, befiehlt Hiller. »Aber eins sage ich Ihnen: Wenn Ihre Katze auch nur einen weiteren Vogel fängt, dann ...«

»Dann was?«, knurre ich.

»Ich werde *alles* tun, um jeden Vogel zu retten. Und glauben Sie mir, es wird reichen.«

Während ich noch darüber sinniere, ob Hiller gerade ernsthaft den Spruch von Mario Draghi zur Eurorettung kopiert hat, springt bei Laura endlich, endlich der Juristenmodus an: »Herr Hiller, ich kann Ihnen nur raten, nichts zu unternehmen, was auch nur ansatzweise unser Eigentum schädigen könnte. Auch wenn Sie die Vögel im Garten noch so gernhaben, diese stehen weder in einem Eigentums- noch in einem Besitzverhältnis zu Ihnen. Elvis hingegen ist unser Eigentum.« – Ich nicke zustimmend. – »Und glauben Sie mir, jeder Beeinträchtigung unseres Eigentums und jeder straf- oder ordnungsrechtlich relevanten Zuwiderhandlung werden wir mit entsprechender Stringenz entgegentreten. Und dies beschränkt sich nicht auf ein Gebrauchmachen unseres Notwehrrechts. Sie können gewiss sein, dass wir dann sowohl zivilrechtliche als auch strafrechtliche Schritte einleiten werden.«

Subtil spielt Laura mit der sichergestellten Aufsatzseite in ihrer Hand und zeigt mit dem zusammengerollten Blatt auf Herrn Hiller, als sie das Wort ›strafrechtlich‹ benutzt. Warum nicht gleich so?

Nervös springt der Mops von einem Bein aufs andere. Und auch auf dem Gesicht des Doktors ist auf einmal eine gewisse Unruhe zu erkennen. Fast scheint es, als werde er sich erst jetzt der juristischen Berufung meiner Freundin bewusst. Bemüht gönnerhaft erklärt er: »Mäuse und meinetwegen auch die Eichhörnchen kann der Kater Ihnen ja gerne bringen! Insbesondere diese Eichhörnchen sind gemeingefährliche Nesträuber – da würde ich Ihren Kater sogar beglückwünschen.«

Hat der gerade darum gebeten, dass Elvis Eichhörnchen umbringt? Lauras aufgeklappter Kinnlade nach zu urteilen: Ja.

»Nur das mit den Vögeln können meine Frau und ich nicht tolerieren. Wissen Sie, wir haben hier sehr seltene Erdspechte im Garten ...«

»So ein Blödsinn! Ihre komischen Erdspechte gibt es überhaupt nicht in Europa. Das Verbreitungsgebiet von denen liegt in Afrika«, fahre ich jetzt dazwischen.

Hiller unterbricht mich mit einem künstlichen und besonders herablassenden Lachen: »Sie haben doch gar nicht so eine umfassende Bildung im Bereich der Ornithologie wie ich! Selbstredend existieren hier Erdspechte!«

Ich zücke mein Handy und rufe so schnell wie eben möglich die Wikipedia-Datei auf. Betont sachlich lese ich vor: »Erdspecht. Diese mittelgroße Spechtart ist ein Endemit Südafrikas, Swasilands und Lesothos und bewohnt offene, felsenreiche Landschaften.« Ich starre Hiller herausfordernd an und schiebe hinterher: »Und keine mitteleuropäischen Gartenanlagen!«

»Sie können mir doch sonst was aus Ihrem Handy vorlesen, Herr Nachbar.«

»Das war der offizielle Wikipedia-Artikel, Herr Hiller! Wi-ki-pe-di-a!!!«

»Das sagt mir nichts. Ich weiß nur, dass hier selbstverständlich Erdspechte im Garten nisten und Ihre Katze eine ernsthafte Gefahr für diese Tiere sowie die gesamte Vogelpopulation darstellt...«

»Wikipedia ist ein nutzerbasiertes Lexikon und vereint das Wissen von Millionen von Menschen auf der ganzen Welt.«

»Sie meinen, jeder kann da einfach seinen Senf dazugeben? Entschuldigen Sie bitte, Herr Nachbar, aber das ist wirklich unseriös.«

»Es ist doch total egal, wie Wikipedia funktioniert oder was das für Vögel sind«, unterbricht Laura unser kleines Gefecht auf dem Nebenkriegsschauplatz. Hiller schüttelt energisch den Kopf, und auch ich finde das jetzt gar nicht mehr so egal. Dieser Idiot kennt nicht einmal Wikipedia.

»Wichtiger ist doch, dass klar wird, dass weder mein Freund noch ich wollen, dass Elvis Vögel fängt...«

»Ich sehe, langsam verstehen wir uns, Frau Nachbarin.«

»...ganz verhindern kann man das aber einfach nicht.«

Frau Hiller springt wieder aus der Deckung hinter ihrem Mann hervor. »Es geht aber nicht, dass Ihre Katz...«

»Ich war noch nicht fertig!«, schneidet Laura ihr ebenfalls das Wort ab. »Sollten Sie meinem Eigentum Schaden zufügen – und ich kann Ihnen davon nur abraten –, werden Sie die Konsequenzen – juristisch wie tatsächlich – zu spüren bekommen!«

»Das führt doch zu nichts«, sagt Hiller auf einmal (das erste Mal heute, dass ich ihm vollends zustimmen kann.),

»ich sage Ihnen daher Folgendes: Ich denke, Sie haben unseren Standpunkt verstanden, nicht wahr?«

Ich glaube, die Hillers wollen, dass die Katze nicht mehr rausgeht, oder? Aber vielleicht könnte das sicherheitshalber einer von denen noch einmal wiederholen? Einmal nur?

»Und wenn Sie glauben, Sie könnten mich und meine Frau mit Ihrem juristischen Eiertanz beeindrucken, dann irren Sie gewaltig, Frau Nachbarin. Ich bin Sprachwissenschaftler, müssen Sie wissen, und in Ihrer Ausdrucksweise kann ich wie in einem offenen Buch lesen.«

»Gratulation!«, sage ich.

»Danke sehr«, fährt Hiller unbeirrt fort. »Ich verspreche Ihnen daher, dass meine Frau und ich entsprechende Maßnahmen in Erwägung ziehen. Zu diesem Zwecke werden auch wir uns möglicherweise ein von uns zu schützendes Eigentum zulegen. Und sollte dieses mit den Interessen Ihres Eigentums konfligieren, werde auch ich die nötigen rechtlichen Schritte einleiten.«

Frau Hiller springt immer noch hin und her – jetzt wirkt sie aber eher wie eine besonders gehässige Rumpelstilzchen-Interpretation.

»Darauf bin ich sehr gespannt«, sagt Laura nur. Ich ehrlich gesagt auch. Was meint Hiller? Will er sich einen Hund zulegen, mit dem er Jagd auf Elvis machen kann? Er hat doch schon einen Mops ...

»Guten Tag.«

»Guten Tag.«

Die Tür fällt ins Schloss, und ich spüre, wie alle Anspannung aus meinen Muskeln fährt. Wie ein nasser Sack falle ich auf die Kommode. »Vielleicht hätte ich die Tür doch gar nicht erst aufmachen sollen ...«

»Diese Leute sind auf jeden Fall bescheuert.« Laura schüttelt immer noch ungläubig den Kopf. Dann aber lächelt sie mich an: »Habe ich das richtig gehört? Du bist jetzt auch Eigentümer von Elvis?«

Kapitel 13

Aus allen Rohren

Endlich ist die neue *The Walking Dead*-DVD erschienen. Schon im Büro habe ich mich mehr durch irgendwelche Fan-Foren geklickt und Kritiken gelesen als tatsächlich gearbeitet.

Als ich die Wohnungstür öffne, schlägt mir ein beißender Geruch ins Gesicht. Es riecht irgendwie ziemlich morbid und abgestanden. So real muss ich die Zombie-Apokalypse dann auch nicht haben. Hören und Sehen wäre völlig ausreichend gewesen. Nach dem ersten Nasenschock entnehme ich dem Gemisch den unverkennbaren Geruch von Katzenkacke. O nein, Elvis hat nach langer Zeit mal wieder drinnen geschissen. Natürlich passiert so etwas, wenn ich zuerst nach Hause komme.

»Ich dachte, wir wären beide der Meinung, dass es besser ist, wenn du das draußen machst?«, rufe ich, während ich unseren Flur betrete. Der Gestank von Katzenkacke liegt nicht einfach nur in der Luft – er *ist* die Luft. Dass es nicht auch noch in den Augen brennt, ist wirklich das einzig Positive, was ich der Situation abgewinnen kann. Mit heraushängender Zunge hechele ich zum Katzenklo, um den Ursprung allen Übels zu entfernen.

»Oh, verflucht, was ist das denn für 'ne Scheiße?« Im wahrsten Sinne des Wortes. Der Kater hat sein Geschäft nur zum Teil im Klo verrichtet. Eine angetrocknete braune Spur zieht sich über den Rand der Katzenwanne hinaus bis in die Mitte des Flurs. Kurz überlege ich, ob ich einfach wieder gehen soll. Vielleicht ist Schulz ja so gnädig und lässt mich die DVD oben bei sich gucken. Dann kann Laura die Reinigung übernehmen, wenn sie nach Hause kommt. Andererseits: Wann wird das sein? O nein, hat sie nicht Yoga heute? Vielleicht trocknet der ganze Scheiß bis dahin ein, und ich muss mein Leben lang in einer Wohnung mit Katzenkackegeruch leben. So was geht ja auch in die Klamotten ...

»Katzen sind äußerst reinliche Tiere. Eine Katzenwäsche ist eigentlich etwas sehr Gründliches und hat ihre Bedeutung zu Unrecht«, äffe ich meine Freundin nach. »Und ich wette, Elvis empfindet seine Häufchen in der Wohnung als mindestens genauso unangenehm wie du, Max.«

Nur: Warum macht er die Scheiße dann nicht selber weg? Angeekelt stapfe ich ins Schlafzimmer. Diese Sauerei kann ich nicht im Anzug wegmachen. Möglichst schnell schäle ich mich aus meinen Klamotten. Als ich die Anzughose abstreife, entdecke ich es. »Ach, du heilige Schei...« Genau, eine weitere braune Linie zieht sich unter unserem Bett entlang. Ich gehe in die Knie und verfolge mit gerümpfter Nase die Spur. In der hintersten Ecke des Bettes, gleich neben dem Karton mit den alten Fotos, ist ein großer, flüssiger Flatschen, von dem einige Spritzer die Schlafzimmerwand hochreichen und teilweise sogar den Lattenrost getroffen haben. Mir wird jetzt offiziell schlecht. Anstatt die Anzughose ganz auszuziehen, stolpere ich mit dem Stoff an den Beinen zum Schlafzimmerfenster und reiße es auf. Ich nehme ein paar tiefe Züge von der frischen Abendluft.

Und ein.

Und aus.

Und ein.

Und aus.

Und …

»Jetzt sag doch mal Hiller!«

Was?!?

»Hil-ler! Hil-ler! Hil-ler!«, quäkt es vom gegenüberliegenden Balkon herüber. »Das ist doch ganz leicht.«

Was macht der Psychopath denn jetzt schon wieder? Irritiert starre ich zum Nachbarhaus hinüber. Doch im Halbdunkel der Abenddämmerung ist kaum mehr zu erkennen als das weiße Haar des Doktors und das Beige eines besonders dämlichen Huts. Vielleicht bringt er seiner Frau ja einen zweiten Satz neben »Ihre Katze darf keine lieben Vögel umbringen« bei. Das wäre auf jeden Fall mal überfällig.

»Jetzt sag doch mal: Hiller – Hiller – Hiller!«

Ach herrje, ich habe die Wahl zwischen Scheiße für die Ohren und Scheiße für die Nase. Das Fenster offen zu lassen erscheint mir dann aber in der Tat als das geringere Übel – obwohl die Entscheidung äußerst knapp ausfällt.

Endlich entledige ich mich meines Anzugs und eile zur Abstellkammer. Hektisch krame ich alles, was wir an Sprays, Tuben und Flüssigreinigern besitzen, aus dem oberen Fach und schnappe mir einen Putzeimer. Nur in Unterhose und mit jeder Menge Chemikalien in der Hand eile ich durch die Wohnung – wahrscheinlich sehe ich gerade aus wie der frühe Walter White aus der ersten Folge von *Breaking Bad*. Hoffentlich sieht mich die DEA so nicht. Beim Weg zum Katzenklo fällt mein Blick ins Wohnzimmer und um ein Haar hätte ich meine Bewaffnung fallen lassen: Quer durch den gesamten Raum ziehen sich braune Streifen, die sich in heller werdenden bräunlichen Tröpfchen verlieren. Fast alle Streifen beginnen in irgendeiner Zimmerecke oder unter irgendeinem Möbelstück. Wie geht das überhaupt? So viel Volumen hat die Katze doch überhaupt nicht.

Wäre ich ein hipper Künstler, könnte ich unser Wohnzimmer wahrscheinlich als abstrakte Kunst eins zu eins in einer großen New Yorker Galerie ausstellen. Und irgendein zugekokster Investmentbanker, der massig Kohle mit Lebensmittelspekulationen verdient hat, würde auch noch Millionen für *Radical Livingroom* bezahlen. Da ich aber leider nur Versicherungskaufmann bin und New York sehr weit weg ist, sehe ich gerade keine reellen Chancen für ein Millionengeschäft. Dafür ist die erneut in mir aufsteigende Übelkeit umso greifbarer. Ich balanciere über die braunen Linien hinweg und ziehe die Gardinen zur Seite, um ein Fenster zu öffnen. Dabei scheuche ich einen Kater auf, der sich hier offenbar hinter dem bodenlangen Stoff versteckt hatte. Mit eingerolltem Schwanz und angewinkelten Ohren jagt Elvis davon und gibt ein wehleidiges Miauen von sich. Das Hinterteil des Katers bedankt sich für die ruckartige Bewegung mit einem »Plopp« und gibt mit einem langgezogenen »Pfffffffffffffffft« erneut seine Schleusen frei. Elvis schreit wie am Spieß und flüchtet unter das Bücherregal. Eine braune Spur zieht sich direkt vor meinen Füßen über den Fußboden, und warmer Darminhalt rinnt mir zwischen die Zehen.

Endlich schaffe ich es, das Fenster zu öffnen, atme erneut tief ein und rekapituliere die Situation: Wahrscheinlich hat der kleine große Scheißer irgendwas Falsches gefressen. Jedenfalls hat Elvis den übelsten Durchfall. Und offenbar tut ihm das so weh, dass er jedes Mal panisch losläuft, wenn er sein Geschäft machen will. Jetzt heißt es: Schadensbegrenzung betreiben. Ich zerre das Furzkissen unter dem Regal hervor. Dabei versuche ich, möglichst nicht auf seinem Bauch herumzudrücken. Wie eine stinkende Windel trage ich den Kater vor mir her und rede beruhigend auf ihn ein. Elvis ist offenbar völlig fertig mit den Nerven und wehrt sich keine Sekunde lang. Erst als ich die Balkontür öffne und uns ein langgezogenes »Hiiiiiiiiillllllll-lllllllllllllleeeeeeeeeeeeeeerr« entgegenschlägt, strampelt der kontaminierte Kater heftig mit den Beinen. »Hiiiiiiiiillllllll-lllllllllllllleeeeeeeeeeeeeeerr!«

»Die sind echt irre«, sage ich, während ich Elvis direkt auf der Katzentreppe absetze, »aber lass dich davon nicht stören!«

Ich winke dem Kater hinterher, während er erleichtert in den Büschen verschwindet. Als ich glaube, ein Furzgeräusch zu vernehmen, rufe ich: »Fein, Elvis! Lass alles raus! Ist bald vorbei.« Zufrieden lächle ich in Richtung des vermeintlichen Befreiungsschlages.

»Vielleicht erst mal nur Hill? Hill – Hill – Hill – Hill ...«

»Bekloppte Nachbarn haben wir«, sage ich und freue mich, dass ich normal bin. Dann wird es mir nur mit Unterhose bekleidet doch ein wenig zu frisch. Außerdem kühlen die Spritzer auf meinen Beinen langsam aus. Schnell hüpfe ich in die Wohnung zurück.

Während heißes Wasser in einen Cocktail aus Allzweckreiniger, Desinfektionsmittel und Geruchsneutralisierer plätschert, wische ich die gröbsten Spuren schon einmal mit Küchentüchern auf. Gleich mehrfach weicht das Papier durch, und ich habe den klebrigen Schiss jetzt auch noch an den Händen und sogar unter den Fingernägeln. Das Versprechen von extra viel Saugkraft wird mitnichten eingehalten. Wo habe ich das schon mal gelesen? Ach richtig, beim Katzensand. Vielleicht sollte ich den noch mit ins Spiel bringen, überlege ich kurz. Besser nicht, lehrt mich die Erfahrung mit meinem Beifahrersitz. Man kann der Werbung einfach nicht vertrauen.

Mittlerweile habe ich den halben Viererpack an Küchenrollen verbraucht, und gerade mal drei Viertel des Wohnzimmers sind sauber. Das beschmierte Papier stapelt sich in der Kloschüssel schon über den Brillenrand hinaus. Vielleicht sollte ich zwischenzeitlich mal abziehen? Als ich die Spülung betätige, steigt der Pegel bedrohlich hoch, und die braunen Papierfetzen wabern bedenklich langsam im Wasser umher.

»Komm schon, komm schon!«, flehe ich. Das Klo gehorcht in allerletzter Sekunde. Ganz langsam tritt das Wasser seinen Weg in die umgekehrte Richtung an, und mehr und mehr Papier verschwindet in den Tiefen der Kanalisation. Geht doch. Ich werfe einen sehnsüchtigen Blick auf die Duschkabine. Die Vorfreude auf die Dusche steigt mit jeder Sekunde. Heißes Wasser, das einfach aus der Wand kommt, und chemische Reinigungsmittel gehören auf jeden Fall zu den größten Errungenschaften der menschlichen Zivilisation. Wer braucht schon das Rad?

Als ich endlich auch den Flur und das Schlafzimmer komplett gereinigt habe, kontrolliere ich noch das Arbeitszimmer. Doch Elvis hat den Raum verschont. Meine Raumschiffsammlung wurde nicht beschissen, und selbst in seiner heißgeliebten Kiste mit dem Druckerpapier findet sich entgegen meinen Befürchtungen keine braune Pfütze. »Brave Katze«, lobe ich und muss mich dann doch etwas über mich selbst wundern. Elvis hat mir gerade die halbe Bude zugeschissen, und selbst vor meinen Füßen hat er nicht haltgemacht. Und alles, was mir einfällt, ist »Brave Katze«?!? Vielleicht liegt es ja an der ganzen Chemie, die ich in der letzten

Dreiviertelstunde eingeatmet habe. Egal, jetzt wird jedenfalls die hochverdienteste Dusche in der Geschichte der Menschheit fällig. Ich hüpfe ins Bad und drehe das Radio an. Ach nein, die Beatles? Wirklich? Selbstzufrieden pfeife ich bei »Yellow Submarine« mit und tänzle zur Duschkabine. Mit der Linken schleudere ich meine Unterhose in den Wäschekorb, und mit meiner Rechten drücke ich noch schnell die Klospülung, um die allerletzten Beweise eines schrecklichen Abends in die Kanalisation zu befördern.

Während ich die Temperatur des Duschwassers prüfe, klatscht auf einmal etwas Kaltes gegen meine Ferse. Meinem haarigen Mitbewohner gar nicht so unähnlich, springe ich vor Schreck senkrecht in die Höhe. Wasser aus der Brause spritzt durch das halbe Bad. Doch das ist das geringste Übel: Die Toilette hat entschieden, dass sie nichts mehr schlucken möchte. Hemmungslos übergibt sich die Schüssel. Wasser und durchweichte Papierfetzen klatschen auf den Badezimmerboden.

Es mag feige und unsolidarisch klingen, aber heute werde ich bei Schulz übernachten.

Kapitel 14

Kölsches Grundgesetz

Den halben Vormittag warte ich auf den Hausmeister. Herr Boor hat sich mit »Et kütt, wie et kütt« für »irjentwat zwesche halv nüng un zwölfe« angemeldet.[1] Damit ist der Hausmeister immer noch viermal so präzise wie der Telekom-Techniker, auf den man von acht bis achtzehn Uhr auf zwei aufeinanderfolgenden Werktagen warten soll.

Ich hänge vorm PC und lasse mein Programm die Versicherungsdaten von NCC-1701-D-Schneibelstein prüfen. Elvis liegt neben dem Rechner auf dem Schreibtisch und hat demonstrativ eine Pfote auf die Tastatur gelegt. Ich lasse ihn gewähren und kraule ihm zwischendurch sogar den Kopf, was stets ein zufriedenes Schnurren nach sich zieht. Der Schock vom gestrigen Abend scheint schon wieder vergessen, zumindest beim Kater. Während das Versicherungsprogramm rattert, klicke ich mich durch die ungewöhnlicheren Angebote meines Arbeitgebers. Hätte eigentlich eine Tierhalter-Zusatzversicherung den Schaden meines kleinen Toilettenunfalls abgedeckt? Ich habe mich schon bis zu Unter-

---

[1] Wer des Kölschen nicht ganz so mächtig ist und glaubt, »Isch lev in de Dach rinn« bedeute so viel wie »Ich lebe in der Dachrinne«, der findet ab S. 290 mit »Was Jupp Boor uns sagen wollte …« eine kleine Hilfestellung.

abschnitt 4, Buchstabe c) von Absatz 7.3, *Ausgenommene Tierschäden,* durchgeklickt und erfahren, dass *das Zerbeißen eines Auto- oder Fahrradreifens oder des Reifens eines vergleichbaren Vehikels [z. B. druckluftgestützter Kinderwagenreifen] durch Kampfhunde [→ zur Definition Kampfhund vgl. Abs. 2.14] nur mit erweiterter Tierhaft-Zusatzversicherung [→ zur Erweiterung siehe Abs. 19.1-12] abgedeckt* wird. Gerade als ich bis zu den Hauskatzen vorgedrungen bin und mit leichtem Entsetzen feststelle, dass *Föhn-Unfälle [exklusive Verbrennungen, inklusive Ansaug-Unfälle] bei Langhaarkatzen [→ zur Definition Langhaarkatze vgl. Abs. 2.19] grundsätzlich nicht versicherungsfähig* sind, vernehme ich das befreiende Klingeln unserer Türglocke. Elvis streckt den Körper lang und schüttelt den Kopf, als wäre es eine Unverschämtheit sondergleichen, um kurz vor elf Uhr am Vormittag zu klingeln. Und auch ich will jetzt noch schnell wissen, was denn eine Langhaarkatze ist: gemäß Abs. 2.19 *jede Katze mit einer durchschnittlichen Felllänge von 12,35 cm.*

»Da hast du aber Glück, Elvis«, rufe ich dem Kater zu, während ich zur Tür eile, »solltest du mal im Ansaugrohr eines Föhns verrecken, bekommen wir die zehn Euro, die du vielleicht wert bist, locker erstattet.«

Da der Kater nicht antwortet, öffne ich die Tür und sehe mich mit einem riesigen gekringelten Schnauzbart konfrontiert, unter dem sich ein verschmitztes Grinsen breitmacht. Mindestens ein Drittel der Zähne funkelt mich golden an. Darunter schließt sich ein spitzer Kinnbart an, der dezent auf einen riesigen Bierbauch zeigt. Ich erinnere mich noch sehr gut daran, dass Herr Boor auf dem Nachbarschaftsfest gefühlt ein Fünfzig-Liter-Fässchen alleine vernichtet und sich die ganze Zeit gewundert hat, dass die Leute hier so wenig

Kölsch trinken. Als er dann auch noch angefangen hat, Karnevalslieder zu singen, bin ich gegangen. Aber da hatte ich auch schon eine halbe Stunde mit meinem Deutschlehrer-Klon über die verkannte Genialität der Rechtschreibreform und das Gatter zu den Mülltonnen reden müssen.

»Guten Tag, Herr Boor. Schön, dass Sie es geschafft haben.«

»Jooden Daach, Herr Zadof.«

»Ohne ›f‹, das ›w‹ ist stumm«, erkläre ich höflich. »Aber kommen Sie erst mal rein.«

»Wat?«, fragt Boor, während er die Wohnung betritt. Hinter sich her schleift er ein monströses Reinigungsgerät. Daneben wirkt selbst sein Bierbauch bescheiden.

»Meinen Namen spricht man ›Zado‹, das ›w‹ ist stumm.«

»Ach dat. Sonst wür jo ooch doof. Zadoof, 'ne?«, lacht Boor. Ich nicht, den blöden Witz musste ich mir schon in der Schule ständig anhören.

»Moss man bei ding Vurname ooch oppasse, Jung?«, fragt Boor, als er mein finsteres Gesicht sieht.

»Nee, einfach Maximilian. Maximilian Zadow.« Gewohnheitsgemäß greife ich in meine Hosentasche und drücke ihm eine meiner Visitenkarten in die Hand. Boor nimmt sie, wirft einen kurzen Blick drauf und lacht: »Isch weeß, wee man Maximilian schrieve tot. Oder ess do ooch widder irjendjet stumm?«

»Bitte?«

»Ov isch eifach Max saare sull?«

»Äh ja, von mir aus.«

»Jood, isch ben d'r Jupp.« Mit diesen Worten reicht er mir meine Visitenkarte zurück und wendet sich unserem Badezimmer zu. Irritiert stecke ich mein Kärtchen wieder ein:

»Ich dachte, vielleicht wollen Sie ... äh du ja auch mal ... Ach, egal.«

»Luhr eens, wat hammer denn do för 'ne Driss?« Kritisch beäugt Boor das Klo von allen Seiten.

»Ja, das ist irgendwie verstopft«, erkläre ich und kassiere einen vorwurfsvollen Blick. »Bess jo en janz helles Köpfche.«

»Es gab hier vorgestern einen kleinen Unfall, und da habe ich wohl ein bisschen viel Papier benutzt.«

»Hes do dat Klo kaboddjeschissen, Max?«, lacht Boor jetzt wieder. Der Mann kann seine Gefühlslage schneller wechseln als Laura, wenn sie ihre Tage hat.

»Nee, ich habe die Scheiße von unserem Kater weggemacht und dabei die Kloschüssel wohl ein bisschen überlastet. Wahrscheinlich zu selten abgezogen.«

»Och jo, stimmt. De Katz. Do hes jo ooch dat Treppsche opp ding Balkon. De han isch neulich schun jeluhrt. So wat bruch isch ooch för ming Katz. Mosst do mih eens saare, wee do dat jebaut hes!« Jupp kommt jetzt richtig ins Schwafeln, während er abwechselnd Blicke in seine Werkzeugkiste und unsere Kloschüssel wirft. »Dat Problem ess, dat sisch dat Rohr noh hinte verjönge tot. Vermotlich mösse mer do nur ens dorchstuße, un dann kanns do widder janz normal ding Jeschäft mache.«

Ich habe vielleicht ein Drittel von dem verstanden, was man mir gerade gesagt hat.

»Ach so«, entgegne ich daher nur. »Aber du meinst, du kriegst das wieder hin?«

»Hammer emmer su jemaat«, erklärt Jupp seine Arbeitsweise anhand kölscher Plattitüden. Während ich noch darüber nachdenke, ob man hier mit einem Hammer weiterkommt, schraubt der Hausmeister einen Bohrkopf auf das

Stahlkabel am Ende der Reinigungsmaschine. Dann schiebt er das Kabel in die Kloschüssel und erklärt: »Et hätt noch emmer joodjejange.«

Kurzzeitig möchte ich einwenden, dass beim letzten größeren Bohrprojekt in Köln genau diese Haltung das gesamte Stadtarchiv zum Einsturz gebracht hat. Doch ich halte lieber meine Klappe und stehe weiterhin gespannt daneben. Boor, den mein kritischer Blick offenbar zu nerven beginnt, hält plötzlich inne und erklärt: »Jung, pass eens opp: Met en Kaffeeköppche arbeidet ed sisch janz wesentlisch leischter. Dann racker isch mich ooch järn för disch af.«

Ich glaube, er möchte nicht, dass ich danebenstehe. Außerdem will er wohl einen Kaffee. Von mir aus. Als ich kurz darauf mit einer Tasse des schwarzen Goldes in der Hand zurückkehre, steht Elvis am Badezimmereingang und schnuppert neugierig an dem Rohrreinigungsgerät.

»Das wird bestimmt gleich laut«, sage ich in die Runde und reiche Boor seinen eingeforderten Kaffee. Der entdeckt jetzt erst den Kater und streckt sogleich seine Hand nach Elvis aus. »Jooden Daach, Köttel. Wer bess denn do?«

»Das ist Elvis.«

»Oh, d'r King!«

»Das hätte er wohl gern. Aber wenn du die Maschine gleich anschmeißt, ist der garantiert sofort weg. Dein Gerät ist ja so etwas wie der große Bruder vom Staubsauger. Und Elvis hasst Staubsaugen.«

Der Hausmeister nickt mitfühlend und erklärt dann aus heiterem Himmel: »Max, 'ne Katz is ooch eens we d'r Dom.«

Riesengroß, teuer und nie fertig?

Haart, frisst und scheißt viel?

Schon aus weiter Ferne leicht zu erkennen?

Macht gerne Jagd auf Mäuse und Vögel?

Ist das Erste, was man sieht, wenn man am Kölner Hauptbahnhof ankommt?

Kann schnurren?

»Verstehe ich nicht.«

»Na, wenn do et Katz vun vurne luhrst, dann het de ooch zwe Domspitz«, brüllt der Hausmeister lachend los. Vielleicht ist es sogar ein Segen, wenn man die ganze Welt durch eine Brille mit dem Zuschnitt von Dom, Rhein und Karneval wahrnimmt. Ich sollte auf der Arbeit bei der nächsten größeren Schadenseintrittswahrscheinlichkeitsberechnung auch einfach mal das kölsche Grundgesetz heranziehen: Et hätt noch emmer jood jejange.

»Na, wegen de Uhre!« Boor zeichnet mit seinen Fingern zwei katzenohrige Spitzen über seiner Stirn. Kurz überlege ich, ob ich Boor darauf hinweisen soll, dass der Vergleich bei Elvis schon mal nicht stimmt. Schließlich hat der mit seiner Haartolle sogar drei Spitzen.

»Schon klar«, sage ich, »lustig.«

Sichtlich enttäuscht, dass ich seinen Humor gar nicht so »jeck« finde, wendet sich der Hausmeister wieder seiner Maschine zu, drückt ein paar Knöpfe und sagt zum Kater: »Dann welle mer doch eens luhre, wee affjewichs do bes.«

Fast bin ich mir sicher, dass Elvis mir einen fragenden Blick zuwirft. Ich zucke mit den Achseln und entgegne nur leise: »Ich habe auch kein Wort verstanden.«

»Wat?«

»Nichts.«

»Jood.«

Ohne weitere Vorwarnung schmeißt Boor die Maschine an. Jetzt ist auf jeden Fall nichts mehr zu verstehen – egal, ob man Hochdeutsch oder diese komische Kasper-Sprache spricht. Wie prophezeit, schießt Elvis davon und versteckt sich in sicherer Position auf der Kommode im Flur. Ich sehe, dass Boor hinter dem Kater herlacht und sich dann unserer Toilette zuwendet. Mit langsamen Bewegungen versenkt er das rotierende Stahlkabel tiefer in der Kloschüssel. Mit Begeisterung beobachte ich, wie der Pegel sofort zu sinken beginnt. Boor streckt einen Daumen in die Höhe und brüllt so was wie »Wat fott es, es fott« über den Lärm hinweg. Ich erwidere das Handzeichen und grinse dazu freudig-dämlich.

Plötzlich streicht Elvis an meinen Beinen vorbei und nähert sich wider jeder Wahrscheinlichkeit der Reinigungsmaschine. Kritsch schnuppert er daran, schleicht einmal drum herum und lässt sich dann – im Leben hätte ich nicht darauf gewettet – auf dem ruckelnden Plastikgehäuse des Motors nieder. Dort bleibt er – einer ägyptischen Katzendarstellung gleich – mit ausgestreckter Brust und geschlossenen Augen sitzen. Boor und ich tauschen überraschte Blicke aus. Schnell mache ich ein paar Handyfotos, um dieses seltene Naturphänomen für die Nachwelt festzuhalten. Nach einer gefühlten Ewigkeit schaltet der Hausmeister das Gerät wieder aus. Elvis öffnet empört die Augen und bekommt ein trockenes »Et bliev nix, wee et wor« zu hören.

»Wer hätte das gedacht?«, frage ich immer noch total überrascht. »Ich hätte Elvis mindestens unterm Schlafzimmerbett erwartet, aber niemals *auf* der Maschine.«

»Jo?« Jupps Gesicht hellt sich plötzlich auf. »Et het aver ooch veele Katze, die jörn Stöppsauger führe dun. Luhr eens, han isch heer opp Jutup.«

Wenn der Hausmeister YouTube sagt, klingt das wie das urkölscheste Wort schlechthin. Während er sein Smartphone zückt und irgendein Video lädt, verspricht er mir: »Da laachs do disch kapott.«

Eher nicht. Ich hasse lustige Katzenvideos fast so sehr wie niedliche Katzenvideos. Fast jeden Tag schickt Laura mir zwei oder drei Links. Inzwischen drücke ich die Nachrichten nur noch ungelesen weg. Bisher dachte ich, das wäre auch so ein Verrückte-Katzenfrauen-Ding. Dass jetzt der Hausmeister so darauf abfährt, verunsichert mich irgendwie. Höflich starre ich auf den kleinen Bildschirm und sehe mir an, wie eine Katze in einem Hai-Kostüm auf einem UFO-förmigen Staubsaugerroboter durch eine Küche fährt. Unterdessen brüllt Jupp vor Lachen und zeigt mit seinen dicken Fingern immer wieder auf den winzigen Bildschirm, so dass ich sekundenlang überhaupt nichts sehe. Auch nicht schlimm. Mein Grinsen ist so oder so nur aufgesetzt. Als auch noch ein Hund in einem Hammerhai-Kostüm durchs Bild läuft, explodiert die Lache des Hausmeisters. Elvis zuckt zusammen, bleibt aber todesmutig auf dem Reinigungsgerät sitzen. Endlich ist das Video vorbei.

»Lustig«, sage ich und hoffe, dass Jupp jetzt seine Arbeit zu Ende bringt. Doch die rheinländische Mentalität ist der südländischen gar nicht so unähnlich – was sowohl die Lebensfreude als auch die Arbeitsmoral angeht.

»Udder kennste dat?« Jupp drückt auf das nächste Video. »Da luhrt sich en Katz eene Drucker an. Dat jit et jetz ooch opp Kölsch irjentwu.«

Als ich schon befürchte, jetzt den restlichen Tag mit dem Hausmeister in unserem Badezimmer verbringen und »jecke« Katzenvideos anschauen zu müssen, kommt Elvis zu der Überzeugung, dass die Maschine wohl nicht mehr angehen wird. Mit einem eingeschnappten »Meck« springt er herunter, und Jupp sieht von seinem Handy auf. »Eierschöckele vorbih, ming Fründ?«

»Oh, empfindliches Thema«, flüstere ich Jupp zu, »Elvis ist kastriert.«

»Ach herrjemine, d'r arme Jung.« Der Hausmeister schlägt im wahrsten Sinne des Wortes die Hände über dem Kopf zusammen. »Dat käm für minge Kevin jo jar nid en Froch. Levve und levve losse, sach isch emmer.«

»Kevin?«

»Ming Kater natörlich.«

»Ach so.« Dann habe ich eben doch richtig gehört, als Boor von der Katzentreppe gesprochen hat.

»D'r het eh schun emmer su dolle Ligge. Do well isch em diese Tort erspare.«

Das war doch jetzt wirklich nicht zu verstehen. Immerhin glaube ich, rausgehört zu haben, dass Kevin nicht kastriert wurde. Also nicke ich einfach zustimmend, und kurz überkommt mich wieder ein schlechtes Gewissen Elvis' Hoden gegenüber. Offenbar geht es ja doch anders. Jupp erzählt unterdessen einfach weiter: »D'r Kevin het sunne Dinge em Jeseech. Het d'r schon, seitdem d'r janz glei wor. Ess schun en hässlich Köttel. Aver isch lieve ehm natörlich trotzdem.«

»Klar, wer tut das nicht bei seiner Katze«, nicke ich bestätigend. Moment, hat er gerade »Dinge im Gesicht« gesagt? Vielleicht wie ein Klingone?!? Über diesen bösen Verdacht vergesse ich sogar, mich darüber zu ärgern, dass ich gerade implizit gesagt habe, ich würde Elvis lieben.

»Hat Kevin zufällig solche Knubbel?!?« Ich ziehe die Stirn kraus und drücke noch zusätzlich die Haut mit den Fingern zusammen.

»Jo, heste den scho eens jesehe?«

Ob ich den gesehen habe?!? Seit Wochen springe ich jede Nacht aus dem Bett, um Elvis zu beschützen und die Klingonenkatze von unserem Balkon zu vertreiben. Und jetzt erfahre ich, dass es sich hierbei um einen überpotenten Kater mit doppelt so viel Testosteron im Blut handelt, weil der nie kastriert wurde.

»Oft sogar«, sage ich und blicke streng drein. »Ich fürchte, dass Kevin regelmäßig unseren Elvis verprügelt.«

Haben meine Eltern früher so ähnlich geklungen, wenn wir abends zu dritt um das Telefon herumstanden? Ich weiß noch, dass wir regelmäßig bei den Kochs angerufen haben, weil der blöde Jakob mich auf dem Schulweg mal wieder drangsaliert hatte. Nur weil der so schlechte Noten hatte und das kompensieren musste, wie meine Eltern dann immer ganz pädagogisch erklärt haben. Toll, davon taten seine Faustschläge auch nicht weniger weh. Diese verdammten schwererziehbaren Kinder sind doch alle gleich. Genau wie ihre Eltern.

»Jo«, lacht Jupp völlig unbekümmert, »Katz un Pänz. Da mähs do nix.«

»Hallo? Das geht aber nicht, dass dein Kater ständig Jagd auf Elvis macht«, sage ich vorwurfsvoll, und wie von selbst bekommt meine Stimme etwas Quäkiges. Fast habe ich so etwas wie ein Déjà-vu, kann das in diesem Augenblick aber nicht richtig einordnen. Meine Eltern haben jedenfalls nie so geredet.

»Mäxche, maach disch eens locker, dat sin Katze. Da wird sisch ooch jebalgt.«

Wie kann der Hausmeister nur derart den Ernst der Lage verkennen? Unkastrierte Katzen sind wahre Killer und übertragen Krankheiten. Außerdem besteht seitens der Stadt eine Kastrationspflicht!

»Aber der kommt auch auf unseren Balkon. Das geht doch nicht. Da musst du mal Einhalt gebieten!«

»Isch werd eens en ernste Wörtche met ehm rede dun«, lacht Jupp mich nur aus.

»Aber so geht das nicht«, quäke ich und erschrecke vor meiner eigenen Stimme. Sowohl Wortwahl als auch Tonfall klingen verdächtig nach einem gewissen verrückten Nachbarn. Ich schüttele den Kopf. »Entschuldige bitte, Jupp!«

»Wellst do, dat isch misch exküseere, uder wellst do disch bei mih exküseere?«

»Was?« Ich bin immer noch über mich selbst entsetzt und gerade nicht in der Lage, haarspalterische Wortwitze zu verstehen – insbesondere wenn sie auf Kölsch vorgetragen werden.

»Kleene Scherz.« Jupp klopft mir auf die Schulter. »Mach disch nid jeck, Max. De Kater raufe sisch schun.«

»Ja, wahrscheinlich«, sage ich, »sorry noch mal.«

»Fast heste en bissche jeklunge wie de Balkon-Nazis us d'r Einundfuffzisch.«

»Balkon-Nazis?«

Jupp lacht etwas beschämt. »Des kallt dat Carmen emmer, ming Dochter. Also, wenn de Lück sisch su opprege dun uder emmer allet jenau nach Vurschrift mache dun, uhne ehr Hirn zo benutze: Dann sin des et ›Nazis‹. Na ja, und de us d'r Einundfuffzisch dun halt över allet lamentiere. Un sin emmer opp de Balkon. Balkon-Nazis.«

»Was? Wer?«

»Carmen, ming Dochter«, wiederholt der Hausmeister. Ich meinte eigentlich eher, wen er aus der Einundfuffzisch meint. Ich habe da nämlich so einen Verdacht. Doch der Hausmeister hat schon wieder sein Handy gezückt, und statt langweiliger Katzenvideos darf ich mir jetzt langweilige Kinderfotos angucken – noch dazu in ganz mieser Qualität, krumm und schief mit der Handykamera abfotografiert. Der Hausmeister wischt uns im Schnelldurchlauf durch das Leben seiner mir völlig unbekannten Tochter. Zunächst noch ganz süß als Baby, dann niedlich mit der Schultüte, ganz nett breit grinsend auf einem Pferd, breit grinsend an irgendeinem Strand und natürlich ganz prominent vor dem Kölner Dom, breit grinsend. Dann nicht mehr ganz so nett mit Kreolen-Ohrringen, böse guckend mit weißen Lackstiefeln, böse guckend mit Ed-Hardy-Cap und so weiter. Nichtsdestotrotz ist die Ähnlichkeit mit dem Vater unübersehbar. Ist die kölsche Jungfrau nicht auch immer ein Mann? Auch der gesteigerte Schminke-Einsatz und der weite Ausschnitt können nicht darüber hinweghelfen. Das erinnert mich sowieso eher an das Maurerdekolleté, das der Hausmeister bei den Reinigungsarbeiten präsentiert hat.

»Äußerst carmant«, sage ich, ohne dass der Hausmeister meinen Witz versteht, »aber eigentlich wollte ich wissen, wen genau aus der Fünfzehn du damit meinst.«

»Na, de Lück vum Erdjeschoss. Emmer nur am Lamentiere opp ehre Balkon.«

»Balkon-Nazis?«, frage ich grinsend. Ja, das passt ziemlich gut.

Kapitel 15

Balkon-Nazis

Noch nie in der Geschichte der Menschheit passte eine Bezeichnung so gut.

»Hidla, Hidla«, krächzt es zu mir herüber, als ich gerade den Tisch für das sonntägliche Frühstück auf unserem Balkon decke. Ich halte inne und starre fassungslos auf das hillersche Pendant am anderen Ende des Gartens. Dort steht – wo sollte er auch sonst sein – Herr Hiller und beugt sich zu einem mächtigen Käfig vor. Die Apparatur nimmt bestimmt ein Viertel des gesamten Balkons ein. Auf der anderen Seite der Gitterstäbe sitzt ein ziemlich großer grauer Vogel mit rotem Schwanz. Selbst von meiner Position aus ist der mächtige geschwungene Schnabel zu erkennen. Um das Bild – im wahrsten Sinne des Wortes – *abzurunden*, hüpft der Mops aufgeregt um den Käfig herum. Hiller redet ohne Unterlass auf das Tier ein: »Sag den Namen noch mal! Du bist doch ein äußerst kluges Tier. Sag noch einmal ›Hiller‹!«

»Hidla«, krächzt das Federvieh in seiner grauen SS-Uniform. Frau Hiller klatscht begeistert, und auch ihr Mann ist mit sich und der Welt gerade sehr zufrieden.

»Laura!«, brülle ich in unsere Wohnung. »Das glaubst du nicht!«

»Guten Tag, Herr Nachbar!«, plärrt es prompt vom anderen Balkon herüber. Ich verdrehe nur die Augen und gehe zurück in die Wohnung. Laura bestückt gerade die Kaffeemaschine mit zu viel Kaffeepulver.

»Rate mal, was sich die beiden Balkon-Nazis angeschafft haben!«

»Max, ich finde diese Bezeichnung fürchterlich!«, sagt Laura und schaufelt zu der Maximalgrenze von zwölf Löffeln noch eine Bonusrunde obendrauf. Ein weiterer Anschlag auf meine Magenschleimhaut.

»Aber jetzt ist der Name sogar offiziell!«, entgegne ich und nehme ihr die Kaffeedose weg. Kaum habe ich die Schranktür geöffnet, um Lauras Suchtmittel wegzustellen, streicht etwas Haariges meine Beine entlang. Der Kater hofft ebenfalls auf eine Extraportion.

»Nein, Elvis, dein Fressen steht da!«

Der Höflichkeit halber schnuppert er am Napf und wendet sich dann beleidigt ab. Nicht einmal für ein protestierendes Kratzen nimmt er sich Zeit.

»Was ist denn jetzt mit den Hillers?«, fragt Laura und startet die Kaffeemaschine.

»Guck einfach selber!«, schlage ich vor. »Und vor allem: Hör einfach selber! Das dürfte uns jetzt noch ein ganzes Weilchen begleiten.«

Unterdessen kommt die Kaffeemaschine schmatzend in Schwung.

»Vor dem ersten Kaffee lasse ich mich an einem Wochenende bestimmt nicht aus der Ruhe bringen«, erklärt Laura, während sie die Thermoskanne tätschelt. »Bring doch schon mal den Aufschnitt auf den Balkon!«

»Aye, Ma'am«, sage ich und balanciere Käse und Wurst nach draußen. Dabei will jeder Schritt wohlüberlegt sein:

Elvis hat im wahrsten Sinne des Wortes den Braten gerochen und tänzelt um meine Beine herum. Dadurch lässt er mich umherhüpfen wie Harrison Ford in der Eröffnungsszene von *Indiana Jones – Jäger des verlorenen Schatzes*. Bloß nicht danebentreten. Nur noch wenige Meter. Als ich endlich den Balkon erreiche, ertönt ein vielversprechendes Ploppen aus der Küche. Sofort dreht die Katze ab. Vermeintlich erfolgreich bringe ich meinen Frühstücksschatz in Sicherheit. Aber eben nur vermeintlich: Denn ebenso wie der Film-Archäologe, bekomme auch ich es bald darauf wieder mit bösen, fiesen Nazis zu tun. »Sie brauchen sich gar nicht in Ihrer Wohnung zu verstecken, Herr Nachbar.« Es gibt kein Entrinnen! Aber die Bundeslade bekommt ihr trotzdem nicht. Und auch nicht den Heiligen Gral!

»Ich verstecke mich nicht. Ich mache Frühstück«, gebe ich möglichst gelassen zurück. Bloß nicht wieder provozieren lassen. Zumindest nicht vor dem ersten Kaffee, hat Laura gesagt.

»Ah so«, entgegnet Hiller dann auch fast ein bisschen enttäuscht. »Haben Sie schon gesehen? Das ist meine neuste Errungenschaft.« Stolz tätschelt er die Gitterstäbe.

»Ein Käfig für den Mops?«, frage ich gehässig und hoffe gleichzeitig, dass er die Beleidigung nicht versteht. Ich habe Glück. »Welchen Mops?«, fragt Hiller irritiert und lacht dann verächtlich. »Das ist ein Graupapagei, Herr Nachbar. Sie haben nun wahrlich überhaupt keine Ahnung von Vögeln, nicht wahr?«

»Scheint so«, nuschele ich, »aber unter diesem dämlichen Hut ist das auch schwer zu erkennen.«

»Psittacus erithacus«, drückt Hiller noch hinterher, »ein männliches Exemplar.«

Während ich vom Käse nasche, befrage ich mein Smartphone. Wikipedia gibt Hiller zur Abwechslung mal recht. Aber auch ein blindes Huhn findet mal ein Korn – um auch sprachlich in der Welt der Ornithologie zu bleiben.

»Ja, er kann schon unseren Namen rufen«, schaltet sich auf einmal Frau Hiller ein.

»Ach, *Ihr* Name soll das sein?«, tue ich überrascht. »Ich hatte da eine leicht andere Assoziation.«

»Natürlich, was denn sonst?«, entrüstet sich Hiller. »Diese Tiere besitzen außerordentliche sprachliche Fertigkeiten.«

Laura betritt den Balkon und stellt die aufgebackenen Brötchen und den Kaffee auf dem Tisch ab. Elvis folgt ihr dichten Schrittes und springt auf den Rand der Katzentreppe.

»Ah, die Frau Juristin ist auch da und hat auch gleich ihr Eigentum im Gepäck«, stellt Hiller übertrieben freundlich fest. »Sehen Sie mal, das hier ist *unser* neuestes Eigentum!«

»Ist das ein Papagei?« Laura guckt mich mit langem Gesicht an.

»Ein Graupapagei!«, verbessere ich meine Freundin.

»Hidla! Hidla!«

»Hat der gerade etwa Hit…«

»Psikackus nationalsozialismus«, erkläre ich achselzuckend.

»Sehr schön«, sagt Laura trocken und lässt sich auf einen Gartenstuhl fallen. Ohne die Hillers eines weiteren Blickes zu würdigen, beginnt sie ihr Frühstück. Elvis ist hin- und hergerissen zwischen den Leckereien auf unserem Esstisch und dem neuen Objekt auf dem Nachbarbalkon. Unschlüssig und mit peitschendem Schwanz sitzt er am Geländer und guckt abwechselnd in die eine und in die andere Richtung.

»Na, dann mal guten Appetit, wünsche ich!«, quäkt es von drüben herüber. Ich nicke knapp, während Laura nur einen Schluck Kaffee nippt und dabei demonstrativ in eine andere Richtung schaut. Ein einzelner Schluck gilt wohl noch nicht als »erster Kaffee«.

»Es ist sehr unhöflich, nicht danke zu sagen, Frau Nachbarin«, setzt Hiller nach. Elvis wirft ihm einen verächtlichen Blick zu. Laura öffnet den Frischkäse, und sofort gilt des Katers Aufmerksamkeit wieder dem Esstisch.

»Eins lassen Sie sich aber noch gesagt sein, Frau Nachbarin! Wenn Ihre einfältige Hauskatze meinem kostbaren Graupapagei etwas zuleide tun will, werde ich alle rechtlichen Schritte einleiten, die notwendig sind!«

»Und Notwehr!«, ergänzt der Mops fachmännisch.

»Dann darf Ihre Katze in jedem Fall mit einer Anzeige rechnen!«

»Jaja, verklag du mal Elvis, du Balkon-Nazi«, sagt Laura kauend.

»Ich dachte, du magst das Wort nicht.«

»Ja, und den Hiller mag ich auch nicht.«

»Den mag keiner, nicht wahr, Elvis?« Ich versuche, den Kater zu streicheln. Doch kaum berühre ich sein Fell, springt der mit einem angewiderten Maunzen, das fast wie das »Mäh« eines Schafes klingt, die Katzentreppe hinab und tigert in Richtung Hausnummer 51. Auf dem gegenüberliegenden Balkon wird das neue Haustier sofort unruhig: »Hidla, Hidla«, schreit der Papagei aufgeregt und tänzelt auf seiner Stange von einem Käfigende ans andere. Nicht minder aufgeregt hüpft Frau Hiller hinter dem Käfig hin und her: »Er kommt, Ferdinand. Er kommt!«

Und in der Tat, Elvis nimmt jetzt richtig Fahrt auf und

macht erst hinter einem Blumenkübel wenige Meter vor dem Balkon halt. Dort geht er in Lauerstellung und starrt äußerst interessiert auf den Papagei.

»Scheiße.« Ich erhebe mich vom Stuhl und stehe dann sinnlos da.

»Ich warne Sie!«, ruft Hiller. »Pfeifen Sie Ihre Katze zurück!«

»Die kann man nicht zurückpfeifen. Das ist doch kein Hund«, sagt Laura für Hiller unhörbar und beißt dann genüsslich in ihr Brötchen.

»Ey, Laura, wir müssen doch was machen, sonst passiert gleich irgendwas.« Ich gucke panisch zwischen Elvis, dem Nazi-Balkon und Laura hin und her. Laura wirft nur einen abschätzigen Blick auf die Situation. »Kann ich jetzt bitte hier in Ruhe meinen Kaffee trinken?«

»Mädchen, wie kannst du so ruhig bleiben?!?« Ich springe genauso sinnfrei umher wie der Mops. Zusammen mit Elvis' Schwanz und dem blöden Papagei in seinem Käfig tragen wir einen knallharten Epileptiker-Contest aus.

»Wenn Ihr Kater zu uns raufkommt ...«, quäkt Dr. Hiller.

»Wie soll der denn da hochkommen?«, fragt Laura genervt. »Das sind bestimmt zwei Meter bis zum Rand des Geländers.«

»Elvis, komm doch einfach da weg!«, schreie ich.

»Passen Sie besser auf Ihr Eigentum auf, Frau Nachbarin!«, schreit Herr Hiller.

»Hidla! Hidla!«, schreit der Papagei.

»Hau ab, du blödes Mistvieh!«, schreit Frau Hiller.

»Beleidigen Sie die Katze nicht!«

»Machen Sie sich doch nicht lächerlich!«

»Wer ist hier lächerlich mit seinem komischen Vogel?«

»Passen Sie besser auf, dass der Kater nicht hier raufkommt, Herr Nachbar, sonst …«

»Sonst was? Habe ich sonst einen toten Elvis vor der Haustür? Diese Mafiamethoden werde ich mir nicht bieten lassen!«

»Sie werden schon sehen.« Hiller schwenkt plötzlich demonstrativ eine Gießkanne in der Hand. Instinktiv greife ich nach meiner Supersoaker: »Ich warne Sie!«

»Nein, Herr Nachbar, ich warne Sie!«

»Max, entspann dich wieder!«

»Elvis, bitte!«

»Genau, hau ab, Mistvieh!«

»Ich warne Sie!«

»Ma-hax!«

»Hidla!«

»Ferdinand!«

»Mein Eigentum, Frau Nachbarin, mein Eigentum!«

»Ihre Katze darf nicht in den Garten.«

»Hidla! Hidla!«

»Laura?!?«

»Elvis?«

»Hä? Wo ist Elvis überhaupt?« Plötzlich halten alle in ihrem Gezeter inne. Selbst der Papagei dreht nur verdutzt den Kopf hin und her und verschluckt ein »Hidla?«. Offenbar hat sich der Kater aus dem Staub gemacht, während über seinen Kopf hinweg mit scharfen Worten geschossen wurde.

»Na, Gott sei Dank«, stellt Laura fest, »jetzt kannst du dich ja endlich wieder hinsetzen, Max. Und leg bloß diese lächerliche Wasserpistole weg! Erinnerst du dich noch? Wir wollten entspannt zusammen frühstücken.«

»Ich kann nicht entspannen, wenn dreißig Meter von mir entfernt das Vierte Reich sein Unwesen treibt.«

»Hidla.«

»Das ist auch eine Einstellungsfrage«, meint Laura lapidar.

»Erzähl das mal Polen!!!«

»Jetzt setz dich hin, trink einen Schluck Kaffee und erzähl mir was Schönes!«

»Hmmm.« Widerwillig lasse ich mich in den Stuhl zurückfallen. Die Wasserpistole lehne ich in Griffweite gegen das Balkongeländer.

»Habt ihr nicht morgen wieder ein Streethockey-Spiel?«

»Hidla!«

Ich atme einmal tief durch. »Ja.«

»Und? Gegen wen?«

»Hidla!«

Ich greife nach meinem Frühstücksei und halte es so, dass es auch auf dem Nachbarbalkon noch deutlich zu erkennen ist. Dann köpfe ich es mit einem gezielten Schlag. Gelbe Suppe rinnt die Schale hinab. Genüsslich lecke ich mir das Eigelb von den Fingern.

»Ferdinand, guck mal, was der macht!«, plärrt es vom anderen Balkon. »Ein ganz böser Mensch ist das!«

Ich will wieder aufspringen, doch Laura legt mir die Hand auf den Oberschenkel und fragt erneut im nettesten Plauderton: »Und gegen wen?«

Ich löffle lustlos das restliche Eigelb aus der Schale: »Wieder gegen die GIs.«

»Und wer wird gewinnen?«

»Bisher haben uns die Iron Hawks zweimal geschlagen.«

»Oje.«

»Aber fürs dritte Mal hat Schulz sich eine neue Aufstellung überlegt. Wenn wir mehr über die Flanken arbeiten ...«

»Hidla! Hidla!«

»Keine Sorge, Goethe, die böse Katze kann dir nichts tun! Wir passen auf dich auf.«

»Hidla!«

»Goethe? Goethe?!? Der verdammte Vogel sollte besser Scheißgoebbels heißen!«

Kapitel 16

Löchrige Theorien

»Lassen Sie uns rein! Elvis stirbt!« Wie ein Berserker drücke ich auf der Klingel der Arztpraxis herum.

»Mau, mau, mau ...«

»Ist ja gut, Putzelmann. Lass dich von Max nicht kirre machen!«

»Die haben laut Türschild seit fünf Minuten geöffnet. Warum macht da keiner auf?!?« Ich malträtiere die Klingel weiter. Irgendwo drinnen beginnt ein Hund zu bellen.

»Aha, da ist auch schon Kundschaft!«, kombiniere ich. »Machen Sie die verdammte Tür auf!!!«

»Mau, mau, mau ...«

»Die ist doch längst offen. Sie hätten einfach nur drücken müssen.« Mit einem Mal steht die Arzthelferin mit verschränkten Armen im Türrahmen. »Wenn Sie jetzt bitte unsere Klingel in Ruhe lassen könnten.«

»Entschuldigung, Entschuldigung.« Kurz bin ich baff, doch dann hat mich meine Hysterie wieder fest im Griff. »Sie müssen uns ganz schnell helfen. Der Kater hat eine lebensgefährliche Fleischwunde. Außerdem hat er den ganzen Morgen total komisch gesabbert. Vermutlich ist der auch vergiftet worden.«

»Mau, mau, mau ...«

»Beruhigen Sie sich erst mal, und nehmen Sie bitte eine Sekunde Platz!«

Mein Blick folgt ihrem ausgestreckten Arm, der auf die freien Stühle im Wartebereich zeigt. Nur die Eckbank ist bereits von zwei älteren Herren besetzt. Zwischen ihren Füßen sitzt ein Schnauzer und starrt mich wachsam an.

»Platz nehmen?!? Das ist ein Notfall!!!«

»Es gibt noch andere Patienten vor Ihnen.«

»Haben Sie nicht zugehört? Unser Kater muss sofort behandelt werden!« Demonstrativ gehe ich auf die mir wohlbekannte Milchglastür zu. »Komm, Laura!«

»Sie können da nicht einfach reinplatzen!«, will mich die Sprechstundenhilfe zurückpfeifen.

»Hören Sie denn nicht, wie sehr der Kater leidet?« Ich deute auf die Box, aus der noch immer ein beständiges »Mau, mau, mau ...« erschallt.

»Ist das nicht Elvis? Der maunzt doch immer so!«, sagt die Sprechstundenhilfe unbeeindruckt. »Kein anderer von unseren Katzenpatienten macht so viel Lärm.«

Ich verdrehe die Augen und starre auf die Wand zu meiner Linken. Dort hängt ein neues Poster von einem Kater mit besonders gutgepflegtem Fell und stolzem Blick.

Kastrierte Katzen leben länger.

»Pah«, sage ich nur, »nicht, wenn das hier so weitergeht.«

»Vielleicht ist man ja so nett und lässt uns vor?«, fragt Laura vorsichtig. »Elvis' Rücken sieht wirklich übel aus, und das mit dem Sabbern ist echt ein bisschen unheimlich.«

Endlich wirft die blöde Sprechstundenhilfe einen Blick in den Käfig. »Hmm, von übermäßigem Speichel ist jetzt allerdings nichts zu sehen. Und die Wunde: Keine akute Blutung, nur getrocknetes Blut in überschaubarer Menge.«

Reden wir hier von der gleichen Verletzung? Elvis' halber Rücken ist braun-rot verklebt.

»Das ist schon in Ordnung, Sabine«, sagt einer der Männer auf einmal in Richtung Arzthelferin und fummelt an seinem Schnurrbart herum, »Olaf und ich haben Zeit. Und Benny kann auch zehn Minuten später geimpft werden.«

Beim Namen Benny richtet der Schnauzer gespannt seine Ohren auf.

»Genau du, Braver!«, sagt der vermeintliche Olaf, tätschelt den Hund liebevoll, und ein Lächeln erscheint unter seinem Schnurrbart. Ich lächle zurück: »Das wäre wirklich super.«

»Ja, total!«, bestätigt Laura. »Entschuldigen Sie, dass wir hier so reingeplatzt sind!«

»Das versteht sich doch von selbst, wenn man Angst um sein Tier hat.«

Kurz darauf stehen wir im Behandlungszimmer, und Elvis fragt sich einmal mehr verwundert, wie der schützende Katzenkäfig so schnell verschwinden konnte. Bevor aber endlich, endlich die Behandlung des Katers beginnen kann, zerdrückt mir der Arzt zur Begrüßung einmal mehr die Hand. Ordnung muss sein.

»Da ist natürlich wirklich viel Blut«, stellt Unger beim Anblick von Elvis' Rücken fest, und ich werfe der Arzthelferin einen giftigen Blick zu. Siehst du, Sabine? Sagt dein Chef auch, dass das viel Blut ist, blöde Kuh.

Elvis' ganzer Rücken zuckt, während der Arzt ihn abtastet. Als Ungers Hand ungefähr die Mitte des verklebten Bereichs erreicht, gibt der Kater ein wütendes Fauchen von sich und windet sich vergeblich zwischen den Pranken des Arztes. Kurz darauf lockert sich der Griff um den Kater auch schon wieder, und Unger wendet sich uns zu: »Das ist wohl in der

Tat nur eine einzige Wunde. Sehr tief zwar, aber keinesfalls lebensbedrohlich. Machen Sie sich keine Sorgen, das kriegen wir ohne größeres Aufheben wieder hin.«

Laura nickt. Ich hingegen ziehe nur die Stirn in Falten. So, so, nur ein einziges Loch, ja? Und das auch noch sehr tief? Unweigerlich kommen mir Hillers Luftgewehr-Einlage und die Mario-Draghi-Drohung wieder in den Sinn. Ein schrecklicher Verdacht steigt in mir auf. »Können Sie auch schon was zu der Vergiftung sagen? Müssen Sie da nicht schnell ein Antiserum spritzen?«

»Wie kommen Sie überhaupt darauf, dass Elvis vergiftet wurde?«, fragt Unger und leuchtet Elvis in die Augen. Der Kater blinzelt irritiert in die Taschenlampe und macht überhaupt keine Anstalten, sich abzuwenden. Hoffentlich ist er klüger, wenn nachts auf der Straße zwei Scheinwerfer auf ihn zurasen.

»Er lag heute Morgen in seinem Körbchen auf dem Balkon und hatte das halbe Kissen vollgesabbert. Das macht der sonst nie«, erklärt Laura. »Meine erste Angst war natürlich, dass er nachts etwas Falsches gefressen hat.«

»Das waren unsere Nachbarn«, platzt es jetzt aus mir heraus. »Die wollen den schon länger umbringen!«

»Nicht septisch, keine Deformation der Nebenhöhlen«, diktiert Unger derweil routiniert in Richtung seiner Helferin, während er den Kopf des Katers untersucht, »offenbar übermäßiger Speichelfluss...«

»Das haben die mehrmals angedroht«, betone ich, während Unger seinen Zeigefinger in Elvis' Maul schiebt und dann daran schnuppert.

»... Geruch aber unauffällig, Zahnfleisch ebenfalls normal.«

»Geruch unauffällig« heißt wohl, dass es aus dem Maul des Katers wie eh und je nach totem Tier stinkt. Und in der Tat: Unger wendet sich wieder uns zu. »Hat Elvis heute Morgen gefressen?«

»Äh, ich glaube schon«, denkt Laura laut nach. »Er hat zwar nichts Neues mehr bekommen, weil wir so schnell wie möglich hierher sind. Aber als ich ihn reingelassen habe, ist er sofort zum Napf und hat die Reste von gestern Abend aufgefressen.«

»Nahrungsaufnahme offenbar normal«, fasst Unger zusammen und kratzt sich etwas ratlos am Kopf. »Also, ich glaube nicht, dass Elvis tatsächlich etwas Falsches gefressen hat, geschweige denn, dass er vergiftet wurde.«

»Also gibt es kein Antiserum?«, frage ich.

»Welches Antiserum?«

»Na, gegen die Vergiftung. Irgendwas werden Sie dem doch geben können.« Ich habe genügend Filme gesehen, um zu wissen, dass es zu jedem Gift auch immer ein Antiserum gibt. Gift – grüne Phiole. Gegengift – rote Phiole. Meistens titscht die rote Flasche dann noch minutenlang in der Gegend herum, bevor der Protagonist sie endlich einfangen kann. Hier dürfte das ja eigentlich nicht so schwer sein. Die Einwände des Doktors sind weniger filmreif: »Da wir nicht wissen, was Elvis haben könnte oder ob Elvis überhaupt was hat, können wir ihm nicht einfach irgendwelche Medikamente verabreichen. Allenfalls könnten wir prophylaktisch den Magen auspumpen. Aber das ist ein verhältnismäßig harter Eingriff mit Vollnarkose. Und das scheint mir in Anbetracht der Tatsache, dass Elvis die Nacht über nur etwas mehr gesabbert hat, doch äußerst übertrieben.«

»Aber irgendwas wird man doch tun können!«, beharre

ich. Unger stemmt die Hände in die Hüften und legt die Stirn in Falten. Ich bin mir nicht ganz sicher, ob er mir damit einen kritischen Blick zuwerfen will oder ob er einfach nur fachmännisch dreinschaut. »Sabine, hilfst du mir bitte noch mal? Ich will dem Patienten noch in den Rachen schauen.«

Elvis windet sich erneut und verteilt ein paar rote Striemen auf Sabines Händen. Was verzieht die denn so das Gesicht? Ist doch bloß Blut in überschaubarer Menge.

»Da!«, ruft Unger, als Elvis wieder losfaucht. »Da!«

»Ach, du meine Güte!«, ruft Laura.

»Ja, das ist nicht ohne.«

»Was denn? Was denn?«, frage ich und hüpfe hinter Laura herum wie sonst Frau Hiller hinter ihrem Ehemann.

»Elvis hat einen Riss in der Zunge.«

»Was? Wo?« Irritiert starre ich auf Elvis' geschlossenes Maul.

»Sabine, bitte noch einmal die Vorderpfoten!«

Unger schiebt den Kiefer des Katers auseinander, und jetzt sehe ich es auch: Auf der linken Seite der Zunge zieht sich eine rote Linie bis in die Mitte. Am Rand ist die Zunge sogar komplett eingerissen. Ungläubig starre ich auf die ungewöhnliche Verletzung, bis der Arzt plötzlich fordert: »Herr Zadow, dürfte ich wohl auch noch mal gucken?!«

»Entschuldigung, natürlich.«

Nach einem fachmännischen Blick richtet sich Unger wieder zur vollen Beorn-Größe auf: »Also, ich kann Sie gleich doppelt beruhigen. Zunächst: Elvis ist garantiert nicht vergiftet worden. Dass er ein bisschen mehr Speichelfluss hat, liegt einfach an der Verletzung der Zunge.«

»Gott sei Dank!« Laura zeigt sich erleichtert.

»Darüber hinaus ist die Wunde nicht so gravierend, dass

sie genäht werden müsste, zumal der Kater auch noch selbständig frisst. Ich glaube, wir haben Glück und können da die Selbstheilungskräfte wirken lassen.«

Laura und ich nicken, doch mich beschleicht noch immer ein mieses Gefühl. »Wenn es kein Gift war, waren es vielleicht Glassplitter im Essen? Ich traue unserem Nachbarn einiges zu. Der schreckt auch vor Leichen nicht zurück. Man denke da nur an die toten Vögel vor der Haustür. Außerdem hat er schon zu verstehen gegeben, dass er den Kater auch umbringen würde.«

Ich strecke die Arme aus und ziele mit einem fiktiven Gewehr auf Elvis. Der Kater sieht mich irritiert an.

»Sie glauben also, der Nachbar hat Ihre Katze in ein und derselben Nacht vergiftet, angeschossen und dann noch Futter mit Glassplittern ausgestreut?«, schaltet sich auf einmal die Arzthelferin ein. Ein schnippischer Unterton ist nicht zu überhören. Sei still Sabine! Du dumme Gans, wer hat dich denn gefragt?

»Ja, vergiftet ja eben ni-hicht!«, entgegne ich pampig und sage dann an Laura gewandt: »Ihm würde ich das mit dem Gewehr locker zutrauen. Und sie war das dann vielleicht mit den Glassplittern.«

»Unwahrscheinlich, dass die Verletzung von einem präparierten Köder stammt. Die Wunde ist zu weit oben auf der Zunge und zu tief. Da benutzen Katzen ihre Zunge schon gar nicht mehr zur Nahrungsaufnahme, sondern würgen das Essen nur noch runter«, erläutert der Arzt. »Noch dazu ist der Einschnitt horizontal. Wahrscheinlicher ist, dass Elvis nach einer anderen Pfote geschnappt hat und sich dabei die Kralle eingefangen hat.«

»Vielleicht Kevin vom Boor?«, überlegt Laura.

»Die verdammte Klingonenkatze«, raune ich.

»Klingone?«, fragt Unger belustigt.

»Ja, Kevin hat so komische Knubbel auf der Stirn, wie aus *Star Trek – Next Generation*.« Ich drücke auf meiner Stirn herum: »Und zwar, als die Klingonen die ausgeprägten Höcker hatten. Nicht die Klingonen aus Kirks Zeiten – die sehen ja fast noch aus wie normale Menschen. Das liegt daran, dass Hollywood in den sechziger Jahren noch nicht so eine gute Maske hatte. Aber auch im *Star-Trek*-Universum selbst wird die Änderung erklärt: Ein Gendefekt verändert nämlich zwischenzeitlich das Aussehen sämtlicher Klingonen. Aber das werden Sie als Arzt sicherlich besser erklären können als ich.«

Arzt und Helferin werfen sich vielsagende Blicke zu. Ich hätte es einfach bei der Aussage »Klingonenkatze« belassen sollen. Schnell komme ich auf meinen eigentlichen Verdacht zurück. »Ich würde den verdammten Balkon-Nazis aber durchaus zutrauen, dass die Köder mit Glassplittern präparieren«, wende ich mich verschwörerisch an Laura. Doch Unger betont noch einmal: »Wie gesagt, man kann ausschließen, dass das bei der Nahrungsaufnahme passiert ist.«

»Bleibt noch die Wunde auf dem Rücken«, beharre ich. »Sie sagten eben selbst, dass das schon eine ungewöhnliche Verletzung ist.«

»Richtig. Aber bevor wir jetzt weiter spekulieren, reinigen wir die Rückenwunde erst einmal ordnungsgemäß. Und vielleicht finden wir dann eine Antwort auf Ihren Verdacht, Herr Zadow. Im schlimmsten Fall ein Stück Munition – auch wenn ich das ebenfalls für unwahrscheinlich halte.«

Ich nicke zustimmend, doch für den Kater ist die Aussicht auf richtige Beweise ein schwacher Trost. Als die Spülung in seine offene Wunde gedrückt wird, kreischt und windet er sich so mitleiderregend, dass mir ganz anders wird. Ich muss mich regelrecht zusammenreißen, um nicht auf Arzt und Helferin loszugehen. Zumindest gegen Sabine hätte ich 'ne Chance.

»Sei tapfer, Putzelmann! Gleich ist alles vorbei.«

Bis zu diesem verheißungsvollen »Gleich« vergeht noch eine gefühlte Ewigkeit voller gequälter Schreie. Und als »Gleich« dann endlich gekommen ist, wird noch eine Spritze hinterhergedrückt. Mit gereinigter Wunde und gebrochenem Stolz sitzt Elvis teilnahmslos da. Nicht einmal zu einem demonstrativen Putzen lässt er sich hinreißen.

»Also, die Wunde ist jetzt gespült, und Elvis hat ein Antibiotikum bekommen«, fasst Unger zusammen. »Ungewöhnlich ist in der Tat, dass es sich um ein einzelnes Loch handelt. Bei einer klassischen Kampfverletzung sind eher drei bis vier, wenigstens aber zwei Löcher an der Tagesordnung.«

Er imitiert mit seiner Hand eine Katzenpfote und hält mir die Finger wie parallellaufende Krallen entgegen.

»Also tatsächlich ein Einschuss!«, kombiniere ich.

»Rein statistisch gesehen ist es dennoch weitaus wahrscheinlicher, dass das Spuren vom Kampf mit einer anderen Katze sind«, entgegnet Unger, »eben weil wir noch die zweite Verletzung im Maul gefunden haben. Außerdem habe ich beim Durchspülen keine Munition gefunden.«

»Die könnte theoretisch aber auch schon vorher rausgefallen sein?«, hake ich nach.

»Das ist nicht sehr wahrscheinlich.«

»Aber nicht völlig auszuschließen.«

»Nein, nicht völlig auszuschließen.«

»Aha!«, sage ich besonders investigativ und reiße den rechten Zeigefinger in die Höhe. Allerdings fällt mir dann leider keine weitere Nachfrage ein, um meine Indizienkette zu verlängern. Etwas dämlich stehe ich einen Sekundenbruchteil so da und erkläre dann: »Wir werden zu Hause weiterrecherchieren.«

Laura schüttelt nur den Kopf.

»Machen Sie das!« Unger nickt. »Und dann berichten Sie mir in drei Tagen von Ihren Ergebnissen. Dann sollten wir nämlich die Entwicklung der Wunde kontrollieren und gegebenenfalls noch mal spritzen.«

»Natürlich.«

Es folgt das immer gleiche Abschiedsritual: Sobald die Katzenbox wieder auf dem Behandlungstisch steht, springt Elvis sofort hinein. »Zu Hause war das bestimmt auch so einfach, nicht wahr?«, fragt Unger mit überraschender Frische, als würde er diesen Satz nicht zwanzigmal am Tag sagen. Wir antworten ebenso aufrichtig belustigt: »Haha, ja, fast genauso.« *Pleasantville* lässt grüßen.

Dann wird mir zum Abschied an der Milchglastür noch mal die Hand zerquetscht und anschließend im Empfangsbereich die Geldbörse geleert. 227,39 € für eine halbe Stunde Arbeit und ein paar Medikamente. Während die abstrus hohe Summe von meinem Konto abgebucht wird, gucke ich mich um. Außer dem befremdlichen Kastrationsposter entdecke ich noch eine neue Infographik über Kaninchen: Neben der bereits bekannten Fettleibigkeit stellen offenbar komplizierte Zahnfehlstellungen ein großes Problem in der Welt der Nager dar. Ob man auch beides zusammen bekommen kann? Als Hase fett *und* hässlich? Oder schließt eine Zahnfehlstellung Übergewicht automatisch aus? Bevor ich den Postern eine Antwort abringen kann, rattert der Zahlungsbeleg aus dem EC-Gerät.

»Gut zu wissen, dass das nicht die Hillers waren. Da ist mir wirklich ein bisschen mulmig geworden«, sagt Laura auf dem Weg nach draußen.

»Da ist das letzte Wort aber noch nicht gesprochen. Ich werde diesen verdammten Balkon jetzt genauer im Auge behalten. Das verspreche ich dir!«, erkläre ich feierlich. »Und wehe, die machen noch mal einen Mucks.«

»Wieso? Was dann?«, fragt Laura, während sie den Katzenkorb auf dem Rücksitz des Autos platziert.

»Ganz einfach: Auge um Auge, Zunge um Zunge.« Ich schwinge mich hinters Steuer. »Steht schon in der Bibel.«

»Was soll das jetzt wieder heißen?«

»Auch Goethe ist immer die ganze Nacht draußen«, entgegne ich vielsagend und starte den Motor.

»Das meinst du jetzt nicht ernst, Max?«, fragt Laura ungläubig. Ich sage nichts und sortiere mich im Verkehr ein. Keine Antwort ist auch 'ne Antwort.

»Boah, wie kann man nur so ein Mistkerl sein? Den Teufel wirst du tun!«, bekomme ich von hinten zu hören.

»Erstens: Ich habe damit nicht angefangen. Zweitens: Nicht so laut! Elvis hatte schon Stress genug!«

Eiskalt ignoriert Laura meine Bitte um mehr Rücksicht auf Elvis und setzt sich unverständlicherweise weiter für das Federvieh der Nachbarn ein: »Was kann denn der arme Papagei dafür, dass seine Halter solche Idioten sind?!?«

»Der Papagei steht sympathietechnisch noch unterhalb von seinen Besitzern«, erkläre ich und äffe die Stimme des Vogels nach: »»Hidla! Hidla!‹ Allein dafür gehört dem die Zunge rausgerissen.«

»Max, manchmal bist du wirklich so ein Arschloch! Komisch, irgendwie immer, wenn wir beim Tierarzt sind, kriegst du so Aussetzer. Erst deine mittlere Kastrationskrise und jetzt dieser Blödsinn.«

»Überhaupt kein Blödsinn!«

»Doch, du führst dich auf wie ein verkappter Katzendetektiv. Hast du etwa doch heimlich Akif Pirinçci gelesen?«

»Also, das geht zu weit!«

»Schon im Behandlungszimmer hast du dich so lächerlich aufgeführt mit deiner peinlichen Sherlock-Holmes-Nummer! Was kommt als Nächstes? Eine Pfeife?«

Im Rückspiegel sehe ich, wie Laura mich wild gestikulierend nachmacht.

»Kannst du jetzt bitte endlich beide Hände an den Katzenkorb legen, solange wir fahren?! Ich möchte nicht, dass Elvis was passiert.«

Kapitel 17

Junges Elternglück

Barfuß tapse ich über die kalten Kacheln der Küche, werfe zwei Toasts ein und befülle die Kaffeemaschine. Draußen auf dem Balkon streckt sich eine Haartolle aus einem blau-weiß karierten Katzenkörbchen, dicht gefolgt von zwei großen, runden Augen. Wahnsinn, dann muss ich zwischen fünf und sechs ja doch mal geschlafen haben. Oder zumindest habe ich die Katze mal nicht gehört. Entsprechend aufgebracht ist auch das Meckern von Elvis, als er mich durch die Fensterscheibe erblickt. Schimpfen kann er schon wieder ganz gut. Die Verletzungen scheinen ihm keine Beschwerden zu machen. Gähnend öffne ich die Tür und trete auf den Balkon. »Guten Morgen.«

Wir strecken uns fast zeitgleich und gähnen uns gegenseitig an. Dabei gewährt Elvis mir einen Blick in seinen Rachen, und erleichtert stelle ich fest, dass die Wunde in seinem Maul fast ganz verheilt ist. Elvis schmatzt noch zweimal und läuft dann quäkend an mir vorbei in die Küche. Natürlich findet das Meckern seine Entsprechung auf dem Nachbarbalkon. Dort harren bereits die Lebendbeweise seniler Bettflucht aus. Zusammen mit einem Papagei in SS-Uniform warten sie darauf, dass irgendetwas passiert, über das man sich aufregen kann. Wahrscheinlich sind sie schon seit halb fünf wach und haben bereits den Zeitungsausträger belästigt, warum er denn so spät dran ist. Über den Rand des Feuilletons hinweg giftet es zu mir herüber: »Herr Nachbar, haben Sie etwa die ganze Nacht Ihre Katze räubern lassen?«

Lassen Sie mich kurz überlegen – das grünliche Leuchten des Radioweckers hat mir die letzte Nacht minutengetreu ins Gedächtnis gebrannt:

23:36 Uhr – Ich verabschiede mich zähneputzend von Judith Rakers und schalte die Tagesthemen aus.

23:39 Uhr – Ich gehe zu Bett. Laura schläft schon.

23:40 Uhr – Der Kater geht zu Bett. Schnurrend ringt Elvis mir ein Drittel meines Kissens ab.

23:41 Uhr – Pfoten strecken sich bis zu meiner Hälfte des Kissens aus.

23:42 Uhr – Der Kater kontrolliert drei Viertel des Kissens.

23:44 Uhr – Ich schiebe den Kater sanft zur Seite.

23:45 Uhr – Elvis erhebt sich und läuft einmal schimpfend durchs Bett. Laura wird wach und nörgelt unverständliche Sätze in ihr Kissen. »Ist gut, Schatz. Schlaf weiter!«, raune ich beruhigend. »Elvis und ich regeln das schon.«

23:47 Uhr – Der Kater legt sich auf mein Gesicht.

23:49 Uhr – Ich bekomme gar keine Luft mehr.

23:50 Uhr – Ich schiebe Elvis von meinem Gesicht und befreie meine Atemwege.

23:51 Uhr – Elvis liegt wieder auf meinem Kopf.

23:53 Uhr – Er hat das Kissen, ich die Decke. Ist doch eigentlich ein fairer Kompromiss. Er war ja auch krank und so. Da muss man nett sein.

00:04 Uhr – Der Kater schläft friedlich. Ich liege in Embryonalstellung unterhalb meines Kissens und starre auf den Radiowecker. Man kann auch so zusammengerollt ganz gut schlafen. Hat die Nächte davor ja auch geklappt.

00:36 Uhr – Ich werde davon wach, dass – wow, offensichtlich bin ich tatsächlich eingeschlafen – Elvis maunzend an der Balkontür steht. Gähnend beobachte ich, wie der Kater über die Katzentreppe in die Nacht entschwindet. Dann lasse ich mich mit einem zufriedenen Seufzer auf mein Kissen fallen. Staub und Katzenhaare wirbeln durch die Luft.

00:37 Uhr – Ich stelle fest, dass ich Katzenhaare im Mund habe.

00:39 Uhr – Die Haare sind weg. Gute Nacht!

01:21 Uhr – Das Trommeln von Pfoten gegen eine Glastür reißt mich aus dem Schlaf. Ich trotte zur Balkontür und lasse einen schimpfenden Kater in die Wohnung.

01:22 Uhr – Wieder im Bett, höre ich, wie Elvis in seinem Trockenfutter herumstochert.

01:24 Uhr – Der Kater protestiert ob zu geringer Liebe in Form von Herzchen mit Putengeschmack.

01:25 Uhr – Elvis tigert durch die Wohnung und meckert vor sich hin.

01:29 Uhr – Die Wohnung ist langweilig. Elvis steht maunzend vor der Wohnungstür. Auf keinen Fall stehe ich jetzt noch mal auf.

01:32 Uhr – In Elvis' Miauen mischt sich ein leidender Grundton, so als würde man ihn aufs schlimmste quälen. Ich ziehe mir das Kissen über den Kopf.

01:35 Uhr – Elvis stirbt beinahe vor der geschlossenen Haustür.

01:37 Uhr – Der Kater entflieht meckernd in die Nacht. Ich trinke noch ein paar Schlucke aus dem Wasserhahn und falle wieder ins Bett. Endlich schlafen.

02:16 Uhr – Ich muss aufs Klo. Aber schon wieder aufstehen? Immerhin, bis zum Katzenklo im Flur wäre es nicht ganz so weit.

02:21 Uhr – Ich betätige ordnungsgemäß die Spülung des Menschenklos und lobe mich selbst dafür, dass ich mich so fein hingesetzt habe.

02:23 Uhr – Auf meinem Kissen sind immer noch Katzenhaare. Laura beschwert sich über den Lärm, als ich es mit aller Kraft ausschüttele.

02:24 Uhr – Ich spüre genau, dass mich immer noch Katzenhaare in der Nase kitzeln.

03:04 Uhr – Ich schrecke hoch. Da war wieder das aggressive Fauchen, oder habe ich das geträumt? Verdammte Klingonenkatze!

03:06 Uhr – Auf der Suche nach meiner Wasserpistole stolpere ich hektisch durch unsere Wohnung.

03:07 Uhr – In rekordverdächtigen sieben Sekunden werden zwei mal fünf Liter Wasser in unseren Garten geschossen.

03:10 Uhr – Keine Ahnung, ob da noch mal die Klingonenkatze war. Vielleicht habe ich mir alles nur eingebildet. Mein Puls ist jedenfalls auf 220. Jetzt dauert es locker eine Viertelstunde, bis ich wieder im Ruhepuls zurück bin, und dann noch mal zehn Minuten, bis ich einschlafen kann.

03:56 Uhr – Elvis steht wieder vor der Tür und macht sich lauthals bemerkbar. Ich stelle mich schlafend.

03:58 Uhr – Laura erbarmt sich und lässt einen leidenden Kater in die Wohnung.

04:00 Uhr – Der Tag ist schon vier Stunden alt, und es gibt immer noch keine neuen Herzchen?

04:04 Uhr – Protestkratzen macht müde. Elvis legt sich zu uns ins Bett. Am Fußende ist das ja in Ordnung.

04:05 Uhr – Wieso liegt die Katze auf meinem Bauch?

04:11 Uhr – O nein, mein Freund! Zweimal in einer Nacht gebe ich mein Kissen bestimmt nicht her.

04:15 Uhr – Vielleicht kann ich mich ja zu Laura aufs Kissen kuscheln?

04:16 Uhr – Fehlanzeige. Egal, ich bin so müde, mir reicht auch die ebene Matratze.

04:54 Uhr – Elvis möchte wieder raus. Dieses Mal über den Balkon. Ich gehorche sofort.

05:01 Uhr – Gerade bin ich weggedöst, als mich das Klackern der Briefkastenöffnung aus dem Schlaf reißt. Hurra, die Zeitung ist schon da.

05:31 Uhr – Es dämmert. Im Baum direkt an unserem Fenster fängt eine Amsel an zu zwitschern. Wo ist die Katze nur, wenn man sie braucht?!?

05:54 Uhr – Ich liege immer noch wach und warte darauf, dass die Vier zu einer Fünf wird.

05:55 Uhr – Schnapszahl. Doch nicht so toll, wie ich es mir vorgestellt habe. Und eigentlich stimmt das ja auch gar nicht. Blöde Null vor der ersten Fünf.

05:58 Uhr – Kann bitte endlich jemand die verdammte Amsel umbringen?

06:12 Uhr – Ach, was soll's. Der Wecker klingelt sowieso in einer guten Viertelstunde. Ich rolle mich aus dem Bett.

06:22 Uhr – Ich lasse die Katze rein und bekomme als Morgengruß von meinen Nachbarn zu hören: »Herr Nachbar, haben Sie etwa die ganze Nacht Ihre Katze räubern lassen?« Ich denke kurz nach, und grüne Digitalanzeigenzahlen tanzen durch meinen Kopf.

»Nein«, antworte ich dann wahrheitsgemäß.

»Wie dreist der uns anlügt, Ferdinand!«

»Allerdings, Liebelein, allerdings.«

»Ist mir doch egal, was Sie glauben«, rufe ich, »ich weiß leider viel zu gut, was diese Nacht passiert ist.«

Ohne noch eine blöde Erwiderung abzuwarten, schließe ich die Balkontür. Lustlos decke ich den Frühstückstisch und nippe an meinem Kaffee. Elvis klackert mit seinem Trockenfutter.

Ein weiblicher Zombie mit zerzaustem Haar und todmüdem Blick schlurft in unsere Küche. Die Wartezeit bis zur nächsten Staffel *Walking Dead* wird mir sehr leichtgemacht.

»Moaargen«, gähnt der Zombie.

»Morgen. Kaffee?«, frage ich vorsichtig. So früh am Tag möglichst wenig sprechen. Laura grunzt und kippt gleich eine halbe Tasse hinunter, als sei es warmes Blut. Erste menschliche Regungen werden hinter dem zerzausten Haar erkennbar. Nach kurzem Dehnen ist die Körperhaltung nicht mehr so verdreht. Sogar die Ringe unter den Augen wirken auf einmal nicht mehr so bedrohlich. Auch Elvis scheint Laura jetzt zu erkennen. Miauend läuft er zu ihr und streicht um ihre Schlafanzughose.

»Hast du dem noch kein Frühstück gegeben?«

»Der hatte da noch.«, Ich nicke herzlos auf das herzlose Trockenfutter.

»Nein, Quatsch, der kleine Putzelmann bekommt jetzt erst mal was Frisches!«

»Mau!«

»Du kannst das auch mal machen, Max!«

»Jaja.«

»Eigentum verpflichtet.«

Da sagt man einmal im Zorn »meine« Katze, und schon hängt es einem ewig nach.

»Ist es nicht noch ein bisschen früh für Wahlkampfsprüche von den Linken?«

»Das steht im Grundgesetz, Max«, erwidert Laura und fügt wie aus der Pistole geschossen hinzu: »Artikel 14 Absatz 1 Satz 2.«

Wahnsinn. Kann sich nicht merken, was unser Auto tankt, aber dieser Blödsinn wäre sogar abrufbar, wenn man sie morgens um halb drei stockbesoffen aus der Disco zöge.

»Steht im Grundgesetz auch, dass man diese Scheiße an Lebewesen verfüttern darf?«, frage ich, während Laura braunes Gelee mit undefinierbaren Stückchen in Elvis' Napf kratzt. Wie zur Hölle kann das Lachs sein? Und warum sieht das genauso aus wie das »Rind« von gestern? Mir vergeht ein bisschen die Lust an meinem Pflaumengelee, das ähnlich bernsteinfarben schillert. Selbst Elvis scheint so seine Vorbehalte zu haben. In der Hoffnung auf etwas Besseres streift er weiter um Lauras Beine.

»Na gut, kleiner Putzelmann. Dann will ich mal nicht so sein.«

Eiskalt ignoriert sie den Stolz der Katze, hebt Elvis hoch

und setzt sich mit ihm auf dem Schoß an den Esstisch. Zuerst wehrt er sich heftig, doch als der erste Duft von Frischkäse in seine Nase steigt, ändert sich das schlagartig. Lammfromm sitzt er auf ihren Oberschenkeln und leckt die cremige Leckerei von ihrem Zeigefinger.

»Hat das geschmeckt, ja? Wir haben auch noch Braten von der Oma.« Elvis wartet artig, bis Laura die Plastikfolie vom Teller gerollt hat. Mit umso hektischeren Bewegungen verschlingt er den Braten.

»Ganz ruhig, es nimmt dir doch keiner was weg!«

»Im Gegenteil, ich fürchte eher, mir bleibt gleich nichts mehr zum Frühstück«, stelle ich besorgt fest.

»Ach, der ganze Aufschnitt von der Oma, der wird doch eh sonst schlecht. Da kann Elvis ruhig noch was haben. Ne, kleiner Mann? Hier, nimm doch noch von dem Braten!«

Die Handpuppe auf Lauras Schoß macht ein paar gekonnte Schluckbewegungen, und das Fleisch ist verschwunden. Dann starrt sie wieder mit großen Kulleraugen auf den Esstisch.

»Ist ja schon irgendwie süß«, muss ich zugeben. »Dann will ich auch mal! Guck mal hier, Elvis. Das ist richtiger Lachs! Nicht dieser Dosenfraß.«

Ich stehe auf und locke die Katze von Lauras Schoß bis auf meinen Stuhl. Begeistert schlingt er den Fisch hinunter.

»Och menno, Max. Der war gerade so brav und zutraulich.«

»Der war nicht zutraulich, der war hungrig.«

Auf meinem Schoß hingegen sitzt er, weil er einfach gerne bei mir ist.

»Wenn das so ist: Elvis, guck mal hier, die Mama hat noch Braten für dich!«

»Komm her, Elvis! Richtiger Lachs. In Rosa. Rosa!«
»Braten, Elvis!«
»Lachs!«
»Braten mit Frischkäse.«
»Lachs mit ... mit ... auch mit Frischkäse.«

Aber Elvis ist bei diesen Angeboten ohnehin nicht wählerisch. Abwechselnd hüpft er von einem Schoß auf den anderen und frisst artig aus unseren Händen. Als die Köstlichkeiten aufgebraucht sind – nur ich hatte noch ein kleines Stück Fisch außerhalb von Lauras Blickfeld geparkt und konnte mit diesem Ass im Ärmel den Kampf um die Katze für mich entscheiden –, leckt er sich auf meinem Schoß satt und zufrieden die Schnauze. Laura guckt mich neidisch an, und ich schenke ihr ein falsches Lächeln, das so viel sagt wie: »Guck mal, wer es sich bei mir gemütlich macht!« Doch das Glück währt nicht lange. Als die Katzenwäsche beendet ist, will Elvis mich wieder verlassen.

»Jetzt bleib doch auch mal bei mir auf dem Schoß!«, bettle ich.

Doch als er anfängt zu kratzen, gebe ich ihn widerwillig frei, und mit einem wütenden »Meck« springt er davon. Auf dem Weg in den Flur guckt er noch einmal desinteressiert in seine Näpfe.

»Dir mache ich noch mal nachts die Tür auf!«, rufe ich ihm nach. Aber die Haartolle wippt einfach unbeeindruckt von dannen und lässt seine müden Ernährer mit den spärlichen Resten des Aufschnitts zurück. Als ich später meine Sachen für die Arbeit zusammensuche, finde ich ihn zusammengerollt in meiner Druckerpapierkiste.

»Das ist so unfair, dass du jetzt den ganzen Tag Zeit hast, deinen Schlaf nachzuholen, während ich zur Arbeit muss«, mosere ich. Gott, bin ich müde! Elvis dreht sich demonstrativ von mir weg und legt beide Tatzen auf sein Gesicht. So ein süßer Fratz. Also, würde Laura jetzt sagen. Ich kraule ihm durchs Haar, und der Kater streckt mir seinen gescheckten Bauch entgegen.

Was hat Hiller noch mal gesagt? Kind-Ersatz? Blödsinn. Oder? Und was meinte Laura doch gleich? Ein Kater ist wie ein Zweijähriger? Trotz oder gerade wegen meiner Müdigkeit sehe ich auf einmal unheimlich klar: Für die nächsten fünfzehn bis zwanzig Jahre muss jemand jeden Morgen und jeden Abend Elvis füttern. Für die nächsten fünfzehn bis zwanzig Jahre werde ich mehrmals in der Nacht aufstehen müssen, weil Monsieur rein- oder rauswill. Für die nächsten fünfzehn bis zwanzig Jahre werden regelmäßige Termine beim Arzt fällig, weil Impfungen aufgefrischt werden müssen. Zusammengefasst: Für die nächsten fünfzehn bis zwanzig Jahre haben wir ein immerwährend zweijähriges Ersatzkind an der Backe.

Aber ist er nicht süß, der kleine Fratz? Also, würde Laura jetzt sagen.

Kapitel 18

Galaktische Außenp(f)osten

»Höhöhö«, jubiliere ich, um Lauras Aufmerksamkeit zu erregen. Dabei halte ich ihr die leere Bierverpackung samt Elvis unter die Nase. Vorder- und Hinterbeine baumeln hilflos aus den vier Ecken des Kartons. Der Blick des Katers ist ein wenig vorwurfsvoll, aber irgendwie auch neugierig.

»Och, Max, was soll das denn schon wieder?«

»Ist doch ganz klar: Ein Sixcat!«

Leider eines, das jetzt anfängt, sich zu wehren. Elvis versucht mit allen vier Pfoten gleichzeitig, Halt in der Pappe zu bekommen.

»Lass ihn runter!«, kommandiert Laura. »Kannst du nicht einmal ganz normal den Müll rausbringen?«

Was heißt hier »einmal«?

»Ach, ihr seid doch beide Spielverderber!«, sage ich und setze meine neueste Erfindung auf den Boden. Elvis schießt sofort aus der Pappe, wird dann im Hausflur langsamer und kommt in der Küchentür zum Stehen. Dort muss er sich offenbar erst einmal eine neue Aufgabe suchen, kommt zu dem Schluss, dass ein Blick in die Näpfe überfällig ist – vielleicht war einer der Mitbewohner ja mal so schlau nachzufüllen –, und verschwindet aus meinem Blickfeld zu seiner Futterecke. Kurz darauf ist das desinteressierte Herumstochern im Trockenfutter zu vernehmen. Keine Herzchen mehr da? In meinem Kopf erklingt der katzenjammerige Protest schon, bevor er sich tatsächlich artikuliert. Und auch Laura erklärt schon beim allerersten Miauen: »Nein, Elvis, es gibt jetzt nichts anderes.«

Der Kater kratzt beleidigt mit der Pfote an der Wand und tigert dann durch die Wohnung. Da es sonst nichts zu tun gibt, baut er sich vor der Balkontür auf und sieht uns vielsagend an. Seine Mitbewohner sind ohnehin mit ihren samstäglichen Aufräumtätigkeiten beschäftigt – »gelebtes Spießbürgertum«, hat Schulz gestern noch gesagt, als ich mich mit Händen und Füßen gewehrt habe, mit ihm auf die Ü30-Party zu gehen. Elvis ist das ebenfalls zu langweilig, und früher oder später wird garantiert noch der Höllenhund aus der Abstellkammer geholt. Viele gute Gründe also, um möglichst schnell an die frische Luft zu kommen.

»Komm, Junge, ich nehme dich vorne mit raus!«, schlage ich vor und schnappe mir das Altpapier. Elvis ist kompromissbereit und positioniert sich vor der Wohnungstür. Nur schneller muss alles gehen: »Mau!«

Auf dem Weg zu den Mülltonnen bildet der Kater die Vorhut und galoppiert den gepflasterten Weg entlang. Warum von so langweiligen Dingen wie Müll rausbringen berichten? Von jeder Geschichte gibt es immer verschiedene Versionen:

Captain Max Zadow und sein treuer Begleiter L-Vis befinden sich auf einer langweiligen Routinemission. Die Vernichtung laurasianischer Presspappe dürfte sich als nicht allzu schwierig erweisen. Gähnend steuert Zadow die Entsorgungscontainer an, während L-Vis um ihn herumhüpft und eigenartige Laute ausstößt, die nur von seinem eigenen Volk, den Hauska-Tsen, verstanden werden.

Elvis beobachtet gespannt, wie ich das Altpapier in die blaue Tonne kippe. Vom angrenzenden Mäuerchen aus tastet er sich bis zur geöffneten Tonne vor und legt eine Tatze auf den Rand.

»Pfoten weg!«, warne ich und knalle den Deckel zu. Elvis guckt etwas verdattert drein. Doch auch meine Mundwinkel beugen sich den Gesetzen der Schwerkraft, als der zugeklappte Deckel den Blick auf den dahinterliegenden Garten freigibt: Dort ackert – im wahrsten Sinne des Wortes – ein alter Mann in einer lächerlich großen Latzhose. Erst auf den zweiten Blick erkenne ich den ansonsten so adrett gekleideten Dr. Hiller. Mit einem Klappspaten aus dem Jahre 1943 hebt er ein tiefes Loch genau in der Mitte der Wiese aus. Neben ihm stapeln sich verschiedene Holzlatten und noch mehr antiquiertes Werkzeug. Der verdammte Balkon-Nazi errichtet Schützengräben im Garten.

Doch plötzlich erregt ein verdächtiges Geräusch im Unterholz Captain Max' Aufmerksamkeit. Tatsächlich. Keine fünfzig Standardlängen entfernt, treibt ein alter Bekannter sein Unwesen: Ferdin And, Imperator der 51, Schrecken von Roos-Evelt und selbsternannter Hüter des seltenen Earthpeckers von Swasi. Sofort gehen L-Vis und Zadow in Deckung, um die Lage genauer zu sondieren.

»Das muss ich dem Oberkommando melden!«, raunt Zadow.

Ich mache ein Foto von dem Bekloppten und schicke es sofort an Schulz. Dazu tippe ich:

Feind gesichtet
– STOP –

Errichtet Außenposten im Garten
- STOP -
Erwarte Anweisungen
- STOP -

Dann schicke ich noch ein weiteres, fast identisches Bild an Laura. Dieses Mal fotografiere ich allerdings zwischen Elvis' Ohren hindurch, so dass diese und die Haartolle ebenfalls zu sehen sind. Dazu erkläre ich:

L-Vis bereit für Gegenangriff
- STOP -

Dieses perspektivisch phänomenale Foto bekommt Schulz nicht zu Gesicht, sonst würde er mir wieder nur einen blöden Spruch von wegen Katzen-Papa oder Star-Trek-Spasti drücken. Oder beides. Das möchte ich mir ersparen. Doch auch so ist seine Antwort wenig hilfreich und noch dazu durchsetzt mit Rechtschreib- und Grammatikfehlern. Auch die blöde Autokorrektur der Tastatur trägt nicht gerade zu höherer Verständlichkeit bei:

Bin nach nicht wieder unter den lebenden.
Haben meine ganz eigenen Kater Probleme.
Habt ihr noch asprin?
    Klasse, ich dachte, du hilfst mir vielleicht mal?!?
Sonst immer.
Aber im Moment bin ich tut.
tot.
    Wirklich
    Wo ist denn all dein Testosteron auf einmal?

Bei Janine ...
Oder hieß sie Jeannette?

Klasse. Von dem ist schon mal keine Hilfe zu erwarten. Ich werfe einen bösen Blick auf sein Schlafzimmerfenster. Doch außer den hässlichen grauen IKEA-Singlemänner-Gardinen ist dort nichts zu erkennen.

Ey, und musst ihr so früh am morgen saugen?!? Ihr verdammten Spieße!

Das erklärt zumindest, warum Laura nicht antwortet. Andererseits: Na und? Ich muss mich ja auch nicht jedes Mal mit meiner Freundin kurzschließen, wenn es um die Hillers geht. Also verlasse ich die schützende Mülltonnen-Umfriedung und nähere mich über das offene Feld den feindlichen Stellungen.

»Keine Rückmeldung vom Oberkommando«, stellt Zadow fest, *»und auch keine Unterstützung von Commander Schulz. Ich fürchte, wir sind auf uns allein gestellt, L-Vis.«*
Der Schwanz des haarigen Begleiters peitscht aufgeregt durch die Luft.
»Alles klar!« Der Captain versteht die Gedanken von L-Vis auch ohne Worte. »Na, dann los!«

Doch als ich mich der überdimensionierten Latzhose nähere, erhalte nicht nur ich tierische Unterstützung. »Hidla! Hidla!«, alarmiert ein nerviger Papagei seinen Besitzer. Der Totengräber blickt auf, sondiert die Lage und schaltet sofort auf Angriff-Modus: »Waren Sie gerade an den Mülltonnen, Herr

Nachbar? Wie oft muss ich Ihnen noch sagen, dass Sie das Gatter hinter sich schließen sollen?«

Der Mensch ist halt ein Gewohnheitstier.

»Erklären Sie mir mal lieber, was Sie hier treiben!«, entgegne ich.

»Mein gutes Recht, Herr Nachbar. Mein gutes Recht.« Wieder fährt der Spaten in das Loch und hebelt eine lächerlich kleine Menge Erde heraus. Wenn er wirklich einen Schützengraben bauen will, wird er den ganzen Sommer hier verbringen. Ich mustere die übrigen Baumaterialien, und auch Elvis streift interessiert an dem mannshohen Holzpflock vorbei. Dahinter befindet sich eine Art Vogelhäuschen, nur ungewöhnlich groß und in einer ovalen Form, die mit all ihren Öffnungen ein bisschen an einen Bienenstock erinnert. Daneben liegen noch einige weitere Latten und eine Kiste mit Nägeln.

»Guck es dir nur genau an, du mafiöser Vogelmörder!«, sagt der Doktor mit aufgesetzter Freundlichkeit zu dem Kater. Will der Irre etwa eine besonders perfide Katzenfalle bauen? Vor meinem geistigen Auge sehe ich, wie Elvis stranguliert, von einer Horde wütender Wespen zerstochen, von Nägeln aufgespießt oder von einem riesigen Holzklotz erschlagen wird, während er versucht, an einer Vogelhaus-Attrappe hochzuklettern.

»Lassen Sie endlich die Katze in Ruhe!«

»Nicht, wenn Ihre Katze nicht die lieben Vöglein in Ruhe lässt«, erklärt Dr. Hiller. »Da haben wir es doch gleich schon wieder!« Er deutet gehässig auf Elvis, der gerade Anstalten macht, sich in das Holzhäuschen zu quetschen. Klaro, eine Sixpack-Verpackung ist lächerlich, aber in einem viel zu engen Holzverschlag zu sitzen ist saucool. Der blöde Kater trägt nicht gerade dazu bei, seine eigenen Interessen zu unterstützen.

»Ich sage Ihnen, wenn der auch nur einen Vogel aus meinem Eigentum stiehlt ...«

Langsam geht er mir ziemlich auf den Keks mit seinem ständigen »Mein Eigentum«-Gequatsche. Lauras kleine Rede muss ihn ja nachhaltig beeindruckt haben.

»Elvis, komm raus da!« Meine Anweisung an die Katze verhallt. Etwas hilflos setze ich in Richtung Dr. Evil nach: »Sie können jedenfalls hier nicht so eine gigantomanische Apparatur errichten!«

»Das haben Sie doch auch einfach gemacht, Herr Nachbar.« Ungläubig folgt mein Blick seinem ausgestreckten Finger in Richtung Katzentreppe.

»Ihnen ist schon aufgefallen, dass die Treppe quasi Teil des Balkons ist, während Ihr Holzmonster mitten im Garten steht? – Jetzt komm da raus, Elvis!« Meine Worte an beide verpuffen ohne jede Wirkung. Der Doktor lacht nur dreckig, als ich dazu ansetze, Elvis aus dem ungewöhnlichen Häuschen zu zerren. Ich versuche, den Kater so zu packen, dass es nicht brutal, aber trotzdem durchsetzungsstark aussieht. Natürlich gelingt mir diese Illusion nicht. Elvis kratzt und faucht, und als ich ihn endlich freibekomme, läuft er beleidigt davon.

»Besser, Sie bekommen dieses wilde Ding unter Kontrolle, Herr Nachbar! Sonst mache ich das für Sie!«

»Was soll das denn schon wieder heißen?«, frage ich herausfordernd. »Schießen Sie dann wieder auf meine Katze?«

Ich imitiere noch einmal die Geste des Doktors und ziele direkt auf seinen Kopf.

»Seien Sie doch nicht so empfindlich, Herr Nachbar!«

Empfindlich?!?

»Sie haben also auf meine Katze geschossen?«, knurre ich.

»Sie machen sich schon wieder lächerlich«, gackert Hiller künstlich und macht sich daran, den Holzstamm in das Loch zu wuchten. So ein Arschloch! Das ist doch alles eine einzige riesige Provokation. Erst tote Vögel und sinnlose Anschuldigungen, dann der Kauf des Papageis und – als er unseren vogelmordenden Kater damit nicht »überführen« konnte – dieser neue Wahnsinn. Unweit von meinem Balkon ragt jetzt ein finsterer Vogelisk in den Himmel. So ist es doch nur eine Frage der Zeit, bis irgendeine Katze sich hier mal einen Spatz oder ein Rotkehlchen angelt.

»Setzen Sie doch gleich noch einen Steinofengrill daneben, dann kann Elvis die Vögel sofort rösten«, entfährt es mir, und sogleich triumphiert Hiller: »Sie geben also zu, dass Sie sich einen Vogelmörder halten!«

Wahrscheinlich *will* Hiller sogar, dass Elvis sich an dem Häuschen zu schaffen macht – vielleicht einfach nur, um recht zu behalten. Oder aber, um auf die Katze schießen zu können. Denn ganz zufällig steht der Apparat in Luftgewehr-Reichweite seines Balkons.

»Sie können mich mal!« Wutentbrannt stapfe ich in die Wohnung zurück.

»Da sind Sie wohl nicht mehr so schlau, so ganz ohne Ihre Katzen-Anwältin!«, ruft Hiller mir nach.

Leck mich.

Hier ist das letzte Wort noch nicht gesprochen. Ich stürme in die Wohnung und blicke mich hektisch um. Dieser Wahnsinnige muss gestoppt werden! Im Garten muss möglichst schnell ein vogelhausgleiches Statement gesetzt werden! Wie wäre es denn mit einem entsprechenden Katzenhäuschen?

Ich schaue Elvis' Stofflöwen tief in die Augen, nehme die Näpfe in die Hand und drehe sie ratlos hin und her. Das ist alles nichts. Im Küchenschrank zwischen Elvis' Futterdosen finde ich die blöde Werbefahne wieder. Irgendwie hat der Stofffetzen samt Plastikhalterung zwischen den Dosen und Pappkartons überdauert. Ein guter Anfang, aber reichen tut das natürlich nicht. Eine wehende Fahne kann maximal das Sahnehäubchen sein. Im Flur werfe ich einen von Elvis' rasselnden Bällen in die Luft, kicke ihn dann aber zur Seite – viel zu klein! Der Ball titscht ins Wohnzimmer und prallt dann mit viel Lärm gegen das meisgehasste Möbelstück unserer Wohnung. Verdammter Kratzbaum. Einige Sekunden starre ich das Teil missmutig an, bevor es mir wie Schuppen von den Augen fällt: Der Kratzbaum, natürlich! Warum bin ich da nicht früher drauf gekommen? Dass dieses verdammte Scheißteil noch mal zu was nütze sein würde. Der Feind meines Feindes ist mein Freund. Oder so. Nee, das passt hier gar nicht. Aber ich verbinde das Praktische mit dem Nützlichen. Nee, auch nicht. Das Hässliche mit dem Notwendigen? Ist ja auch egal, es geht hier ums Prinzip, sage ich mir, während ich versuche, das Ungetüm zu packen.

»Max, was machst du da?«

»Ich erteile den Hillers eine Lektion!«, erkläre ich ächzend.

»Mit dem Kratzbaum?!?«

»Dieser Creep fährt Expansion Mode und baut einen ornithologischen Außenposten keine fünfzehn Meter von unserer Mainbase entfernt«, sage ich, als würde das alles erklären.

»Was macht der?«

»Der Spasti baut ein Vogelhaus vor unsere Katzentreppe!«, wiederhole ich betont langsam.

»Und was soll jetzt der Kratzbaum?«

»Ist doch klar: Ich stelle den ebenfalls in den Garten, um dem Arschloch zu zeigen, dass das nicht geht!«, sage ich genervt. Manchmal ist Laura auch verdammt schwer von Begriff. Scheiße, passt der Baum überhaupt durch die Wohnzimmertür? Irgendwie hat der sich verhakt. Vielleicht, wenn ich ihn etwas drehe? Die mittlere Etage des Baums zieht einen tiefen Kratzer in den Lack der Tür. Verflucht! Laura steht nur doof daneben und stemmt die Hände in die Hüften.

»Du könntest ruhig mal helfen!«, erkläre ich vorwurfsvoll und ramme eine weitere Macke in den Türrahmen.

»Max, jetzt lass den Baum stehen!«

»Bestimmt nicht!«, ächze ich. »Der Hiller kriegt jetzt sein Fett weg! Das geht doch endgültig zu weit!«

»Natürlich können die Hillers nicht einfach ein Vogelhaus in den Garten stellen. Ich rufe den Hausmeister an. Soll der sich darum kümmern!«

»Ach, der Boor!« Mit aller Gewalt quetsche ich den Baum in den Flur. »Der sagt dann auch nur ›Et kütt, wie et kütt‹ oder so 'ne Scheiße. Da passiert doch nie was.«

»Ich rufe jetzt den Hausmeister oder gleich die Hausverwaltung an, und du lässt den Baum stehen!«, befiehlt Laura mit dem Hörer in der Hand. Kurz halte ich inne. Sicherlich wäre das vernünftiger. Wenn ich an die knochentrockenen Telefonate mit den Herren Freund oder Fröhlich von der Hausverwaltung denke – man kann die Stimmen auch einfach nicht auseinanderhalten –, könnte ich mir schon vorstellen, dass die Hiller auch in die Schranken weisen könnten. Doch dann fällt mein Blick auf das Filmposter über meinem Schreibtisch: *Star Trek VIII – Der erste Kontakt*. Captain Picards Stimme ertönt in meinem Kopf: »Wir haben schon zu viele Kompromisse gemacht, zu viele Rückschläge erfahren. Sie dringen in unseren Raum ein, und wir weichen zurück. Doch jetzt nicht! Hier wird der Schlussstrich gezogen! Bis hierher und nicht weiter!!!«

Ich überhöre Lauras lautstarke Einwände und auch die kleine Stimme in meinem Kopf, die mich daran erinnert, dass Picard diesen Satz sagt, kurz nachdem er die Vitrine mit seiner eigenen Raumschiffsammlung zerstört hat. Als ich wieder den Garten erreiche, packt Hiller gerade zufrieden sein Werkzeug zusammen. Längst wurde das »Vogelhäuschen« auf dem Stamm angebracht. Kurz halte ich inne und starre die riesige Konstruktion an.

Captain Max Zadow blickt entsetzt auf die mächtige Raumstation und ...

Nein, hier hinkt jeder Sci-Fi-Technik-Vergleich. Das Ding sieht eher aus wie ein großer Pilz. Auch nicht so richtig. Aber auf jeden Fall organisch. Moment mal, eine lange dicke Stange, die in einer großen ovalen Spitze endet? Ein riesiger Spargel. Oder etwa ein riesiger Pe...

»Sie haben mir echt einen riesigen Holzphallus vor die Wohnung gestellt, was?«, ächze ich, während ich den Kratzbaum vor mir hertrage. Verdutzt blickt der Nachbar auf. Ich stelle den Katzenbaum gleich neben ihm ab und erkläre dann keuchend: »Aber wenn Sie glauben, Sie dürften hier einfach irgendwelchen privaten Scheiß im Garten postieren, dann dürfen wir das wohl alle.«

Hiller macht ein paar Schritte auf mich und den Kratzbaum zu und streicht über den Samtstoff.

»Diese widerwärtige lila Apparatur können Sie unmöglich hier draußen aufstellen wollen.«

Hier noch mehr als in meiner Wohnung, das ist mal sicher.

»Ich habe es bereits getan«, sage ich, »und ich glaube, ich möchte sie gleich neben dem Dildo, damit die Katze jederzeit bestens da drankommt.«

Wer hätte gedacht, dass ich mal so einen Satz sagen würde? *Und ich glaube, ich möchte sie gleich neben dem Dildo, damit die Katze jederzeit bestens da drankommt.*

»Sie sind lächerlich, Herr Nachbar!«

»Nein, *Sie* sind lächerlich mit Ihrem Megaphallus.«

»Na, hören Sie mal, das ist ein hochmodernes Vogelhäuschen!«

»Ist mir doch egal, wie Sie das nennen, Sie kranker Vogelhaus-was-auch-immer-Fetischist!«, entgegne ich und schiebe den Kratzbaum noch etwas näher an das Vogelhaus.

»Ich verbiete Ihnen, den Baum bei meinem Vogelhäuschen aufzustellen!«

»Aber ich lasse mir nichts verbieten.« (O mein Gott, Patrick Swayze in *Dirty Dancing*. Aber zum Glück merkt Hiller das nicht.)

»Das werden wir ja noch sehen«, raunt er. Dann, ohne den Blick von mir abzuwenden, stößt Hiller den Kratzbaum um. Beim Aufprall bricht eins der oberen Samtplateaus ab.

»Das haben Sie nicht wirklich gerade getan.«

»Der ist wohl nicht für Wind und Wetter gemacht«, höhnt der Rentner.

Fehler, riesengroßer Fehler. Ich packe den Spaten des Nachbarn und stoße ihn in die Erde.

»Tut ... mir ... ja ... sehr ... leid ... für ... die ... Erd ... spechte«, ächze ich die Worte einzeln bei der Abwärtsbewegung des Spatens.

»Herr Nachbar, Sie können doch nicht ...«

Deutlich schneller als Hiller habe ich ein großes Loch ausgehoben.

»Sehen Sie doch, dass ich kann.«

»Geben Sie mir sofort mein Eigentum zurück!«

»Hier!«, rufe ich und schleudere eine Schaufel Dreck genau vor Hillers Füße. Ohne meine Arbeit zu unterbrechen, grinse ich ihn zähnebleckend an. Hiller hat es doch nicht anders gewollt. Dann muss der verdammte Kratzbaum eben dauerhaft hier verweilen.

»Wenn erst einmal ein halber Kubikmeter Erde über dem Fuß ist, dürfte der Baum auch starken Wind- oder Nachbarstößen trotzen«, erkläre ich mehr mir selbst. Doch bei meinen überzeugenden Worten zeigt auch Elvis ein wenig Vernunft und taucht wieder aus dem Nichts auf. Ein obligatorisches »Verschwinde, du Mistvieh!« ertönt vom Balkon und verhallt nutzlos im Garten. Eigentlich interessiert ihn der Kratzbaum nur noch geringfügig, aber hier draußen in der neuen Umgebung ist das Ding auf einmal wieder einen Besuch wert. Begeistert hüpft er durch die horizontale Landschaft und taucht dann in einer Röhre ab. Braver Kater!

»Geben Sie mir den Spaten zurück!«

»Schießen Sie sonst auch auf mich?«, frage ich verächtlich und lasse das rostige Ding fallen. Das Loch dürfte ohnehin tief genug sein. Ich richte den Baum auf und stelle ihn hinein. Elvis bleibt mit unendlicher Gelassenheit in dem wohlbekannten Katzenzepter sitzen, guckt allerdings sehr interessiert, als ich die verbleibenden Lücken wieder mit Erde fülle.

»Wie bei der Beerdigung der Rotkehlchen, nicht wahr, Elvis?«

»Ferdinand, wie furchtbar!«

»So, Elvis, wir sind fertig. Jetzt fehlt nur noch die Fahne.«
Wir schnurren für die Nationalmannschaft!
»Mau.«
»Herr Nachbar, das ist doch lächerlich!«

Natürlich ist das lächerlich: Zwei erwachsene Männer errichten überdimensionierte Spargel- und Blumenskulpturen aus Samt im Gemeinschaftsgarten. Entsprechend berechtigt fragt es dann auch auf einmal hinter mir: »Wat es dat denn för 'ne Driss hee?«

Oh, verdammt. Jetzt gibt's Ärger. Aus dem Nichts ist Boor aufgetaucht und schnaubt wie ein Dampfschiff. Im Hintergrund sehe ich Laura auf unserem Balkon. Ihre Mundwinkel hängen fast so tief wie die von ihrem älteren Pendant auf der gegenüberliegenden Loggia. Hiller und ich schauen betreten zu Boden wie beim Rauchen ertappte Sechstklässler.

»Sacht mih jetz endlich eene, wat hee lus es?!«

Also, von jeder Geschichte gibt es immer verschiedene Versionen.

Inmitten des grünen Dschungels ragen die beiden Obelisken gen Himmel. Der Anblick des lila Felsens bereitet Captain Max Zadow immer noch diese ungeheuren Kopfschmerzen, doch noch viel widerwärtiger ist das braune Monstrum, welches der perfide Ferdin And auf Roos-Evelt Prime errichtet hat. Captain Zadow ist jetzt zu allem entschlossen. Soll der selbsternannte Hüter des seltenen Earthpeckers von Swasi doch kommen!

Natürlich weiß der Captain, dass er sich mit seinem kämpferischen Verhalten über die direkten Befehle der Judikatorin Lau' Ra hinwegsetzt und ihm eine Verurteilung durch das galaktische Kriegsgericht droht. Doch das ist ihm in diesem Augenblick egal. Zu lange schon hat der Captain dem dunklen Tyrannen sein aggres-

sives Verhalten durchgehen lassen. Der Bau des Hidla-Außenpostens im neutralen Raum ist nur die letzte einer ganzen Reihe unverschämter Provokationen gewesen. Gemeinsam mit L-Vis, der auf dem lila Obelisken lauert, hat er eine realistische Chance, den Imperator zu schlagen.

Doch nun macht den Gefährten das Erscheinen des Boor-Mutterschiffes einen Strich durch die Rechnung.

»Wir verschönern den Garten«, sage ich einfach.

»De hamse doch ins Jehirn jeschisse, hamse doch!« Boor tippt sich mit dem Zeigefinger gegen die Stirn.

»Nee, nee, das mit dem Vogel ist der andere«, entgegne ich und zeige auf Hiller.

»Unverschämtheit!«, plustert der sich sogleich wieder auf. »Herr Boor, sagen Sie diesem Unhold, dass der gefälligst diese unerhörte Gerätschaft ausbuddeln soll! So ein Ding hat doch im Garten nichts verloren.«

»Ich mache überhaupt nichts, bis dieser Dildo vor meinem Balkon verschwunden ist!«

»Das Vogelhäuschen bleibt – bis die Katzentreppe weg ist.«

»Rauh!«, brüllt Boor auf einmal. »Bekloppt, allezosamme bekloppt! Isch han keen Zig für den Driss. Isch han ne Träffe mit ming Dochter. Wenn isch in zwe Stonde weder hee ben, dann es hee allet picobello. Sunst jibbet Rambazamba!!! Hammer ons verstande?«

Hiller und ich blicken uns vielsagend an. In dieser Hinsicht verstehen wir uns sehr, sehr gut.

Kapitel 19

Aus Putem Hause

Heute ist ein superschlechter Sonntag. Mit Ansage. Genau so habe ich das auch in meinen Kalender geschrieben: Superschlechter Sonntag.

Über meinem kleinen Privatkrieg mit dem Balkon-Nazi von gegenüber hatte ich das allerdings wieder erfolgreich verdrängt. Jetzt schlägt es mit aller Härte auf mich ein.

»Du weißt aber schon, dass wir nachher Besuch kriegen?«, schneidet eine kalte Stimme durch die Luft über mir. Ich wälze mich aus den Kissen und starre in das Gesicht, das bedrohlich auf mich herabschaut. Wow, das Erste, was Laura seit gut vierundzwanzig Stunden zu mir sagt. Die Frau soll mal einer verstehen. Wenn man ihre Katze hasst und mit dem Staubsauger jagt, ist sie sauer auf einen. Wenn man sich aber bis zum letzten Hemd für die Katze aufopfert, ist sie noch viel wütender. Sie deutet meinen fragenden Blick als morgendliche Müdigkeit: »Wach werden, Max! Beee-suuuuch!«

»O nein!«, sage ich und versuche, mich irgendwie zwischen den Kissen zu vergraben. Ein wütendes Fauchen lässt mich jäh innehalten.

»'tschuldigung, Elvis! Habe dich nicht gesehen.« Ich kraule dem Kater den Bauch, und sofort fahren seine Krallen wieder ein. Kurz darauf ist ein zufriedenes Schnurren zu hören.

Können wir nicht einfach den Tag im Bett bleiben? Offenbar nicht: »Max, los jetzt, die kommen doch nachher.«

Die.

Ich erinnere mich noch sehr gut an den Dialog vergangene Woche:

»Nächstes Wochenende kriegen wir Familienbesuch.«

»Och nö, schon wieder deine Eltern?«

»Nein, aber ein anderes nettes Pärchen, das mal nach seinem Sprössling sehen will.«

»Meine Eltern? Warum weiß ich davon nichts?«

»Ich rede von Elvis.«

»Elvis ist doch nicht mein Vater.«

»Sei nicht dumm, Max! Ich rede ja auch von Elvis' *eigentlichen* Eltern.«

»*Die* Poal und *der* Tschortsche kommen zu Kaffee und Kuchen?!?«

Nein, natürlich war nicht die Rede von Paul und George. Elvis' leibliche Eltern haben wahrscheinlich schon wieder vergessen, dass es jemals einen *toll*wütigen Kater in ihrem Wurf gab. Meine verrückte Katzenfreundin meint ihr älteres – menschliches – Vorbild und den dazugehörigen Jürgen mit ordentlich Wumms auf der Blase. Darauf habe ich ungefähr so viel Lust wie auf das Saubermachen des Katzenklos. Vielleicht sogar noch ein bisschen weniger.

»Komm, Elvis, wir machen jetzt mal Käsekuchen, und der Max zieht sich was Nettes an!«, trällert Laura. Elvis und ich werfen ihr gleichermaßen böse Blicke zu, während sie aus dem Schlafzimmer eilt.

»Blöde Kuh«, raune ich dem Kater zu und kraule ihn direkt unterm Kinn. Da mag er es besonders gerne. Doch als das saugende Geräusch der sich öffnenden Kühlschranktür erklingt und Laura extra laut die Sahne schüttelt, springt Elvis sofort auf.

»Verräter!«, rufe ich ihm nach.

»Na, kleiner Putzelmann? Möchtest du auch etwas Creme?«

Ein langgezogenes Miauen ist die Antwort. Ich drehe mich noch einmal um. Wenn Laura jetzt erst mit dem Backen anfängt, dauert ja alles noch ein bisschen. Ich döse vor mich hin und verfolge anhand der Geräuschkulisse, wie Laura sich durch die einzelnen Arbeitsschritte des Kuchenbackens bewegt. Zwischen dem Scheppern von Schüsseln und dem Lärmen des Mixers ist auch immer wieder das auffordernde Miauen des Katers zu hören, gefolgt von Lauras »Nein, Elvis, du hattest jetzt wirklich schon genug«.

Plötzlich rumst es, Geschirr klirrt, Laura schimpft, und Elvis schimpft ebenso empört zurück. Kurz darauf kommt der Fellball ins Schlafzimmer geschossen. Er hat Mehl in der Haartolle und Teig auf der Nase. Beleidigt hüpft er zu mir ins Bett und versucht, mit der Zunge den Klecks auf seiner Nase zu erreichen.

»Bei dem Terror kann doch echt kein Mensch schlafen!«, fahre ich ihn an und steige aus dem Bett. Elvis guckt mich unbeeindruckt an und leckt sich weiter durchs Gesicht. Ich betrachte mein Spiegelbild und überlege, wie ich mich mit möglichst wenig Aufwand in den sonntagsadäquaten Landtagsabgeordneten verwandeln kann. Insbesondere das sinnlos abstehende Haupthaar ist weniger eine Frisur denn ein zerrupftes Vogelnest.

»Guck mal, Elvis«, ich strecke ihm meinen Kopf hin und quäke dann wie der Mops, »sitzt da irgendwo noch ein liebes Vöglein?«

Elvis schaut mich nicht einmal an und leckt sich weiter das Fell. Vielleicht sollte ich mein Frisurproblem auch wie der Kater lösen. Ein bisschen Sabber links, ein bisschen Sabber rechts auf die Hand und dann immer wieder über den Kopf wischen? Ich entscheide mich dann doch für die richtige Dusche und eile mit dem omnipotenten rotkarierten Hemd ins Badezimmer. Elvis will da partout nicht mit. Er unternimmt lieber noch einen Abstecher in die Küche.

Als ich um Punkt fünfzehn Uhr Elvis zum vierten Mal vom Käsekuchen vertreibe und allein deswegen schon einen weiteren Negativrekord in Sonntags-möglichst-wenig-Schritte-Gehen aufgestellt habe, klingelt es. Frau Poßler fällt im wahrsten Sinne mit der Tür ins Haus und drückt Laura und mich ohne Vorwarnung an sich. So nahe war ich meiner Freundin schon länger nicht mehr. Ich gucke sie hilflos an, während sie nur raunt: »Sei bloß nett!«

»Wenn ich das hier überlebe ...«, entgegne ich, nach Luft schnappend.

»Hach, ist das schön, einander wiederzusehen!«, erklärt die verrückte Katzenfrau und gibt uns wieder frei.

»Gell?«, sage ich trocken und fange mir sofort wieder einen bösen Blick von Laura ein. Doch Frau Poßler merkt in ihrer überschwänglichen Freude überhaupt nichts von meinem zynischen Unterton und bestätigt mir: »Gell!«

Hinter ihr erscheint eine ältere Ausgabe des Mannes, den ich auf dem Foto im poßlerschen Flur gesehen habe. Er trägt ebenfalls ein rotkariertes Hemd. Nur ein blöder Zufall oder gar ein Wink des Schicksals? Was die Emotionalität des Augenblicks angeht, scheinen wir uns jedenfalls auch äußerst ähnlich zu sein. Weitaus weniger verzückt begrüßt er uns: »Guten Tag, Jürgen Poßler.«

Er schüttelt uns beiden förmlich die Hand und folgt dann Lauras Einladung ins Wohnzimmer: »Kommt doch erst mal richtig rein! Elvis ist auch da!«

Der Kater hat sich auf der Couch zusammengerollt und schmollt wohl immer noch, weil er nicht an den Käsekuchen darf. Als wir ins Wohnzimmer einfallen, blickt er missbilligend auf.

»Oh, ich glaube, er erkennt uns wieder, gell?«

»Sicher«, sage ich so überzeugend wie möglich, und sogar Lauras Stimme glaube ich einen gewissen Zynismus entnehmen zu können: »Alles andere wäre ja auch ein Unding.«

Jürgen Poßler hingegen erklärt trocken: »Sei nicht dumm, Rita! Die Katze hat keine Ahnung mehr, wer du bist!«

So heißt Frau Poßler also mit Vornamen. Damit wäre auch das große Mysterium des ersten Besuchs gelüftet. Vielleicht sollte ich jetzt auch zum Du übergehen? Rita jedenfalls plustert sich auf, um etwas zu erwidern. Doch bevor sie die Luft wieder rauslassen kann, hält Herr Poßler eine große Plastiktüte in die Höhe und fragt: »Wo darf ich unsere Mitbringsel abstellen?«

Sofort hat Frau Poßler wieder ein Lächeln im Gesicht, und anstatt die angestaute Luft abzulassen, um mit ihrem Mann zu meckern, erklärt sie uns: »Wir haben euch ganz viel frisches Grillfleisch mitgebracht. Natürlich aus eigener Zucht.«

»Oh. Danke.« Antibiotikum im Speckmantel.

»Fleisch aus Putem Hause«, erklärt Jürgen Poßler trocken. Kurz grinse ich über den extra schlechten Wortwitz, frage mich dann aber, ob das nicht vielleicht der ernstgemeinte Werbespruch der poßlerschen Mastanlage ist.

»Laura sagte mir am Telefon etwas von einem großen Gartenfest, und da dachten wir, etwas Fleisch wäre vielleicht besser als Blumen.«

»Ach, das ist aber lieb«, nickt Laura.

»Und natürlich ist auch ein bisschen was für den feinen Elvis dabei.«

»Wo kann ich die Tüte denn jetzt abstellen?«, fragt Poßler noch einmal.

»Vielleicht gleich hier?« Laura deutet auf den Sessel.

»Nein!!!«, entfährt es mir exakt so entschieden, wie es mir durch den Kopf schießt. Ich begreife sofort, dass es absolut unhöflich wirkt, und füge schnell an: »Entschuldigung. Ich habe schlechte Erfahrungen mit toter Pute auf Sesseln gemacht.«

Eine Viertelstunde später – von denen wir vierzehneinhalb Minuten lang Elvis angeguckt haben und einmütig der Meinung waren, dass er wirklich ein »total süßer Kater« ist (bei einer Enthaltung von Jürgen Poßler) – sitzen wir an unserem Esstisch in der Küche. Lustlos stochere ich in einem Stück Kuchen, das die Furchen einer rauen Katzenzunge erkennen lässt. Ich werfe griesgrämige Blicke zu Frau Poßler, die in einer Tour schnattert, und zu Laura, die mich dann ebenso böse anschaut und sich sofort wieder lächelnd Frau Poßler zuwendet. Der Kater tut den beiden Tratschtanten auch noch den Gefallen, in Echtzeit jede Menge Gesprächsstoff zu liefern. Natürlich ist er uns in die Küche gefolgt, in der Hoffnung, dass er vielleicht doch noch ein bisschen Kuchen abgreifen kann. Als diese Chance ausbleibt, kann sich die weibliche Besetzung des Tisches aber darüber freuen, wie Elvis lustlos hinter seiner Stoffmaus herjagt, laut losgackern, als er seinen Stofflöwen sexuell belästigt, und mehrfach aus vollem Halse

»Süüüß« rufen, als Elvis sich mit der Pfote das Gesicht putzt. Mir gegenüber sitzt der Herr der Puten, der seit der Begrüßung kein Wort mehr gesagt hat und ähnlich begeistert mit seiner Gabel hantiert. Alle fünf Minuten guckt er auffällig unauffällig auf sein völlig veraltetes Nokia 3310, das er in so einer lächerlichen Gürteltasche trägt. Dann patscht seine Frau jedes Mal auf seine Finger und ruft: »Lass das doch mal, Jürgen. Das ist doch unhöflich, gell?«

»Rita, lass mich, Herrgottnochmal! Ich muss doch die Maschinen im Blick behalten.«

»Immer geht es nur um deine blöden Puten«, schnappt sie zurück, »füttern, Ställe reinigen, schlachten …«

»Und bei dir geht's immer nur um die verdammten Katzen«, erwidert er, »füttern, Klo reinigen, du weißt schon …«

Schlachten? Nee, oder?

»Aber ich mache das alles selbst, im Schweiße meines Angesichts. Du hast für alles die Maschinen, gell?«

Er bleibt ihr das bestätigende »Gell« und mir eine Erklärung dafür schuldig, was das dritte große Ding bei der poßlerschen Katzenhaltung ist. Stattdessen stochert er weiter in seinem Kuchen herum. Laura und ich überlächeln die Situation, und nach einer Weile nimmt auch Frau Poßler einen Schluck Kaffee, als sei nichts gewesen. »Wo war ich?«

Ihr Mann und ich deuten mit unseren Kuchengabeln auf Elvis.

»Ach, genau. Im Moment ist ja auch bei uns vielleicht wieder ein Trubel mit den vier Großen. Insbesondere mit Ringo und Tschortsche …«

Ihr Ehemann scheint die Geschichte schon zu kennen. Poßler blickt von seinem Handy auf und unterbricht seine Frau: »Wo kann ich denn mal eine rauchen?«

»Gleich hier, wenn Sie wollen«, ich nicke zur Balkontür, »ein Aschenbecher dürfte da auch noch irgendwo zwischen den Blumentöpfen stehen.«

»Max zeigt Ihnen das sicher gerne!«, entscheidet Laura für mich. Vor den Poßlers tut sie natürlich so, als wäre alles in bester Ordnung zwischen uns.

»Nicht nötig.« Der ältere von den beiden Männern in rotem Hemd hält eine Pfeife in die Höhe und erhebt sich.

»Ach, der Max macht das trotzdem gerne«, beharrt Laura, und die andere Katzenfrau springt ihr bei: »Joa, Max, und dann zeig ihm doch mal die Katzentreppe, die du extra für den Elvis gebaut hast, gell?«

»Au ja! Das ist eine tolle Idee«, findet Laura. Jürgen und ich finden das nicht.

Zwei Minuten später stehen wir auf dem Balkon und beugen uns über das Geländer.

»Da«, sage ich und deute auf die Katzentreppe.

Jürgen sagt nichts und nickt nur.

»Ist halt direkt am Balkon befestigt.«

»Seh' schon.«

»Mit Haken.«

»Hmm.«

Wir hängen noch dreißig Sekunden über dem Geländer und schweigen uns an. Mein Blick schweift etwas hilflos durch unseren Garten. Das Vogelhäuschen, der Kratzbaum, die Vogelscheuche, die Schilder. Alles noch da. Wenn Jürgen Poßler es merkwürdig findet, lässt er es sich jedenfalls nicht anmerken. Er beugt sich zurück und zieht die Pfeife aus der Brusttasche. Ich stehe unschlüssig daneben und schaue ihm beim Pfeifestopfen zu. Soll ich jetzt wieder reingehen? Auf der anderen Seite des Küchenfensters hocken zwei verrückte

Katzenfrauen und lachen mich an. Das heißt, nur Frau Poßler lacht mir zu. Laura tut nur so. Vielleicht ist es hier draußen doch ganz nett. Mein Blick wandert durch den Garten und bis zum Nachbarhaus. Zwei Augenpaare funkeln mich finster aus der Loggia im Erdgeschoss an.

»Wir haben auch Erdspechte hier«, versuche ich spontan ein Gespräch zu beginnen. Wenn schon die Richtigkeit eines Wikipedia-Artikels bestritten wird, dann muss doch die Aussage eines professionellen Vogelzüchters ihr Gewicht haben.

Poßler entzündet die Pfeife und erklärt paffend: »Ich interessiere mich nicht für Vögel.«

Bitte?

»Das überrascht mich jetzt ein bisschen«, sage ich, »immerhin züchten Sie die Viecher ja.«

Poßler zuckt nur mit den Achseln.

»Also würden Sie keinen Erdspecht erkennen, wenn Sie einen sähen?«, hake ich noch einmal nach.

»Mit Sicherheit nicht«, schmatzt Poßler und nimmt dann seine Pfeife aus dem Mund. »Puten erkenne ich. Und Hähnchen. Das reicht völlig.«

Elvis kommt durch die Balkontür geschlichen und springt neben uns auf das Geländer. Von seiner erhöhten Position aus beobachtet er den gegenüberliegenden Balkon. Seine Anwesenheit bleibt nicht unbemerkt, und sofort krächzt es alarmierend: »Hidla! Hidla!«

»Ach so, und die Nachbarn haben diesen Graupapagei. Aber damit kann ich Sie dann wahrscheinlich auch nicht beeindrucken.«

»Nee.«

»Ist ja auch eher ein komischer Vogel«, formuliere ich es bewusst vorsichtig.

»Das kannst du wohl laut sagen.« Zum ersten Mal hat Poßler so etwas wie Emotion in der Stimme.

»Hidla!«, krächzt der Vogel wie zur Bestätigung.

»Okay, ›eher komisch‹ ist hemmungslos untertrieben«, räume ich ein.

»Ist das ein Männchen?«

»Äh ja, ich glaube schon. Zumindest heißt er Goethe«, erkläre ich irritiert. »Wieso?«

»Der wäre bei mir direkt im Häcksler gelandet«, erklärt Poßler trocken, »schon lange bevor dem der Schnabel so krumm gewachsen wäre.«

Ich lache höflich über den schlechten Witz und merke dann ebenso unlustig an: »Ich glaube, auf dieses Frikassee könnte ich verzichten. Der Vogel ist zwar ziemlich groß, an so einem Papagei ist aber bestimmt nicht viel dran.«

»Ich will den nicht essen«, winkt Poßler paffend ab. »Einfach in unseren Häcksler mit ihm, und das Problem wäre gelöst. Machen wir mit allen Männchen in der Anlage so. Schon wenn die Tiere noch ganz jung sind.«

»Bitte?«

»Wir schaffen rund zweitausend Küken am Tag.« Mit dem Zeigefinger macht er eine zirkulierende Bewegung.

»Sie machen Scherze, oder?«, frage ich vorsichtig.

»Wieso?«

»Sie jagen jeden Tag zweitausend Küken in einen Häcksler?«

»Nein.«

»Ich dachte schon.«

»Zweitausend *männliche* Küken. Die Weibchen ziehen wir groß, füttern sie an und schlachten sie. Das Fleisch der Männchen ist einfach zu zäh.«

Zweitausend tote Küken *am Tag*. Unfassbar! Und dieser Mann erzählt das alles mit stoischer Ruhe, als ginge es ums Hemdenbügeln. Was würde wohl passieren, wenn das der gegenüberliegende Balkon mitkriegt? Fast bin ich geneigt, den durch und durch entspannten Vogelmassenmörder gegen den cholerischen Vogelliebhaber antreten zu lassen. Das wäre mal witzig. Doch ein Blick in unsere Küche hält mich davon ab. Laura hätte bestimmt wieder irgendwelche Einwände.

»Erzählen Sie das bloß nicht denen von gegenüber. Die würden dafür sicher kein Verständnis aufbringen.« Ich tätschle Elvis und nicke in Richtung des gegenüberliegenden Hauses. »Die haben ja schon ein ziemliches Problem mit Katzen, weil die Vögel fangen. Inzwischen haben wir auch ein bisschen Angst, dass die Elvis mal was antun. Wir sind erst neulich aneinandergeraten.«

»Kommt daher auch dieser ganze Mist hier im Garten?« Poßler deutet mit seiner Pfeife auf das Schild mit der Aufschrift *Vogelschutzgebiet*. Das muss Hiller gestern Nacht noch aufgestellt haben.

»Ja«, bestätige ich nickend, »aber das sitze ich jetzt aus. Auch wenn das vielleicht nicht jedem gefällt. Laura zum Beispiel ist im Moment auch nicht so gut auf mich zu sprechen.«

Warum erzähle ich Poßler das alles?

»Ein Kratzbaum im Garten ist auch schon ziemlich extrem, oder?«

»Mir kam es in dem Augenblick ziemlich clever vor«, entgegne ich und füge dann möglichst selbstbewusst hinzu: »Und jetzt bleibt der da auch stehen, bis das verdammte Vogelhäuschen weg ist!«

Ich fasse meine Captain-Zadow-Erlebnisse noch einmal in

der langweiligen Normalo-Version zusammen. Zwischendurch werde ich mehrmals von dem verdammten Papagei unterbrochen. Unter meiner Handfläche spüre ich, wie Elvis sich zunehmend anspannt.

»Wir haben auch so unsere Probleme mit diesen Vogelschutz-Fanatikern«, erklärt Poßler fast schon einfühlsam. »Manchmal versuchen die, aufs Gelände zu kommen und die Tiere zu befreien. Alles Bekloppte, alles Bekloppte.«

Ich nicke zustimmend, obwohl ich finde, dass der Vergleich doch ziemlich stark hinkt. Zwischen einer Katze und einer Massentierhaltungsanlage gibt es dann doch den ein oder anderen Unterschied. Zweitausend tote Küken am Tag zum Beispiel. In der Tat sympathisiere ich im Falle der Massentierhaltungsanlage mit den Tierschützern.

»Vielleicht solltest du mal ein bisschen lockerer werden, dir einfach mal einen Ausgleich suchen! Das befreit ungemein von dem ganzen anderen Stress.« Poßler hält mir die Pfeife hin und guckt wie beiläufig auf das Handy an seinem Gürtel. Mehr zu sich selbst und mit einem eigenartigen Tonfall, einer Mischung aus Genugtuung und Erregung, erklärt er: »Gleich ist Fütterungszeit im Betrieb.«

Sofort frage ich mich, was er mit »Ausgleich« meint: die Pfeife oder doch den Betrieb einer Massentierhaltungsanlage? Wer täglich zweitausend Küken umbringt – die Schlachtung der Puten noch gar nicht eingerechnet –, muss eine sehr eigene Sicht auf die Dinge entwickeln. Ich antworte möglichst unbestimmt: »Ich glaube, das ist nichts für mich.«

»Das ist auch gut gegen den Gestank vom Katzenklo«, erklärt er vielsagend.

»Ach, tatsächlich?« Jetzt ist mein Interesse doch geweckt. Pfeifentabak gegen Katzenkacke – wäre das vielleicht eine

Option? Andererseits, wenn ich an den Besuch bei den Poßlers zurückdenke, könnte er damit auch ebenso gut die Mastanlage meinen. Der Vogelkackegeruch war ja omnipräsent.

»Trotzdem nicht. Danke.«

Poßler nickt einsichtig, zieht an seiner Pfeife und guckt zufrieden auf sein Handy. »Jetzt gehen die Maschinen an. Früher oder später kommt jeder auf den Geschmack.«

Verdammt noch mal, reden wir über Massentierhaltung oder übers Rauchen?

Von drüben plärrt wieder der blöde Vogel. Elvis entgleitet meinen Fingern und läuft mal wieder direkt auf den Balkon der Hillers zu. Ich spüre, wie mir das Adrenalin durch den Körper schießt und meinen Puls nach oben treibt, während Goebbels mir weiter entgegenplärrt. Ich brauche etwas zum Entspannen. Eine Pfeife. Oder nein, besser: eine Massentierhaltungsanlage mit Industriehäcksler!

Kapitel 20

Flugmanöver

Das Schreiben von der Hausverwaltung kommt drei Tage später. Mit den Worten »Hoffentlich kommst du jetzt endlich zur Vernunft, Max!« überreicht Laura mir den Brief. Mit Ausnahme der wenigen Worte während des Besuchs der Poßlers ist dies das Erste, was sie seit zweiundsiebzig Stunden Stillschweigen wieder zu mir sagt. Ich schaue sie fragend an. Doch sie droht nur: »Wenn wegen dir die Katzentreppe wegmuss...«

»Was? Wieso?« Ich lasse meine Aktentasche fallen und reiße ihr das Schreiben aus der Hand:

Betreff: Grünflächennutzung Roosevelt-Siedlung

Sehr geehrter Herr Dr. Hiller, sehr geehrter Herr Zadow,
Leve Max, do Dommkoop!!! steht handschriftlich daneben

Bezug nehmend auf die derzeitig gültige Hausordnung vom 01.01.2006 machen wir Sie darauf aufmerksam, dass die Gartennutzung allen Bewohnern der Hausnummern 5 bis 51 gleichermaßen zusteht. Um dies zu gewährleisten, ist es den Bewohnern nicht erlaubt, eigenständig die Grün- und Gartenflächen zu gestalten. Dazu heißt es in § 13 der Hausordnung ausdrücklich:

»Die Pflege und Gestaltung des Gartens übernimmt die Hausverwaltung. Den Bewohnern ist es nicht gestattet, ohne Rücksprache mit den Eigentümern eigenhändig Bepflanzungen vorzunehmen oder sonstige gartentypische Außenanlagen (Grills, Terrassenflächen etc.) dauerhaft zu errichten.«
Entsprechendes wurde Ihnen auch am 07. 08. durch unser Facility-Management mitgeteilt. *Dat ben isch!!!* (Wahnsinn, der Hausmeister schreibt sogar, wie er spricht.)
Vor diesem Hintergrund fordern wir Sie letztmalig höflichst auf, die jeweils von Ihnen »installierten« Gegenstände spätestens bis zum 15. 08. zu entfernen. Dies umfasst insbesondere:

- einen Kratzbaum
- ein Vogelhäuschen
- eine Fußballfahne
- diverse Beschilderungen: »Vorsicht, bissiger Nachbar« etc.
- eine Vogelscheuche

Diese Liste ist nicht abschließend. Sollten Sie zwischenzeitlich weitere Gegenstände im Garten vergraben oder auf sonstige Art und Weise angebracht haben, bitten wir Sie, diese ebenfalls bis zur gesetzten Frist wieder zu entfernen. Darüber hinaus werden Sie aufgefordert, die an der Grasnarbe entstandenen Schäden zu beheben. Andernfalls werden wir eine Entfernung der Gegenstände und eine Wiederherstellung der Rasenfläche auf Ihre Kosten durch unser Facility-Management veranlassen.

Mit freundlichen Grüßen
O. Freund & B. Fröhlich
Hausverwaltung
PS: Vorläufig ausgenommen von dieser Aufforderung bleibt die Katzentreppe an der Mietwohnung Zadow/Berger, da

diese offenbar unmittelbar mit dem Balkon im Erdgeschoss verbunden ist. Die Installation der Treppe werden wir bei der nächsten Routinebegehung aber genauer begutachten. Erst danach werden wir diesbezüglich zu einer abschließenden Entscheidung kommen können.

Jern jeschehe!!! Uhne misch hätste jar nix mih!!!

Oh, fuck.

»Und, Laura, was schreiben wir denen jetzt zurück?«, frage ich meine Anwältin. »Erst soll mal schön der Hiller abbauen. Vorher tun wir keinen Handgriff. Leistung nur Zug um Zug oder wie das heißt?«

»Hiller ist längst zur Vernunft gekommen«, entgegnet Laura trocken, »der steht schon seit einer Viertelstunde im Garten und schraubt an dem Vogelhäuschen rum.«

»Ist nicht wahr!«, sage ich, doch der Blick aus dem Küchenfenster gibt Laura recht. Er trägt schon wieder seine dämliche Latzhose – nur dieses Mal mit Einstecktuch in der Brusttasche.

»Vielleicht gesellst du dich mal dazu und bereitest diesem Trauerspiel ein Ende!«

»Also gut, ich muss nur kurz mein Einstecktuch holen«, scherze ich. Niemand lacht.

Fünf Minuten später bin ich auf dem Weg in den Garten und schleife lustlos den Spaten hinter mir her. Hiller hat den Kopf in das Vogelhäuschen versenkt. Und wieder macht ihn ein tierischer Sidekick auf mich aufmerksam.

»Ferdinand, guck mal da!«, bellt der Mops.

Eine wohlbekannte Zornesfalte kommt unter dem Holzdach hervor und schießt sofort Gift in meine Richtung: »Sie können es wohl nicht lassen, Herr Nachbar. Das muss doch nicht sein, dass Sie mit dem Spaten so über die Wiese ackern. Was denken Sie sich nur?«

»Das möchten Sie gar nicht wissen«, sage ich und ramme den Spaten in das noch lockere Erdreich am Kratzbaum. Garantiert hat dieser Scheißkerl unsere Katzentreppe bei der Hausverwaltung angeschwärzt.

»Also, hören Sie mal ...«

»Nein, ich höre jetzt nicht mehr! Seien Sie einfach still, und bauen Sie Ihren dämlichen Dil... Ihr dämliches Häuschen ab!«, erkläre ich und lasse in einer schwungvollen Bewegung den nächsten braunen Klumpen von der Schippe fallen. »Ich kümmere mich dafür um das Ding hier.«

»Wenn Sie glauben, ich würde hier zurückweichen, Herr Nachbar, dann haben Sie sich aber mächtig geschnitten! Solange Sie Ihre Katze und Ihre Katzentreppe haben, bleibt mein Vogelhäuschen!«

Was? Ich halte in der Bewegung inne und starre Hiller an. Jetzt erst fällt mir auf, dass er seinen Klappspaten gar nicht dabeihat. Nur diesen blöden Schraubenzieher und eine kleine Kiste mit Nägeln und Schrauben.

»Ja, da gucken Sie dumm, Herr Nachbar!«

In der Tat.

»Haben Sie das Schreiben von der Hausverwaltung etwa noch nicht bekommen?«, frage ich.

»Selbstverständlich«, erklärt Hiller. »Und sehr gründlich gelesen!«

Das Einstecktuch in seiner Brusttasche entpuppt sich als der Brief von Freund & Fröhlich. Er faltet das Schreiben auseinander und tippt auf eine Stelle im PS, die mit Textmarker unterlegt wurde: »... offenbar unmittelbar mit dem Balkon verbunden ...«

»Sehen Sie, Herr Nachbar?«

»Ja«, sage ich. Aber ich verstehe nicht, worauf der werte Herr Doktor jetzt schon wieder hinauswill.

»Gut. Besser, Ihre Katze lässt in Zukunft mein Eigentum in Ruhe!«

Geht das schon wieder los?

»Wenn Sie Goebbels meinen, der sitzt ja gut geschützt in einer der oberen Logen des Sportpalastes und kann den Schnabel ziemlich weit aufreißen ...«

»Ich lasse nicht zu, dass Sie meinen Papagei derart verunglimpfen mit Ihren schändlichen Vergleichen.«

»Elvis kann jedenfalls überhaupt nicht zu Ihnen auf den Balkon!« Das will der wahrscheinlich auch gar nicht. Das möchte nämlich niemand.

»Das mag sein. Aber auch hier im Garten wird der Kater mein Eigentum in Ruhe lassen!«

»Wieso hier im Garten?«

»Das, werter Herr Nachbar, wird eine Erweiterung unseres Balkons und ein Freigangbereich für Goethe.« Hiller deutet hinter sich. »Das Vogelhäuschen wird mit unserem Balkon verbunden und ist damit so legitim wie Ihre Katzentreppe.«

»Das kann man doch gar nicht vergleichen«, sage ich entnervt, »und Sie können doch nicht einfach den halben Garten für Ihre private Vogelhaltung beschlagnahmen.«

»Aha«, entfährt es Hiller, und er streckt den Zeigefinger in die Höhe, »da haben wir es doch schon! Falls es Ihnen nicht aufgefallen sein sollte: Genauso wenig dürften dann Sie den Garten für Ihre private Katzenhaltung nutzen!«

»Falls es Ihnen nicht aufgefallen sein sollte ...«, äffe ich Hiller nach, »für Elvis brauche ich keinen gigantomanischen Käfig, der den halben Garten einnehmen soll.«

»Das wäre was! Dann würde der zumindest keine Vögel mehr fangen«, schimpft Hiller zurück. »Im Übrigen liegen Sie falsch, Sie einfältiger Pinsel. Ich baue keine Foyers, sondern eine Flugleine!«

Eine Flugleine?

»Bitte was?«

»Entlang dieses Seils hier wird Goethe in Kürze bis zum Häuschen und zurück zu seinem Käfig fliegen können.« Der Nachbar deutet auf einen daumendicken Draht auf der Wiese, der mir bisher noch gar nicht aufgefallen ist. Das eine Ende liegt lose auf dem Rasen, das andere Ende wird auf dem hillerschen Balkon vom Mops festgehalten. Ich schüttele ungläubig den Kopf.

»Sie wollen hier mal so eben zehn Meter Drahtseil durch den Garten spannen, damit das Vogelhaus unmittelbar mit Ihrem Balkon verbunden ist?«

»Fünfzehn.«

»Fünfzehn? Nicht auszudenken, wenn das mal einer nicht sieht und da drin hängenbleibt«, empöre ich mich, »zum Beispiel ein spielendes Kind!«

»Ach, jetzt machen Sie sich doch nicht zum Anwalt der Kinder und Entrechteten, Herr Nachbar. Das ist doch lächerlich!«

Hiller fummelt wieder im Inneren des Häuschens herum.

»Nein, Ihr Drahtseilakt ist lächerlich. Und äußerst gefährlich!«

»Dann geben Sie gut acht, wenn ich hier jetzt meinen gefährlichen Draht spanne, Herr Nachbar!«

Er greift nach dem Ende auf der Wiese. »Gut festhalten, Liebelein!«

Leider ist der Mops nicht in der Lage, die einfachsten Befehle auszuführen. Stattdessen schwingt das Seil mit schnellen Bewegungen durch die Luft.

»Ferdinand, da ist der wieder! Da ist der wieder!« Wie ein Flummi mit Hut hüpft Frau Hiller am Balkongeländer auf und ab. Auch Goebbels ist plötzlich ganz aufgeregt und fasst das Grauen in einem Namen zusammen: »Hidla!«

»Liebelein, halt still, sonst werde ich hier nicht fertig!«, versucht Hiller den Mops an seiner Leine zu beruhigen.

»Aber da ist die Katze schon wieder!«

Tatsächlich hat Elvis sich hinter einem Blumenkübel in der Nähe versteckt und beobachtet neugierig, wie das Drahtseil durch die Luft tanzt. Das aufgeregte Peitschen seines Schwanzes wirkt dagegen äußerst mickrig. Ich rufe ihn ein paarmal, doch natürlich hört er nicht, sondern schleicht nur weiter in der Nähe des sich spannenden Drahtes umher. Ich eile zu ihm, doch der Kater weicht mehrmals meinen Händen aus.

»Fertig«, gibt Hiller plötzlich schon die Startbahn frei, »du kannst Goethe jetzt rauslassen!«

Schon wenige Augenblicke später startet auf dem Nazi-Balkon die feindliche Messerschmitt. Gebannt starren Elvis und ich auf das Geflattere über uns. Nun erkenne ich auch, wie die Flugleine genau funktioniert: Am Fuß des Papageis ist ein etwa zwei Meter langes Lederseil festgemacht, das wiederum mit einer Schlaufe um das Drahtseil gebunden ist. So hat der Papagei einen gewissen Spielraum um den Draht. Er kann sogar auf der Wiese landen, aber nicht gänzlich wegfliegen, sondern letzten Endes nur vor und zurück. Genau das tut er jetzt und zerrt »Hidla! Hidla!« rufend mit aller Kraft an der Leine.

»So ein toller Vogel«, erklärt Hiller stolz.

Neben mir gibt ein kleines Raubtier ein tiefes Gurren von sich. Ich versuche, den Kater beruhigend zu kraulen, doch der windet sich sofort aus meinen Fingern und springt schnell hinter dem Vogel her. Zu allem Überfluss scheint dem Papagei schon die Puste auszugehen. Goebbels sinkt immer tiefer und landet schließlich keine fünf Meter von uns entfernt auf der Wiese. Dort stakst er in kleinen Kreisen umher und erklärt sehr selbstzufrieden: »Hidla! Hidla!«

»Richtig, Goethe. Das hier ist der Garten Hiller! Verbunden mit unserem Balkon.«

»Das ist nicht Ihr Garten«, entgegne ich, »und ich glaube auch nicht, dass Goebbels das meinte.« Obwohl sein inoffizieller Namensvetter natürlich schon dazu neigte, Raum annektieren zu wollen, der ihm gar nicht zustand. Während ich in meiner hilflosen Wut noch schiefe Nazi-Vergleiche anstelle, schreitet Elvis zur Tat. In geduckter Haltung schleicht der Kater auf seine Beute zu. Hiller reagiert sofort. Hätte ich nicht in diesem Augenblick Sorge um Elvis, ich würde laut lachen: Anstatt tatsächlich zu fauchen, imitiert Hiller bloß ein Fauchgeräusch mit normalen Worten: »Rakasch, rakasch, rakasch!«

Dazu rudert er mit den Armen, als wolle er in die Luft gehen. Elvis weicht einige Schritte zurück, läuft einen Bogen und versteckt sich hinter seinem Freiluft-Kratzbaum.

»So nicht, Herr Hiller! So nicht!«, presse ich hervor. Dem Mann muss man echt mal einen Spiegel vorhalten. Ich hüpfe um ihn herum und rudere genauso dämlich mit den Armen. Dazu schreie ich ihn laut an: »Rakasch, rakasch!« Dann stürme ich ebenso lärmend auf den Vogel los.

Goebbels geht sofort in die Luft. Mit aller Kraft zerrt er an der Leine und versucht, senkrecht nach oben zu steigen.

»Hidla! Hidla!«, plärrt der Vogel.

»Sie Monster!«, plärrt Hiller.

»Ferdinand, du liebe Güte!«, plärrt seine Frau.

»Rakasch!«, plärre ich, aber nicht mehr ganz so leidenschaftlich. Denn der Draht spannt sich bedrohlich unter dem starken Zug des Vogels. Und plötzlich gibt es einen Knall, das Seil schnalzt laut, und der Widerstand am Bein des Papageis fällt in Sekundenschnelle weg. Goethe wird von den eigenen Flügelschlägen einige Meter in die Höhe geschossen.

Irgendetwas fällt auf meinen Kopf und landet dann silberglänzend neben mir auf der Wiese. Ich hebe das verbogene Metallstück auf und begutachte es in meiner Hand. »Herr Hiller, haben Sie die gesamten fünfzehn Meter Drahtseil nur mit einer einzigen Öse befestigt?!?«

»Goethe, komm zurück!« Meine Frage wird ignoriert. Die Messerschmitt steigt noch einige Meter höher.

»Ja, verschwinde einfach, du dummes Mistvieh!« (Unglaublich, man muss so einen dummen Spruch nur ein paarmal hören, und schon geht der in den aktiven Wortschatz über. Nur bei Lateinvokabeln oder Schadensberechnungsformeln klappt das einfach nicht.)

Doch der Vogel tut mir den Gefallen nicht. Denn so weit oben wird es ihm offenbar zu unheimlich. Eher wie ein Sack Zement denn ein Sack Federn tritt er den Rückweg an. Irgendwie schafft der Papagei es dann aber doch, die oberste Etage der Katzentreppe anzusteuern und würdelos, aber unversehrt darauf zu landen.

»Hidla«, erklärt er etwas überrascht und schüttelt sich. Einen Augenblick lang scheint die Zeit stillzustehen, alle Augen sind auf den Vogel gerichtet. Dann, als hätten alle nur noch einmal tief Luft holen müssen, geschehen viele Dinge sehr schnell hintereinander.

»Mau«, gurrt Elvis bedrohlich leise und springt in flüssigen Bewegungen die Treppe hinauf.

»Ferdinand, pass auf, der Kater!«

Im Augenwinkel nehme ich wahr, wie der irre Nachbar mit dem Schraubenzieher in der Hand in Richtung Kratzbaum stürmt. Jetzt geht er endgültig zu weit! Vor meinem geistigen Auge sehe ich schon, wie der Kopf des Katers auf dem spitzen Ende aufgespießt wird. Ich schnappe mir meinen Spaten und schlage damit ohne Vorwarnung auf das Werkzeug in seiner Hand. Das laute *Plonk* lässt Elvis auf der vorletzten Stufe innehalten. Hiller kommt fast aus dem Gleichgewicht, kann sich aber gerade noch so fangen. Böse funkelt er mich an. Ich lasse meinen Spaten bedrohlich von einer Hand in die andere springen.

»Herr Nachbar, aus dem Weg!«

»Lass! Die! Katze! In! Ruhe!«, entgegne ich. Oh, jetzt habe ich Hiller auch noch geduzt. Aber richtig wütend schimpfen geht einfach nicht in der Sie-Form. Außerdem bleiben einem die besten Filmzitate verwehrt, wenn man nur siezen kann. Aber jetzt ist es ja auch egal. Ich hebe den Spaten in die Höhe und erkläre pathetisch: »Du kannst nicht vorbei!!!« (Gandalf, der Graue, in *Herr der Ringe – Die Gefährten*, wenn er in Moria gegen den Balrog kämpft – das hat auf jeden Fall mehr Pathos als irgendwelche Patrick-Swayze-Zitate.)

Soll die Katze doch den Vogel verjagen. Der Papagei wird sich schon nicht von Elvis fressen lassen. Eher fliegt er davon, und wir haben endlich Ruhe. Das ist dann ja auch Hillers eigene Schuld, wenn der zu blöd ist, eine Flugleine zu montieren.

»Sind Sie jetzt völlig übergeschnappt?«

»Mau?«

»Genau, Elvis, der Irre wird dir nichts tun!« Ich blicke kurz nach hinten und zwinkere Elvis zu. Doch die Katze schaut mich nicht einmal an. Stattdessen nimmt sie die letzte Hürde zum Papagei.

»Hidla?«, fragt Goebbels unwirsch und macht sogar einen Schritt auf Elvis zu. Ist der Vogel blöd? So langsam könnte der echt mal wegfliegen! Der Kater hebt die Pfote. Ein kollektives Raunen echot durch den Garten. Eigentlich müsste man jetzt einschreiten – das sehe sogar ich ein. Doch irgendwie stehen wir alle nur wie gebannt da und gaffen auf das Schauspiel. Gleich kommt einer dieser schnellen Schläge mit dem linken Haken, die für das menschliche Auge kaum zu erkennen sind. Und dann war es das mit Goebbels-Goethe, dem umstrittensten Sprachtalent in der Geschichte der Papageienzucht. Ich halte den Atem an: Auge in Auge sitzen sich die beiden Haustiere gegenüber.

Auge in Auge? Dieser Vogel ist echt verdammt groß.

Das Nächste, was ich dann wahrnehme, ist ein lautes Quieken, wie Elvis es macht, wenn man ihm aus Versehen auf die Pfote oder den Schwanz tritt. Mindestens genauso schnell, wie Elvis' Pfote gezuckt hat, ist Goethes Schnabel vorgeschossen und hat dem Kater in den Oberarm gezwickt. Der Katzenschwanz ist mit einem Mal nicht mehr in peitschendem Jagdmodus, sondern streckt sich dick aufgebauscht in den Himmel. Elvis faucht bedrohlich, doch Goethe macht noch einen Schritt nach vorne und schnappt mit dem Schnabel nach seinem Gegenüber. Ein aggressives »Hidla« erfüllt die Luft. Die überraschte Katze weicht weiter zurück. Der Schnabel des Papageis schnappt noch einmal zu. Panisch weicht Elvis weiter nach hinten aus und verlagert sein Gewicht – ins Nichts.

Zum Glück funktionieren die Instinkte der Katze ansonsten noch, und sie landet auf allen vieren. Hektisch blickt Elvis nach oben. Dort hat der Papagei offenbar Gefallen an der ungewöhnlichen Rollenverteilung gefunden. Mit vor Stolz geschwellter Brust und ausgebreiteten Flügeln krächzt der verkappte Reichsadler: »Hidla! Hidla!«

Hals über Kopf stürzt Elvis davon. Goethe stößt sich vom Rand der Plattform ab und kreist wie ein Raubvogel über dem entsetzten Vierbeiner. »Hidla! Hidla!«

Elvis fühlt sich offenbar in keinem Gebüsch sicher. Wie von der Tarantel gestochen jagt er von einem Ende des Gartens in das andere. Ich verfolge das Schauspiel einen Augenblick lang. Muss ich mir Sorgen um Elvis machen? Muss ich Elvis zu Hilfe eilen? Muss ich Hiller jetzt erklären, dass sein Eigentum es zu unterlassen hat, meinem Eigentum etwas anzutun? Was auch immer angebracht wäre, ich kann nicht anders, als loszuprusten: »Elvis, du bist wirklich der größte Feigling, den ich je gesehen habe!«

Als Hiller mich so lachen sieht, bricht auch aus ihm ein ungehemmtes Lachen heraus, und ich meine nicht diese perfide falsche Lache, die er bisher immer ausgestoßen hat. Nein, wirkliche, echte Belustigung strahlt aus ihm heraus. Zwischen seinem gackernden Lachen bringt er ein paar Worte hervor und stellt mit einer großen Portion aufrichtiger Erleichterung fest: »Ihre Katze jagt ja gar keine Vögel! Die Vögel jagen die Katze!«

Das entspannte Gesicht des sonst so miesepetrigen Nachbarn ist wiederum eine riesige Überraschung für mich. All der Stress und all die Empörung, die sich in den letzten Wochen und Monaten bei mir angestaut haben, werden mit einem Mal freigelassen. Es fühlt sich an, als ob ein riesiger

Sack Steine von meinen Schultern fällt. Vielleicht sollte ich doch mal zu Lissi in ihre Lach- und Schreitherapie gehen. Das ist ja wirklich ungemein befreiend. Ich lache über Elvis und Goethe, ich lache über Hiller und den Mops, ich lache über den riesigen Dildo in meinem Vorgarten, und ich lache über mich selbst. Ist doch total verrückt. Ich glaube, Hiller geht es nicht anders: Eine Flut von Freudentränen ergießt sich aus seinen Augenwinkeln, und er muss sich den Bauch halten. So stehen wir beide lachend da, während ein überforderter Kater zwischen unseren Beinen umherschießt und ein größenwahnsinniger Papagei über unseren Köpfen kreist: »Hidla! Hidla!«

»Schauen Sie mal, mein Kondor!«

»Ich wusste gar nicht, dass Sie auch Humor haben«, gestehe ich Hiller.

»Und ich hätte nie erwartet, dass Sie über so etwas lachen würden«, räumt der Nachbar mit einem entschuldigenden Lächeln ein. »Ich dachte, Sie wären so ein verbohrter Katzenliebhaber, der sein Ersatzkind um jeden Preis in Schutz nehmen würde.«

»Eigentlich mag ich überhaupt keine Katzen«, sage ich, »aber Elvis ist mir natürlich ans Herz gewachsen.«

»Ferdinand, was ist denn da jetzt los?«, plärrt es vom Balkon.

»Alles gut, Liebelein. Wir bereden das hier gerade«, brüllt Hiller zurück und wendet sich dann wieder mir zu: »Wirklich? Sie mögen keine Katzen? Herr Nachbar, heute überraschen Sie mich aber gleich mehrfach. Doch vielleicht kann ich mich in dieser Hinsicht revanchieren: Ich finde Katzen eigentlich ganz wunderbar. Das sind äußerst anmutige Tiere.«

Man will es kaum glauben.

»Sicher? Meinen Sie diese Anmut?« Ich deute auf Elvis, der mit eingerolltem Schwanz die Katzentreppe hochjagt und schreiend auf dem Balkon verschwindet.

»Nun ja, Ausnahmen bestätigen die Regel, wissen Sie?«, gackert Hiller. »Aber grundsätzlich sind Katzen sehr poetische Wesen und noch enger mit der Literatur verwoben als alle Singvögel zusammen.«

Goethe streift dicht über unsere Köpfe und setzt wieder zur Landung auf dem Katzenbaum an. Genauso unbeholfen wie bei der ersten Landung geht er auf der obersten Etage nieder, stolpert sogar und schlägt sich fast das Kinn auf – was eigentlich ein Ding der Unmöglichkeit ist, wenn man einen so gigantischen Schnabel hat. Doch sofort plustert er sich wie die unangefochtene Nummer eins wieder auf. Stolz präsentiert er sich auf dem samtenen Siegerpodest. Hier steht wahrlich ein Alphatier, das keinen zweiten oder dritten Platz auf dem Siegertreppchen duldet.

»Und einmal mehr zeigt sich: Die Feder ist mächtiger als das Schwert«, sagt Hiller schelmisch und kratzt sich verlegen am Kopf. »Was wollte ich eigentlich sagen? Ach, genau, wenn Sie wollen, leihe ich Ihnen einmal einen Gedichtband mit herrlichen Oden an die Katze.«

Ja, legen Sie es einfach auf meinen Nachttisch.

»Klingt reizvoll«, lüge ich und wechsle schnell das Thema. »Das heißt dann auch, Sie haben nie versucht, Elvis zu erschießen oder zu vergiften?«

»Gott bewahre! Das hätten Sie mir zugetraut?«

»Ehrlich gesagt schon. Allein die Geste ...«, ich deute wieder die Schusshaltung an, »das sah so verdammt professionell aus!«

»Ach, wirklich?« Hiller ist sichtlich überrascht. »Ich besitze doch überhaupt kein Gewehr. Noch nicht einmal so eine Wasserpistole, wie Sie die haben.«

Das düstere Bild von einem waffentragenden Hiller verschwindet bei dieser Erkenntnis wie von Zauberhand aus meinem Kopf. Stattdessen erinnere ich mich jetzt wieder daran, wie er beim Versuch, einen Schuss zu imitieren, seiner Frau den Ellenbogen ins Gesicht gerammt hat.

»Na, das lässt sich ja ganz schnell ändern!«, grinse ich Hiller an. »Warten Sie einen Augenblick!«

Ich eile zur Wohnung und rufe über meine Schulter zurück: »Wissen Sie, es gibt da diese andere Katze, mit einem Klingonen vergleichbar...«

Als ich kurz darauf mit der Supersoaker in meiner Hand zurückkehre, macht sich Ehrfurcht im Gesicht des Doktors breit. »Das ist ja ein riesiger Apparat!«

»Zehn Liter Fassungsvermögen. Davon können Sie durch die Überdruckkammer sofort zwei Liter abfeuern. Aber passen Sie auf, dass Sie das Ding nicht bis in den roten Bereich aufladen! – Hier die Anzeige. – Ansonsten fliegt Ihnen der Tank um die Ohren!«, erkläre ich fachmännisch. Dann drücke ich dem alten Mann pathetisch die Wasserpistole in die Hand. »Hier, Herr Hiller, geben Sie gut darauf acht! Sie wissen ja: Aus großer Kraft folgt große Verantwortung!«

»Oh, sehr gut«, schmunzelt dieser, »ich hätte gar nicht erwartet, dass Sie so belesen sind, Herr Nachbar. Ist das der gute alte Cicero?«

»Nein, der gute alte Onkel Ben.«

Hillers Lache quäkt in mein Ohr: »Oh, sehr gut, Herr Nachbar, Benjamin Franklin, sehr gut.«

»Nee, Benjamin Parker.«

Hiller legt die Stirn in Denkfalten. »Ist das einer dieser nicht ganz so bekannten Schüler von Locke oder Hobbes?«

»Nee, das ist der Onkel von Spiderman.«

»Oh.«

Eine kurze peinliche Pause entsteht, dann sage ich schnell: »Die reicht über zwanzig Meter weit. Damit kommen Sie locker bis zum Vogelhäuschen, falls sich mal eine Katze daran zu schaffen macht.«

Hiller nickt erfreut, und in lehrerhaftem Ton sage ich: »Aber nicht wahllos auf jede Katze schießen, die vorbeikommt. Nur, wenn die tatsächlich Anstalten macht, in das Vogelhaus zu steigen.«

»... oder auf einen Erdspecht auf der Wiese lauert!«, ergänzt Hiller.

»Wenn sich einer aus Afrika hierher verirrt, dann ja«, nuschele ich.

Kapitel 21

Garden State

Wer hätte gedacht, dass wir in dieser Konstellation mal zusammensitzen würden? Wohl niemand. Andererseits: Wer sollte schon sonst noch bei uns verweilen wollen? Hiller und ich haben ja in den letzten Tagen für sehr viel Aufsehen gesorgt. Immer wieder bemerke ich, wie man möglichst unauffällig auf uns zeigt und hinter vorgehaltener Hand über uns tuschelt. Die eine oder der andere hat sicherlich auch meine nächtlichen Verfolgungsjagden als Captain Max Zadow mitbekommen. Egal, dann bin ich halt dieses Jahr mal der Dumme auf dem Nachbarschaftsfest. Nächstes Jahr wird garantiert wieder eine andere Sau durchs Dorf getrieben. Viel wichtiger ist doch, dass die unmittelbaren Probleme mit den Hillers überwunden sind und wir hoffentlich auch die Sache mit der Katzentreppe in trockene Tücher bekommen. Ich sitze in der Mitte der Bierbank und halte Elvis auf meinem Schoß. Äußerst interessiert behält der Kater die reichhaltigen Speisen auf dem Tisch im Visier. Mir gegenüber sitzt Herr Hiller, zu seiner Linken seine mopsige Frau, die misstrauisch den Kater anstarrt.

»Da sehen Sie mal, wie brav der ist«, sage ich in ihre Richtung gewandt und ringe ihr zumindest ein gequältes Lächeln ab. Der Hausmeister, der zu Hillers Rechten Platz genommen hat und damit in Reichweite des Fässchens sitzt, springt mir sofort bei: »Dat is 'ne janz brave Jung! Jenau wee uns Kevin!«

Definitiv. Absolut vergleichbar.

»Noch en Kölsch?«, werden wir gefragt, bekommen aber, ohne eine Antwort abzuwarten, bereits die nächste volle Stange vor die Nase gestellt. Besonders Schulz, der dem Hausmeister gleich gegenübersitzt, kriegt die hohe Taktung zu spüren. Die Magie von Kölsch liegt sicherlich nicht in seinem Geschmack. Und auch nicht in dem Umstand, dass man es aus Reagenzgläsern trinken muss. Es hat eher damit zu tun, dass man immer sofort wieder ein frisch Gezapftes in der Hand hält, sobald das Glas auch nur halb leer ist. Das muss mit der rheinländischen Geselligkeit zusammenhängen. In diesem Fall kommt das Klare frisch aus dem Kratzbaum. Ja, richtig: Das Fünfzig-Liter-Fässchen passt haargenau in den großen Samtzylinder in der Mitte. Boor hat sich auf einer der unteren Liegeflächen abgestützt und betrachtet beim Zapfen noch einmal das selbstgemalte Banner, das zwischen dem Kratzbaum und dem Vogelhäuschen weht:

Nachbarschaftsfest in der Roosevelt-Siedlung

Rechts oben hat Laura einen Papagei gemalt, der auf dem »n« sitzt. Der Vogel wirft einen kritischen Blick auf einen Kater mit auffälliger Haartolle, der zwischen den beiden »oo« herumschleicht. Ich habe noch einen Klingonen mit Katzenohren dazugepinselt, aber irgendwie versteht das kaum einer. Noch dazu bin ich der Einzige, der das lustig findet. Ich musste sogar eine Welle kölscher Schimpfwörter über mich ergehen lassen. Da ich seine Beleidigungen aber einfach nicht verstanden habe und der Hausmeister ungefähr so nachtragend ist wie eine Eintagsfliege, sitzt er jetzt schon wieder bei uns und verteilt eifrig Kölsch in der Runde. Während wir alle an unserer trillionsten Stange nippen, trommelt Boor mit den Fingern auf dem Kratzbaum und flitscht die kleine Stoffmaus an der Leine durch die Luft. Beschwörerisch erklärt er mir: »Dat toste aver ooch eens avbaue!«

»Ja sicher«, nicke ich, »habe ich doch schon gesagt. Nach dem Nachbarschaftsfest buddele ich das Teil wieder aus. Dann ist die Wiese sowieso im Arsch.«

»Aver net zo wenisch.«

»Die Wochen nach dem Nachbarschaftsfest sind immer die schlimmste Zeit für die Erdspechte«, bestätigt sogleich auch Dr. Hiller. Missmutig beugt er sich vor und begutachtet kritisch das Schuhwerk der umstehenden Festbesucher. Boor verdreht die Augen und deutet dann auf das Vogelhäuschen: »Un dat hee is ooch eens verschwunde!«

Frau Hiller rutscht aufgeregt auf der Bank hin und her. Zum Glück stellt der Hausmeister ein ausreichend großes Gegengewicht am anderen Ende dar. Herr Hiller wirft mir einen hilfesuchenden Blick zu, und ich nicke vielsagend.

»Weißt du, Jupp«, beginne ich und rücke Elvis auf meinem Schoß zurecht, »was mich mal interessieren würde: Hat sich eigentlich sonst noch jemand im Haus über das Häuschen beschwert?«

Boor sieht mich fragend an.

»Ich meine, gab es noch andere Beschwerden außer von mir und der Hausverwaltung?«

Boor denkt kurz nach und schüttelt dann den Kopf. »Nee, isch glov nit.«

»Könnten wir uns dann nicht darauf verständigen, dass das Häuschen stehenbleibt?«, frage ich vorsichtig und füge bei dem überraschten Blick des Hausmeisters noch an: »Es stört mich eigentlich auch gar nicht mehr. Im Gegenteil:

Wenn man drüber nachdenkt, ist es doch gut, wenn die Vögel einen Rückzugsort in der Mitte der Wiese haben, wo keine Katze hinkommt.«

»Aver wee dat luhrt!«, wendet Boor ein und deutet auf das hölzerne Monstrum. »Dat kannste doch den Lück nit antoe.«

»Das stimmt im Prinzip schon«, räume ich ein und lege meine Hand auf Schulz' Schulter, »aber ich habe auch noch mit anderen Mietern aus unserem Haus gesprochen. Das stört eigentlich niemanden.«

Okay, ich habe nur mit Schulz gesprochen, und dem ist der Garten eigentlich scheißegal. Dankenswerterweise nickt Schulz bestätigend und grinst auch noch blöde, als ich erkläre: »Und wenn noch nicht einmal der Gigolo unseres Hauses den riesigen Holzphallus als Konkurrenz begreift, wer soll sich dann bitte daran stören?!«

Schulz macht eine obszöne Geste und zwinkert Boor zu. Der Hausmeister nickt verstehend und zeigt sein breites Goldzahngrinsen.

»Ich finde das ein bisschen sehr oberflächlich«, quäkt auf einmal Frau Hiller. Wehe, wenn die mir jetzt meine schön aufgebaute Argumentationskette kaputtmacht!

»Was Sie hier alles hineininterpretieren, ist doch schändlich«, plärrt sie. »Vielmehr ist das doch einfach eine organische Struktur in der Skulptur, wie wir sie auch von der Sagrada Familia kennen.«

Überrascht schaue ich den Mops an. So viel Weltgewandtheit hätte ich ihm gar nicht zugetraut.

»Da haben Sie natürlich recht!«, räume ich schnell ein und wende mich dann an den ebenso verdutzten Hausmeister: »Wenn man so will, ist das der Kölner Dom von Barcelona.«

Sofort hellt sich das Gesicht von Jupp Boor auf. »Also, isch luhr eens, wat isch da ton kann. Isch palaver janz bestimmt ooch eens mit d'r Husverwaldung. Dat sin eigentlich janz umjänglische Type.«

»Das wäre wunderbar, Herr Hausmeister«, strahlt Hiller, und seine Frau nickt eifrig.

»Aver keene Seile mih uder su 'ne Driss!« Boor hebt mahnend den Finger. »Wenn sisch do eens jemand verletze tot. En spielend Pänz uder su!«

Natürlich würde ich jetzt am liebsten blöde in Hillers Richtung grinsen, aber ich will den brüchigen Frieden nicht gefährden.

»Das sehe ich ein«, nuschelt der Nachbar kleinlaut, der sonst so durch seine großen Worte und seine überdeutliche Artikulation hervorsticht. Immerhin. Jetzt soll er verdammt noch mal auch seinen Widerspruch gegenüber der Katzentreppe zurücknehmen. Seine Frau bemerkt meinen erwartungsvollen Blick und erklärt von sich aus: »Ach, wissen Sie was, Herr Hausmeister? Vergessen Sie das mit der Katzentreppe doch auch einfach wieder. Mein Mann und ich sind damit einverstanden, dass die Treppe bleibt.«

»Jo?«, fragt Boor überrascht. »Na, dann will isch do ooch eens luhre, wat isch toe kann.«

Mir fällt ein Stein vom Herzen. Ich reiße Elvis' Vorderpfoten in die Höhe und jubiliere mit hochfrequenter Stimme: »Katzentreppe! Katzentreppe!«

Elvis wehrt sich mit aller Macht und springt von meinem Schoß. Schimpfend verschwindet er im nächstgelegenen Gebüsch.

»Da weiß jemand sein Glück nicht so richtig zu schätzen«, erkläre ich verlegen in die Runde.

»Du bist so ein richtiger verrückter Katzentyp geworden«, sagt Schulz trocken von der Seite, und die Hillers verfallen in ein bissiges Lachen. Boor raunt mir unterdessen zu: »Dofür, dass isch misch bei d'r Husverwaldung för disch avrackere, moss do mih ooch eens su 'ne Ding baue!«

Er deutet verschwörerisch auf die Katzentreppe.

»Ich gebe dir Lauras Konzeptskizze, die lässt keine Frage offen ...«

»Ach, liebe Nachbarn, ich finde das ganz wunderbar, dass wir uns neuerdings so toll verstehen«, setzt Herr Hiller an. Einmütiges Nicken, ein paar Bier werden zustimmend in die Luft gehoben.

»Dann sollten wir jetzt auch mal an einem Strang ziehen und etwas gegen diese prekäre Mülltonnensituation unternehmen, liebe Nachbarn. Oder lässt etwa einer von Ihnen immer das Gatter offen? So kann es jedenfalls nicht weitergehen.«

Äh.

Fragend blickt sich die Runde an. Das »Herr Hiller, ich denke, wir sind da ganz bei Ihnen. Und gerne werde ich die übrigen Nachbarn aus unserem Haus ebenfalls noch einmal darauf hinweisen.« liegt schon auf meiner Zunge bereit. Öfter wurden auf der Welt nur drei andere Sätze gesprochen: »Zu Hause war das bestimmt auch so einfach.« von Dr. Unger und »Ihre Katze darf keine lieben Vöglein umbringen!« beziehungsweise »Hau ab, du Mistvieh!« von Frau Hiller. Zum Glück bewahrt Laura mich davor, dem Tierarzt unseres Vertrauens und dem Mops ihre Titel streitig machen zu müssen. Mit zwei Tellern frisch Gegrilltem gesellt sie sich zu uns. »Möchte jemand etwas Pute? Es ist noch jede Menge da. Elvis' erste Besitzer haben uns viel zu viel mitgebracht.«

»Klar, Schatz«, nicke ich und erzähle dann sofort die Neuigkeit, »und weißt du was? Die Katzentreppe kann bleiben. Und das Vogelhäuschen auch!«

»Wirklich?« Freudig setzt sie sich auf die Bank gleich rechts von mir, und alle nicken ihr bestätigend zu. Großzügig und sichtlich erleichtert verteilt Laura das Fleisch auf die Teller.

»O ja, sehr aufmerksam! Wissen Sie, Frau Nachbarin, ich wollte auch Ihnen noch einmal persönlich gesagt haben, dass wir natürlich niemals gegen Elvis handgreiflich geworden wären.« Wenig vertrauenerweckend deutet Hiller mit seinem Messer auf Laura. »Meine Frau und ich würden keiner Fliege etwas zuleide tun.« Er beißt herzhaft in ein großes Stück Pute und fährt dann kauend fort: »Aber Vögel liegen uns nun einmal besonders am Herzen.«

Äh.

»Ja, die lieben Vöglein«, erklärt dann auch noch seine Frau kauenderweise. »Das ist wirklich köstlich.«

Es gibt erneut den einen oder anderen irritierten Blick am Tisch. Jupp Boor, der offenbar mit stillen Momenten am wenigsten zurechtkommt, erklärt kurzerhand: »Luhr eens, wat dat Carmen mi jeschickt het. Dat mösse mer zosamme luhre! Is mit d'r Katz un echt jeck.«

Er kramt sein Smartphone hervor. Bei nächster Gelegenheit sollte ich Boor endlich mal stecken, dass ich lustige Videos von biertrinkenden, skateboardfahrenden, schachspielenden, menschenrettenden, singenden, tanzenden, applaudierenden Was-auch-immer-Katzen im Hummerkostüm gar nicht so lustig finde. Aber als Jupp das Display in die Runde hält, wünschte ich sofort, es wäre bloß ein unlustiges Katzenvideo. Tatsächlich sind zwei Männer in einem Garten zu sehen, der dem unseren auf erschreckende Weise gleicht. Einer der Männer trägt eine viel zu große Latzhose mit Einstecktuch. Abwechselnd hüpfen sie um einen Kratzbaum und eine zweifelhafte Holzskulptur herum und schreien lauthals: »Rakasch! Rakasch!«

»Aber Ferdinand, das bist ja du!«, kombiniert der Mops messerscharf. Und auch ich werde auf das Offensichtliche hingewiesen: »Un, Max, dat bes do, uder?«

Der Hausmeister brüllt vor Lachen. Auch Laura, Schulz und der Mops stimmen mit ein. Das macht es nicht weniger unangenehm. Ich möchte im Boden versinken. Doch die Wiese tut mir den Gefallen nicht. Verdammtes Erdspechtland.

»Das ist nicht wirklich bei YouTube hochgeladen worden, oder?«

Das Letzte, was ich brauche, ist ein bescheuertes YouTube-Video von mir.

»Luhr eens!« Jupp tippt unmissverständlich auf das Firmenlogo und wischt sich eine Träne aus dem Augenwinkel. Ich leere mein Glas in einem Zug. Dankbar lächle ich den schnell zapfenden Hausmeister an. Trotz des Handys in der Hand vergisst er seine Pflichten als Köbes nicht. Ich leere auch das neue Bier fast zur Hälfte.

»Max, dann bist du jetzt zusammen mit Herrn Hiller ein richtiger YouTube-Star!«, lacht Laura mich aus.

»Ju-was?«, fragt der Doktor irritiert. »Was ist das denn schon wieder? Ist das so was wie Ihr Wikingerpedia?«

»YouTube. Ja, in der Tat. Das ist eine Plattform im Internet, auf der jeder Videos hochladen kann«, erkläre ich kraftlos.

»Und das haben Sie alles auf Ihrem kleinen Ding da?«, fragt Hiller den Hausmeister verunsichert.

»Ja. Herr Boor, Herr Schulz und jeder andere Internetnutzer, der YouTube kennt«, erklärt Laura immer noch lachend.

»Jeder kann da Videos machen?«, hakt der Nachbar vorsichtig nach, während seine Bildschirmversion laut »Rakasch« schreit. Ich nicke. »Hochladen und anschauen.«

»Na gut. Dann ist das ja nichts Seriöses, wenn das jeder kann«, wischt der Nachbar seinen ersten Schreck beiseite. »Das kann ja dann auch nicht ernst genommen werden.«

Ich glaube, genau darum geht es. Mein Video-Ich hüpft wie ein Irrer um den Video-Hiller und den Kratzbaum herum. »Rakasch, rakasch«, blechert es aus den Handylautsprechern.

»Ich wünschte, Sie hätten recht«, sage ich, während sich erneut das dröhnende Lachen aus dem Bauch des Hausmeisters Bahn bricht. Fast alle anderen Nachbarn drehen sich zu uns um.

»Da laachs do disch kapott!«, erklärt Jupp den Umstehenden und startet das Video unnötigerweise erneut. Nein! Nicht noch rumzeigen! »Hier gibt es nichts zu sehen!«, erkläre ich und starre dann wenig förderlich wieder entsetzt auf den Bildschirm. Verzweifelt versuche ich, dem Video etwas Positives abzugewinnen: Vielleicht bin ich ja gar nicht soooo eindeutig zu erkennen. Immerhin ist das Video von weiter weg aufgenommen und aus geringer Höhe. Noch dazu offenbar durch eine Fensterscheibe. Zweimal ist zum Glück sogar eine graue Gardine im Bild. Außerdem spiegelt sich zwischendurch die Inneneinrichtung im Fensterglas, so dass man den Garten kaum erkennen kann. Ich stutze, dann entfährt es mir: »Moment mal, diese vorgefertigten IKEA-Motive in den Bilderrahmen und diese Gardine kenne ich doch irgendwoher ... Und überhaupt – diese Perspektive! Ist das nicht aus dem ersten Stock unseres Wohnhauses heraus gefilmt worden?«

Ich drehe meinen Kopf nach links, und Schulz grinst mich hämisch an.

»Du mieser Dreckskerl!!!«

»Sorry, Max, aber da konnte ich einfach nicht widerstehen!«

»Dafür bringe ich dich um!«

Unterdessen hat Hiller ein großes Buch gezückt. Offenbar scheint ihn diese YouTube-Sache überhaupt nicht zu schocken. Wahrscheinlich begreift der überhaupt nicht, was es bedeutet, auf Ewigkeiten im Internet lächerlich gemacht zu werden.

»Wenn ich nunmehr um Ihre Aufmerksamkeit bitten dürfte!«, erklärt er unnötig hochtrabend. Mein Gesichtsausdruck sagt ganz klar: »Nein, dürfen Sie nicht, ich muss erst noch meinen guten Freund und Nachbarn Christopher Schulz umbringen.« Doch das wird geflissentlich ignoriert: »Da wir gerade so multimedial unterwegs sind, dachte ich mir, es passt vielleicht, wenn auch ich etwas dazu beitrage – wenn auch mit einem weitaus klassischeren Medium.«

Ungläubig starre ich auf den Einband: *Oden an die Katze*. Der wird doch jetzt kein Gedicht vorlesen?

Hiller schlägt eine markierte Seite auf. Doch, wird er.

»Ich glaube, dass dies uns allen ein netter Denkanstoß sein kann, um die Ereignisse der letzten Wochen und Monate für sich selbst ins Reine zu bringen.«

Keine Frage. Meine Hand krallt sich in Lauras Oberschenkel.

Hiller beginnt: »Spatz und Katze.«

Lauras Hand krallt sich in meinen Rücken.

»Von August Heinrich Hoffmann von Fallersleben. 1798 – 1874.«

Boor tippt sich unauffällig an die Stirn, und Schulz nickt zustimmend. Doch dafür hat der Sprachwissenschaftler gerade keine Augen. Ehrfürchtig und voller Leidenschaft setzt er zu seiner Rezitation an:

»Wo wirst du denn den Winter bleiben?«
(Wo ihr immer seid? Auf eurem Balkon?),
sprach zum Spätzchen das Kätzchen.
»Hier und dorten, allerorten«,
sprach gleich wieder das Spätzchen.
(Swasiland, Lesotho, Südafrika und die Roosevelt-Siedlung)

»Janz doll, janz doll.« Boor klatscht in die Hände, und sofort stimmen wir alle mit ein. Die Hillers gucken etwas verärgert ob des plötzlichen Lärms.

»Wirklich sehr nett, Herr Dr. Hiller!«, ergänzt Laura.

»Warten Sie, warten Sie! Das war doch erst die erste Strophe.«

Ich habe es befürchtet. Alle am Tisch sacken sichtlich in sich zusammen. Hiller schaut mahnend über den Rand seiner Brille und fährt fort:

»Wo wirst du denn zu Mittag essen?«,
sprach zum Spätzchen das Kätzchen.
(Hatten wir das nicht schon?)
»Auf den Tennen mit den Hennen«,
sprach gleich wieder das Spätzchen.

Schon klar, da kommt noch eine Strophe. Wo gibt es Abendbrot, wo Frühstück? Wo bist du im Herbst, was machst du im Frühling? Wie oft duschst du so? Wo hältst du Mittagsschlaf? Wo legst du deine Eier? Kaufst du lieber bei Aldi oder bei Lidl?

Wir werden nie wieder hier wegkommen. Boor und Schulz scheinen das genauso zu sehen. Am Ende des Tisches gucken beide auf ein Handydisplay und kichern in sich hinein. Keine Frage, was die beiden sich gerade noch einmal anschauen. Möglichst unauffällig ziehe auch ich mein Smartphone aus der Hosentasche. Wie löscht man denn eigentlich ein YouTube-Video? Gibt es nicht irgendwo einen Melde-Button? Auf meinem viel zu kleinen Bildschirm klicke ich mich durch die noch viel kleineren AGBs. Unauffällig stupse ich Laura an und deute auf das Sprachgeschwurbel. Wozu ist man schließlich mit einer Juristin zusammen? Doch die Anwältin meines Vertrauens zuckt nur mit den Achseln und heuchelt echtes Interesse an Hillers Vortrag:

»Wo wirst du denn die Nachtruh' halten?«,
sprach zum Spätzchen das Kätzchen.

Irgendwo da, wo ein bekloppter Rentner keine Gutenachtgeschichten vorlesen kann? Doch bis dahin schafft es das Spätzchen wohl nicht. Und wir auch nicht.

»Lass dein Fragen, will's nicht sagen«,
sprach gleich wieder das Sp...

Lautes Geschrei aus Richtung des Grills unterbricht Hiller: »Mama, Mama, guck mal, die Katze frisst das ganze Fleisch!«

Sofort horchen wir auf. Insbesondere Jupp, Laura und ich spitzen die Ohren.

»Was? Hey, du Räuber, weg von der Pute!«

»Haha, guck mal, Mama, jetzt läuft sie damit weg!«

Ich versuche, aufzuspringen und irgendwie von der Bierbank zu klettern. Das ist die perfekte Gelegenheit, um von Hiller und seinem komischen Gedicht wegzukommen. Wer weiß, wie viele Strophen da noch kommen.

»Ich glaube, Elvis macht da vorne Ärger«, sage ich entschuldigend zu Herrn Hiller, »aber machen Sie ruhig weiter! Warten Sie bloß nicht auf mich!«

Boor scheint auf den gleichen Trichter zu kommen: »Vielleicht mäht ooch der Kevin Kasalla! Isch jonn da besser ooch eens luhre.«

»Nicht nötig, nicht nötig. Ich stehe ja schon halb!«, versuche ich, den Hausmeister abzuhalten, während ich mich in dem schmalen Spalt zwischen Bierbank und Tisch winde. Doch dann macht mir das kreischende Kind einen Strich durch die Rechnung: »Mama, was hat die Katze denn da für komische Dinger auf dem Kopf?«

Enttäuscht lasse ich mich auf die Bank zurückfallen. Boor grinst mich an, als habe er im Lotto gewonnen: »Dat is för misch!«

Ohne Vorwarnung erhebt sich der Hundertfünfzig-Kilo-Mann, und am anderen Ende geht ein Mops zu Boden, als ihm das Gegengewicht verlorengeht.

»'tschuldigung!«, ruft Boor noch aus und eilt dann schnell davon.

»Liebelein, jetzt komm schon hoch. Wie sieht das denn aus? Wenn du da so lange rumliegst, drückst du doch das ganze Gras platt.«

Laura ist ebenfalls aufgesprungen und greift Frau Hiller unter die Arme. Während der Mops zurück auf die Bank gehievt wird, erschallt vom anderen Ende des Gartens die wütende Stimme des Hausmeisters: »Do avjewichste Missjebort, do!«

Einige Augenblicke später hat sich der Mops wieder berappelt und seinen Hut in eine ordnungsgemäße Position gebracht. Frau Hiller lächelt verlegen in die Runde und hat sichtlich Mühe, nicht mehr nervös von links nach rechts zu rutschen.

»Nachdem das geklärt ist, beginne ich die Strophe am besten noch einmal von neuem, nicht wahr?« Bestätigung suchend blickt Hiller in die Runde. Seine Frau nickt eifrig, alle anderen wehren sich zumindest nicht deutlich genug. Wäre ich nicht längst wieder in die YouTube-AGBs vertieft, würde ich einwenden, dass man wegen dem einen Wort, das garantiert nur »Spätzchen« lauten wird, sicherlich nicht wieder von vorne anfangen muss. So aber intoniert Hiller erneut:

»Wo wirst du denn die Nachtruh' halten?«,
sprach zum Spätzchen das Kätzchen.
»Lass dein Fragen, will's nicht sagen«,
sprach gleich wieder das Spätzchen.

Die Hillers gucken einander verstörend innig an und verlängern dann das Lächeln in die Runde. Höflich erwidere ich das Grinsen. Hiller erklärt nur: »Jetzt kommt es ja erst! Passen Sie gut auf!«

Uns bleibt ja gar nichts anderes übrig.

»Ei, sag mir's doch, du liebes Spätzchen!«,
sprach zum Spätzchen das Kätzchen.
»Willst mich holen – Gott befohlen!«
Fort flog eilig das Spätzchen.

Wieder macht Hiller eine vermeintliche Kunstpause und blickt über seinen Brillenrand. Ich nicke konzentriert. Jetzt bin ich aber doch ein bisschen auf den Twist gespannt. Doch Hiller klappt nur das Buch zu. Laura guckt mindestens genauso irritiert wie ich.

»Das war's?«, traue ich mich zu fragen.

»Ja, wunderbar, nicht wahr?«, erklärt Hiller. »Willst mich holen – Gott befohlen!«

Äh.

Dann drückt Hiller mir *Oden an die Katze* in die Hand: »Das hatte ich Ihnen doch in Gänze versprochen, Herr Nachbar!«

»Und ich verspreche Ihnen: Es kommt ganz oben auf meinen Nachttisch!« Ich blättere durch das Buch. Unfassbar, über dreihundert Gedichte über Katzen. Als ich aufschaue, stehen die Hillers. »Wir werden dann auch mal wieder ...«

»Ach, schon?«, fragt Laura enttäuscht. Wenn sie will, kann sie echt gut schauspielern.

»Ja, wir wollen Goethe noch etwas direkte Gesellschaft leisten.« Frau Hiller deutet auf ihren Balkon.

»Außerdem haben sich doch tatsächlich andere Nachbarn aus dem Haus über den Lärm des Papageis beschwert«, empört sich Hiller. »Können Sie sich das vorstellen? Was das für ein mieses Gefühl ist, wenn die Nachbarn Ihr Haustier bedrohen?«

»Schlimm so was«, bestätige ich.

»Na ja, das wird schon wieder. Komm, Ferdinand, Goethe freut sich bestimmt schon auf ein paar schöne Stunden mit uns auf dem Balkon!«

»Sicher. Von dort aus haben wir ja alles bestens im Blick!« Ich weiß.

Wir winken dem Rentnerpärchen noch kurz nach, und als es außer Sichtweite ist, lasse ich das Buch achtlos auf den Tisch fallen. Der Hiller ist bekloppt, aber wenigstens versucht er nicht mehr, Elvis umzubringen. Glaube ich. Aber eine offene Rechnung habe ich noch. Wütend wende ich mich zu Schulz um. Doch der Mistkerl ist spurlos verschwunden.

»Hä? Hast du gesehen, wo Schulz hin ist?«

Laura schaut überrascht an mir vorbei ans andere Ende der Bierbank. »Nee, komisch. Gerade saß der da noch. Den unauffälligen Abgang hat er bestimmt durch seine ganzen Weibergeschichten perfektioniert.«

Ich lasse den Blick durch das Gewimmel des Nachbarschaftsfestes bis zu seiner Wohnung schweifen und bemerke eine Bewegung an seinen grauen Gardinen. Ich gucke extra finster und ziehe dann den rechten Zeigefinger über meine Kehle. »Aber mir kann er nicht entkommen!«

»Ach, Max, lass doch gut sein. Hier bist du mit so einem lächerlichen Video doch in bester Gesellschaft.« Laura macht eine ausladende Geste und deutet auf den umliegenden Garten. Ein Vogelhäuschen, das aussieht wie ein Dildo, ein halb verbuddelter Kratzbaum, in dem ein Kölsch-Fässchen steckt, ein schlechtgelaunter Rentner, der mit seinem Mops und seinem Nazi-Papagei auf seinem Balkon auf der Lauer liegt, ein Hausmeister, der seinen eigenen, schlechterzogenen Kater namens Kevin jagt …

Ja, vielleicht hat Laura gar nicht so unrecht. Mein Blick bleibt am Kratzbaum hängen. »Das Teil ist wohl hinüber. Die freie Natur ist dem wohl nicht bekommen. Sorry.«

»Halb so wild. Elvis hat ja wirklich kaum noch damit gespielt«, winkt Laura ab.

»Das heißt: Mülltonne statt Wohnzimmer?«, frage ich hoffnungsfroh.

»Von mir aus«, erklärt Laura überraschend gönnerhaft und streicht sich über den Bauch, »vielleicht brauchen wir ja eh bald ein bisschen mehr Platz.«

»Wieso?«

»Gegenfrage: Was würdest du denn zu Nachwuchs sagen?« Laura tippt auf der Auswölbung unter ihrem T-Shirt herum.

»Du bist schwanger?!?«

»Was? Nein! Hä?« Laura folgt meinem Blick auf ihren Bauch, und ich kriege einen Schlag gegen die Brust. »Du Arsch! Ich habe nur ein paar Bratwürstchen zu viel gegessen. Außerdem ist der Kartoffelsalat von Boor total lecker!«

Ich reibe mir den schmerzenden Brustkorb und überlege dann laut: »Elvis ist schwanger?«

»Sei nicht albern.«

»Wieso? Der hat schließlich keine Hoden mehr und noch dazu eine Mutter, die Paul heißt. Wer weiß, was da noch alles geht.«

»Paul ist auf jeden Fall nicht ganz falsch«, versucht Laura meinem Gedankengang etwas Sinnvolles abzugewinnen.

»Paul ist schon wieder schwanger?«

»Fast richtig.« Laura nickt begeistert. »Die Ringo! Als die Poßlers bei uns waren, hat sie es mir erzählt. Die rechnen jeden Tag mit der Geburt von neuen süßen kleinen Putzelmännern!«

Die Stimme meiner Freundin erreicht alarmierende Höhen. Zwischen den Blumen streckt ein gescheckter Kater seine Haartolle ins Freie und möchte wissen, was die Stimme seiner Mama so nach oben treibt.

»Ach, wie nett, die Ringo«, sage ich automatisch mit besonders tiefer Stimme und fülle mir ebenso automatisch aus dem Kratzbaum nach. Dann proste ich Elvis zu. Er erwidert den Gruß mit einem vielsagenden Blinzeln, während Laura ganz beiläufig erklärt: »Ich habe schon zugesagt, dass wir dann mal vorbeikommen. Nur mal so zum Gucken natürlich ...«

Epilog

Samtpfotige Vollmondspaziergänge

Mondlicht ergießt sich über den Garten und die Dächer der umliegenden Häuser. Sanft schaukeln die Äste der großen Linden, und ein leichtes Rauschen fährt durch die herzförmigen Blätter. Auch die Baumkronen sind in ein silbernes Leuchten getaucht.

Ja, ich weiß, welcher Protest sich jetzt hier bei dem einen oder anderen Leser regen möchte. Zu meiner Verteidigung: Soweit ich das beurteilen kann, gehört in jedes dämliche Katzenbuch zumindest ein Kapitel, bei dem der Mond eine wichtige Rolle spielt beziehungsweise das nächtliche Setting für das weitere Handlungsgeschehen liefert. Damit der Leser respektive die Leserin gar nicht mehr erst den Klappentext lesen muss, sondern das mond- und katzenbebilderte Buch ohne nachzudenken kaufen kann, trägt das ideale Buch selbst schon irgendwie die Begriffe *Mond*, *Nacht*, *Kater* oder *Katze* im Titel. Man kann dann versuchen, dem Ganzen einen leicht literarischen Anstrich zu verpassen, um die Banalität der Geschichte zu überspielen: *Vollmondnächte eines Katers*, *Die lange Nacht der Katzen*, *Samtpfoten im Mondschein* oder *Katzenmusik unter dem Vollmond*. Dabei spielt die Verwendung des Genitivs eine entscheidende Rolle – wie ich seit der Lektüre von Dr. Hillers *Semantik der Metapher* weiß. Es geht aber auch weitaus anspruchsloser: *Katzenmond, Katermond, Mondkatze, Mondkater* – wahlweise mit einem angehängten »*-geschichten*«, also: *Katzenmondgeschichten, Katermondgeschichten, Mondkatzengeschichten, Mondkatergeschichten.*

Also noch mal:

Mondlicht ergießt sich über den Garten und die Dächer der umliegenden Häuser. Sanft schaukeln die Äste der großen Linden, und ein leichtes Rauschen fährt durch die herzförmigen Blätter. Auch die Baumkronen sind in ein silbernes Leuchten getaucht. In diesem magischen Licht wirken selbst der Kratzbaum und das Vogelhäuschen nicht mehr ganz so lächerlich, sondern wie mysteriöse Pflanzen einer Phantasiewelt. Dazwischen stehen noch einige Tische und Bänke vom Nachbarschaftsfest.

»Bilbo, mein Freund«, sage ich zu Elvis, der neben mir auf der Katzentreppe hockt. Der Kater sieht mich fragend an – offenbar kann er mit *Der kleine Hobbit* und *Der Herr der Ringe* nicht so viel anfangen. »Dies war ein Fest, an das wir uns noch lange erinnern werden.«

Ich werfe einen kritischen Blick auf die Glut im Köpfchen der Pfeife und hebe meine neueste Errungenschaft an die Lippen. Gemäß dem Film müsste ich jetzt einen Ring oder gar ein Schiff aus dem Rauch formen können. Der erste Zug geht viel zu tief. Eine Mischung aus Hustenanfall und Fluchen bahnt sich den Weg aus meinen Lungenflügeln. Mit einem Ring, geschweige denn mit einem Schiff haben meine Ausdünstungen so gar nichts gemein. Ist ziemlich lange her, dass ich geraucht habe. Und Pfeife schon gar nicht. Elvis sieht mich entsetzt an.

»Ist schon gut, Kleiner«, sage ich und wage einen zweiten Zug. Dieses Mal paffe ich weitaus behutsamer, und trotzdem kratzt der Tabakqualm in meinem Rachen, als ich in Richtung des Katers ausatme. Elvis sieht das genauso und schüttelt den Oberkörper, als wolle er ganz deutlich »Ekelhaft!« sagen.

»Ich sehe den Nutzen auch noch nicht«, bestätige ich in die Nacht hinein, wage dann aber noch einen vorsichtigen Zug. Beim dritten Mal schon gar nicht mehr so schlimm.

»Da fällt mir ein, du bist wahrscheinlich auch gegen eine zweite Katze, oder?« Ich hauche den Tabakqualm erneut in Elvis' Richtung. Wieder schüttelt sich der Kater angeekelt.

»Wusste ich es doch«, stelle ich zufrieden fest und ziehe erneut an der Pfeife. Beim vierten Mal finde ich es schon fast lecker. Vielleicht hatte Jürgen Poßler tatsächlich recht?

»Jetzt müssen wir nur noch Laura davon überzeugen, dass ich auch drinnen rauchen darf«, sage ich zu Elvis, »zumindest dann, wenn du uns mal wieder die Bude vollgeschissen hast.«

Der Kater sieht mich mit zusammengekniffenen Augen an. Wahrscheinlich nur, weil er direkt in die Glut der Pfeife schaut. Ich hingegen interpretiere den Blick als abfälligen Gesichtsausdruck.

»Können wir ja noch mal drüber reden«, erkläre ich vermittelnd und tätschle ihm den Kopf. Dann hocken wir schweigend nebeneinander und starren in den Garten. Es ist kein unangenehmes Schweigen. Fast glaube ich sogar, dass Elvis sich darüber freut, bei seinem spätabendlichen Austritt Gesellschaft zu haben – auch wenn er das nie zugeben würde. Gemeinsam schauen wir zum Mond, der groß und rund über den Dächern der Siedlung steht und mit den Sternen um die Wette strahlt. Eine wunderbare Sommernacht. Ich könnte ewig hier sitzen, die Himmelskörper beobachten und dem Zirpen der Grillen lauschen. Gegenüber bei den Hillers erstirbt nun auch das Licht im Schlafzimmer. Die gesamte unterste Etage der Hausnummer fünfzehn ist jetzt in Dunkelheit getaucht. Umso kräftiger strahlen die umliegenden Gegenstände in silberfarbenen Tönen. Fast sieht es aus, als schwebe auf dem gegenüberliegenden Balkon ein großes Gespenst. Doch es ist nur der Käfig von Goethe, der mit einem weißen Tuch abgedeckt wurde.

Kaum ist drüben das Licht ausgegangen, setzt sich Elvis in Bewegung. »Meck!«, erklärt er vielsagend und steigt die Katzentreppe hinab. Offenbar traut er dem neuen Frieden noch nicht so ganz. Als er aus dem Schatten des Balkons tritt, strahlt sein Fell in allen Facetten, die das Mondlicht zu bieten hat. Unterhalb der Treppe kommt er zum Stehen und sieht erwartungsvoll zu mir herauf: »Meck!«

»Was denn?«

»Mau!«

Ich zucke mit den Achseln. »Was willst du denn?«

Elvis läuft ein paar Meter weiter und dreht sich dann wieder um. »Mauu!«

»Ich weiß nicht, was du willst, Elvis!«

Der Kater läuft wieder zum Balkon zurück und miaut aus Leibeskräften.

»Nicht so laut, Kleiner! Sonst weckst du noch die halbe Nachbarschaft!«

Doch darauf nimmt Elvis keine Rücksicht. Immer eindringlicher erschallt das Katzengejammer in der Nacht. Ich schaue zum Himmel: der Mond, verantwortlich für Ebbe, Flut und Katzenmusik. Oder ist Elvis' Anliegen vielleicht sehr viel handfester? »Willst du, dass ich mitkomme?«

»Meck.«

»Die Pfeife brennt doch noch«, versuche ich zu erklären, »ich kann die hier nicht unbeaufsichtigt lassen. Und durch die Wohnung kann ich auch nicht.«

Außerdem hätte der Kater mich ohnehin vergessen, wenn ich jetzt durch die Haustür zum Garten eilen würde. Aus den Augen, aus dem Sinn.

»Mauu!« Ungeduldig dreht sich Elvis unterhalb des Balkons auf der Stelle.

»Die Treppe ist aber nicht stabil genug für mich, mein Freund.«

»Mauuuuuu!«

»Also gut!«, sage ich und fasse mir ein Herz. Ich beiße mit aller Kraft auf das Mundstück der Pfeife und steige über das Geländer. Wie ein nasser Sack rutsche ich an der Außenseite des Balkons hinab und lasse mich das letzte Stück auf die Wiese fallen. Elvis springt begeistert um mich herum und jagt dann quer durch den Garten bis zum Kratzbaum. Ich folge ihm mit zögerlichen Schritten und achte penibel darauf, dass ich nicht in den Bewegungsmelder der Gartenbeleuchtung gerate. Gemeinsam entschwinden wir auf samtenen Pfoten in die Vollmondnacht.

Schwerverdauliche Leckerli

Eine Klarstellung von Dr. Ferdinand Hiller

Betreff: Erdspecht

Hochgeschätzte Vogelfreundinnen und Vogelfreunde,
sehr geehrte Katzenhalterinnen und Katzenhalter,
liebe Leserinnen und Leser,

ich bin bereit, über die unsachgemäße Darstellung meiner Person hinwegzusehen, wenn dieses ganze Pamphlet am Ende mit dazu beitragen kann, Ihnen allen eine ganz besondere Gattung Vögel näherzubringen: die europäischen Erdspechte.

Denn entgegen den Ausführungen von Herrn Maximilian Zadow in diesem Buch gibt es sehr wohl den Erdspecht in deutschen Landen – wenn er auch vom Aussterben bedroht ist. Lassen Sie mich dies kurz erläutern.

Richtig ist zwar, dass es einen afrikanischen Erdspecht gibt, lat. Geocolaptes olivaceus. Dieser hat sein Verbreitungsgebiet – wie zutreffend beschrieben – ausschließlich in Swasiland, Lesotho und Südafrika.

Daneben existiert aber auch in unseren Breiten eine Spechtart, die in gemeiner Zunge bisweilen als »Grasspecht« oder eben auch »Erdspecht« tituliert wird – Letzteres, wie hinreichend bekannt, auch durch meine Person in der Diskussion mit dem Nachbarn Zadow. Besser bekannt ist der europäische Erdspecht aber in der Tat unter dem Namen Grünspecht, lat. Picus viridis. Dieser Name leitet sich von dem Gefieder ab, welches bis auf den roten Kopf fast gänzlich in grünen Farben schimmert.

Der Erdspecht ernährt sich vor allem von allen Insekten und Pflanzen, die er am Boden findet – daher eben auch die Bezeichnung »Erd«-Specht. Der Name ist hier also nicht verwirrend, sondern durchaus treffend gewählt.

Gefährdet ist dieses seltene Tier natürlich insbesondere durch die gemeine Hauskatze, lat. Felis sylvestris catus. Dieser fleischfressende Räuber stellt eine große Bedrohung für den Bestand des Erdspechtes dar.

Ich bitte Sie daher: Halten Sie Ihre »Haus«-Katzen im Haus, also da, wo sie hingehören! Fordern Sie Ihren Familien- und Bekanntenkreis dazu auf, dass die Hauskatze wieder eine echte Hauskatze wird!
Schützen wir gemeinsam den heimischen Vogelbestand! Schützen wir gemeinsam den Erdspecht!

Es dankt Ihnen

Ihr Vogel aus der Nachbarschaft & Ihr ergebenster Dr. Ferdinand Hiller, Regierungsdirektor a. D.

Was Jupp Boor uns sagen wollte…

Kapitel 14 – Kölsches Grundgesetz

Et kütt, wie et kütt.
Es kommt, wie es kommt.

Irjentwat zwesche halv nüng un zwölfe.
Irgendwas zwischen halb neun und zwölf.

Jooden Daach, Herr Zadof.
Guten Tag, Herr Zadow.

Wat?
Was?

Ach dat. Sonst wür jo ooch doof. Zadoof, 'ne?
Ach so. Sonst wäre es ja auch doof. Zadoof, 'ne?

Moss man bei ding Vurname ooch oppasse, Jung?
Muss man bei deinem Vornamen auch irgendwas beachten, Junge?

Isch weeß, wee man Maximilian schrieve tot. Oder ess do ooch widder irjendjet stumm?

Ich weiß, wie man Maximilian schreibt. Oder ist da auch irgendwas stumm dran?

Ov isch eifach Max saare sull?
Ob ich einfach Max sagen soll?

Jood, isch ben d'r Jupp.
Gut, ich heiße Jupp.

Luhr eens, wat hammer denn do för 'ne Driss?
Ach herrje, was ist das denn für ein Mist?

Bess jo en janz helles Köpfche.
Du bist ja ein ganz helles Köpfchen.

Hes do dat Klo kaboddjeschissen, Max?
Du hast das Klo kaputtgemacht, Max.

Och jo, stimmt. De Katz. Do hes jo ooch dat Treppsche opp ding Balkon. De han isch neulich schun jeluhrt. So wat bruch isch ooch för ming Katz. Mosst do mih eens saare, wee do dat jebaut hes!
Ach ja, stimmt. Die Katze. Du hast ja auch die Treppe auf dem Balkon. Die habe ich mir neulich schon mal angeschaut. So was brauche ich auch für meine Katze. Du musst mir bei Gelegenheit mal zeigen, wie du die gebaut hast!

Dat Problem ess, dat sisch dat Rohr noh hinte verjönge tot. Vermotlich mösse mer do nur ens dorchstuße, un dann kanns do widder janz normal ding Jeschäft mache.
Das Problem ist, dass sich das Rohr nach hinten verjüngt. Vermutlich müssen wir nur einmal durch die schmale Stelle

durchstoßen, und dann kannst du wieder ganz normal dein Geschäft machen.

Hammer emmer su jemaat.
Das haben wir immer so gemacht.

Et hätt noch emmer joodjejange.
Es ist noch immer gutgegangen.

Jung, pass eens opp: Met en Kaffeeköppche arbeidet ed sisch janz wesentlisch leischter. Dann racker isch mich ooch järn för disch af.
Junge, pass mal auf: Mit einer Tasse Kaffee fällt die Arbeit wesentlich leichter. Dann hänge ich mich auch gerne für dich rein.

Jooden Daach, Köttel. Wer bess denn do?
Guten Tag, kleiner Mann. Wer bist du denn?

Oh, d'r King!
Oh, der King!

Max, 'ne Katz is ooch eens we d'r Dom.
Max, eine Katze ist wie der Kölner Dom.

Na, wenn do et Katz vun vurne luhrst, dann het de ooch zwe Domspitz.
Na, wenn du dir eine Katze von vorne anschaust, dann hat die auch zwei Kirchturmspitzen.

Na, wegen de Uhre!
Na, wegen der Ohren!

Dann welle mer doch eens luhre, wee affjewichs do bes!
Dann wollen wir doch mal sehen, wie mutig du bist!

Wat?
Wie bitte?

Jood.
Gut.

Wat fott es, es fott.
Was weg ist, ist weg.

Et bliev nix, wee et wor.
Nichts währt ewig.

Et het aver ooch veele Katze, die jörn Stöppsauger führe dun. Luhr eens, han isch heer opp Jutup.
Es gibt auch viele Katzen, die gerne Staubsauger fahren. Schau mal, es gibt da sogar ein YouTube-Video.

Da laachs do disch kapott.
Da lachst du dich schlapp.

Udder kennste dat?
Oder kennst du das?

Da luhrt sisch en Katz eene Drucker an. Dat jit et jetz ooch opp Kölsch irjentwu.
Da schaut sich eine Katze einen Drucker an. Das gibt es jetzt auch auf Kölsch.

Eierschöckele vorbih, ming Fründ?
Eierschaukeln vorbei, mein Freund?

Ach herrjemine, d'r arme Jung.
Ach herrjemine, der arme Junge.

Dat käm für minge Kevin jo jar nid en Froch. Levve und levve losse, sach isch emmer.
Das käme für meinen Kevin ja gar nicht in Frage. Leben und leben lassen, sage ich immer.

Ming Kater natörlich.
Mein Kater natürlich.

D'r het eh schun emmer su dolle Ligge. Do well isch em diese Tort erspare.
Der hat sowieso schon so eine schwere Krankheit. Da will ich ihm zumindest diese Qual ersparen.

D'r Kevin het sunne Dinge em Jeseech. Het d'r schon, seitdem d'r janz glei wor. Ess schun en hässlich Köttel. Aver isch lieve ehm natörlich trotzdem.
Der Kevin hat eine Entstellung im Gesicht. Die hat der schon, seitdem der ganz klein war. Er ist schon ein hässlicher Junge. Aber ich liebe ihn natürlich trotzdem.

Jo, heste den scho eens jesehe?
Ja, hast du den etwa schon einmal gesehen?

Jo.
Ja.

Katz un Pänz. Da mähs do nix.
Katzen und Kinder. Da hast du keinen Einfluss drauf.

Mäxche, maach disch eens locker, dat sin Katze. Da wird sisch ooch jebalgt.
Mäxchen, bleib mal locker, das sind Katzen. Da wird halt auch mal gekämpft.

Isch werd eens en ernste Wörtche met ehm rede dun.
Ich werde bei nächster Gelegenheit mal ein ernstes Wörtchen mit ihm reden.

Wellst do, dat isch misch exküseere, uder wellst do disch bei mih exküseere?
Willst du, dass ich mich bei dir entschuldige, oder willst du dich bei mir entschuldigen?

Kleene Scherz.
Kleiner Scherz.

Mach disch nid jeck, Max. De Kater raufe sisch schun.
Mach dich nicht verrückt, Max. Die Kater werden sich schon vertragen.

Fast heste en bissche jeklunge wie de Balkon-Nazis us d'r Einundfuffzisch.
Fast hast du ein bisschen geklungen wie die Balkon-Nazis aus der Einundfünfzig.

Des kallt dat Carmen emmer, ming Dochter. Also, wenn de Lück sisch su opprege dun uder emmer allet jenau nach Vurschrift ma-

che dun, uhne ehr Hirn zo benutze: Dann sin des et ›Nazis‹. Na ja, und de us d'r Einundfuffzisch dun halt över allet lamentiere. Un sin emmer opp de Balkon. Balkon-Nazis ...
Das sagt Carmen immer, meine Tochter. Also, wenn die Leute sich so aufregen und immer alles ganz genau nach Vorschrift machen, ohne ihren Kopf zu benutzen: Dann sind das ›Nazis‹. Na ja, und die aus der Fünfzehn beschweren sich nun mal über alles und jeden. Und die sind immer auf ihrem Balkon. Balkon-Nazis ...

Carmen, ming Dochter.
Carmen, meine Tochter.

Na, de Lück vum Erdjeschoss.
Na, die Leute aus dem Erdgeschoss.

Kapitel 18 – Galaktische Außenpfosten

Wat es dat denn för 'ne Driss hee?
Was ist das denn hier für ein Mist?

Sacht mih jetz endlisch eene, wat hee lus es?!
Sagt mir jetzt endlich jemand, was hier los ist?!

De hamse doch ins Jehirn jeschisse, hamse doch!
Dir haben sie doch ins Gehirn geschissen!

Rauh!
Ruhe!

Bekloppt, alle zosamme bekloppt! Isch han keen Zig för den Driss. Isch han 'ne Träffe mit ming Dochter. Wenn isch in zwe Stonde weder hee ben, dann es hee allet picobello. Sunst jibbet Rambazamba!!! Hammer ons verstande?
Bekloppt, alle miteinander! Ich habe keine Zeit für diesen Blödsinn. Ich treffe mich gleich mit meiner Tochter. Wenn ich in zwei Stunden wieder hier bin, dann ist hier wieder alles picobello. Sonst gibt es Rambazamba!!! Haben wir uns verstanden?

Kapitel 20 – Flugmanöver

Leve Max, do Dommkopp!!!
Lieber Max, du Dummkopf!!!

Dat ben isch!!!
Das bin ich!!!

Jern jeschehe!!! Uhne misch hätste jar nix mih!!!
Gern geschehen!!! Ohne mich hättest du gar nichts mehr!!!

Kapitel 21 – Garden State

Dat is 'ne janz brave Jung! Jenau wee uns Kevin!
Das ist ein ganz Braver. Genau wie unser Kevin!

Noch en Kölsch?
Noch ein Bier?

Dat toste aver ooch eens avbaue!
Das baust du aber auch noch ab!

Aver net zo wenisch.
Aber nicht zu wenig.

Un dat hee is ooch eens verschwunde!
Und das hier verschwindet auch umgehend!

Nee, isch glov nit.
Nein, ich glaube nicht.

Aver wee dat luhrt!
Aber wie das aussieht!

Dat kannste doch den Lück nit antoe.
Das kannst du doch den Leuten nicht antun.

Also, isch luhr eens, wat isch da ton kann. Isch palaver janz bestimmt ooch eens mit d'r Husverwaldung. Dat sin eigentlisch janz umjänglische Type.
Also, ich werde sehen, was ich tun kann. Ganz sicher werde ich diesbezüglich mit der Hausverwaltung sprechen. Das sind eigentlich sehr umgängliche Menschen.

Aver keene Seile mih uder su 'ne Driss!
Aber keine Seile mehr spannen oder so einen Schwachsinn!

Wenn sisch do eens jemand verletze tot. En spielend Pänz uder su!
Wenn sich da noch jemand verletzt. Ein spielendes Kind oder so!

Jo?
Ja?

Na, dann will isch do ooch eens luhre, wat isch toe kann.
Na, dann will ich in dieser Sache auch mal sehen, was ich tun kann.

Dofür, dass isch misch bei d'r Husverwaldung för disch avrackere, moss do mih ooch eens su 'ne Ding baue!
Dafür, dass ich mich bei der Hausverwaltung so für dich einsetze, musst du mir aber auch so ein Ding bauen!

Luhr eens, wat dat Carmen mi jeschickt het. Dat mösse mer zosamme luhre! Is mit d'r Katz un echt jeck.
Schaut mal, was Carmen mir geschickt hat. Das müssen wir uns unbedingt zusammen anschauen. Es ist sogar mit einer Katze und echt verrückt.

Un, Max, dat bes do, uder?
Und, Max, das bist du, oder?

Luhr eens!
Schau nur!

Da laachs do disch kapott.
Da lachst du dich schlapp.

Janz doll, janz doll.
Ganz toll, ganz toll.

Vielleicht mäht ooch der Kevin Kasalla! Isch jonn da besser ooch eens luhre.
Vielleicht macht aber auch der Kevin Ärger! Ich gehe mal besser nachsehen.

Dat is för misch!
Das ist für mich!

'tschuldigung!
Entschuldigung!

Do avjewichste Missjebort, do!

Marie Matisek

Mutter bei die Fische

Ein Küsten-Roman

Taschenbuch.
Auch als E-Book erhältlich.
www.ullstein-buchverlage.de

Große Gefühle am Fischbrötchenstand

Auf Heisterhoog bricht der Sommer an. Falk Thomsen, Strandkorbvermieter wider Willen, träumt von einer ruhigen Saison am Meer. Doch dann kommt seine Mutter zu Besuch. Gerade als sie heftig mit Piet vom Fischimbiss anbandelt, taucht unerwartet Falks verschollener Vater auf. Für ihren Ex hat Falks Mutter jetzt gar keine Nerven, sie will Piet vom Fischimbiss. Und Falk will endlich wieder Zeit für seine Freundin Gina haben. Stattdessen zerreißt er sich zwischen Vater, Mutter und Job. Und bemerkt dabei gar nicht, welches Unheil noch heraufzieht.

David Foenkinos

Nathalie küsst

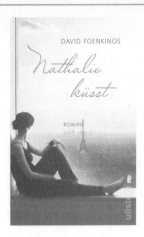

Roman.
Aus dem Französischen von
Christian Kolb.
Taschenbuch.
www.ullstein-buchverlage.de

Ein Buch, wie man es selten findet – zum Lieben und zum Träumen schön!

Nathalie liebt François, und François liebt Nathalie. Sie sind ein Traumpaar.
Der Traum zerbricht, als François bei einem Autounfall stirbt und Nathalie allein ins Leben zurückfinden muss. Und dann verändert ein einziger Kuss alles. Nathalie verliebt sich in ihren Kollegen Markus und erkennt: Für die große Liebe gibt es immer eine zweite Chance.

»Ein wahres Wunderwerk! Dieses große kleine Buch macht Lust zu lieben, geliebt zu werden, sich in die Liebe zu stürzen und alles zu geben.«
Anna Gavalda

Francesc Miralles
Samuel und die Liebe zu den kleinen Dingen

Roman. www.list-taschenbuch.de
ISBN 978-3-548-60936-2

Der Literaturdozent Samuel hat es sich in seiner Einsamkeit bequem gemacht – bis ihm eine junge Katze zuläuft und ihn aus seiner Lethargie zurück ins Leben holt. Schritt für Schritt öffnet sich Samuel für das kleine Glück des Alltags, für Begegnungen, Freundschaften und schließlich für die Liebe. Eine hinreißende Geschichte über das, was im Leben wirklich zählt.

List Taschenbuch